何永洲

著

拼布绣
和她的儿女们

中国青年出版社

图书在版编目（CIP）数据

拼布绣和她的儿女们 / 何永洲著. —北京：中国青年出版社，2023.12
ISBN 978-7-5153-7097-2

Ⅰ.①拼… Ⅱ.①何… Ⅲ.①长篇小说－中国－当代 Ⅳ.①I247.5

中国国家版本馆CIP数据核字（2023）第230964号

拼布绣和她的儿女们
作　　者：何永洲

责任编辑：侯群雄　岳超
书籍设计：张帆
出版发行：中国青年出版社
社　　址：北京市东城区东四十二条21号
网　　址：www.cyp.com.cn
编辑中心：010-57350402
营销中心：010-57350370
经　　销：新华书店
印　　刷：三河市君旺印务有限公司
规　　格：710mm×1000mm　1/16
印　　张：17
字　　数：218千字
版　　次：2023年12月北京第1版
印　　次：2023年12月河北第1次印刷
定　　价：39.00元

本图书如有印装质量问题，请凭购书发票与质检部联系调换。联系电话：010-57350337

一

　　江岸早已堆满了人，忽然人群中有人惊喜地高喊："龙舟来了！龙舟来了！"

　　只见江面下游十五条五彩缤纷的龙舟飞箭般地驶来。近瞧，每条龙舟上都有鳞甲形的漂亮细花纹，还有那昂起的龙头威武无比，那翘起的龙尾直指蓝天。每条龙舟两旁都整齐地坐着两排划手，一排十个人。船上的划手都穿着自己的队服，戴着白色或红色的遮阳帽。最前面的几条龙舟你追我赶，互不相让。龙舟激起的浪花飞得很高，好看极了。每条龙舟舟头都有一个打鼓的人，他们正紧咬牙关一起一落有节奏地使力打着鼓点，舟尾还有一个拿着一面小旗的队员面对划手们不停地呼喊："加油！加油！……"随着鼓点的节奏，划手们使劲地划划划，江水也随即"哗哗哗"地响。

　　此刻，只见一条绿黄色花纹的龙舟突然冲在最前，江岸上的人都觉得它行，激情中边鼓掌边齐声高喊："绿黄龙舟，加油！绿黄龙舟，加油！"在急促而震撼山谷的加油声中，绿黄龙舟以强大的优势溅起丈把高浪花，箭一般朝目标驶去。紧追其后的龙舟也不甘示弱，疯狂般争先恐后向前划去，加油声、呐喊声，一浪高过一浪，江岸上的人恨不得立马上阵助它一臂之力。此刻有人激动地吟诵古诗：

　　　　柳烟遮望眼，细浪逐鸥翔。

> 鱼喜香飘粽，人欢龙赛江。
> 千舟听鼓进，万桨对歌慷。
> 郁郁离骚韵，楚风世代扬。

也有人引吭高歌：

> 五月端阳荷花开
> 龙船划到河中来
> 红男绿女把歌唱
> 欢天喜地闹佳节

　　歌声中赛龙舟进入了最后的决战，划手们头上、腰上缠着那束红绿七彩，在日头的强光照射下熠熠生辉。只见划手们奋勇挥桨，动作整齐划一，坚实的肌肉随着动作一起一伏，额上布满了黄豆般大的汗珠。舟头那位击鼓手紧握鼓槌，如同紧握激战中的冲锋号，纵身一跃，双槌齐下，恨不得把全身的力气都使上去，让人担心那鼓会不会被擂破。龙舟如一支离弦的箭，在江河上行驶如飞。两岸看龙舟的人大声呐喊，有的还把家中的锣鼓拿出来，重重敲打助威，更有好事的年轻人把事先准备好的"连环响"鞭炮挂到树上点燃。一时间，激烈的呐喊声，懊丧的叹息声，咚隆哐啷的锣鼓声和噼里啪啦的鞭炮声交汇在一块，一阵盖过一阵，震耳欲聋，在山谷田垄中久久回荡。

　　最终，那艘绿黄龙舟第一个冲过了终点。河岸再次沸腾了，每个人的脸上都写满了从未有过的喜悦……

　　这条江上一个春意盎然的早晨，江水刚刚洗去了冬日的沉重，哗哗啦啦，声音变得明快清脆，嫩黄的柳枝还羞睡在轻纱般的薄雾中。省文化厅干部、知名作家于书荣，前往雷公寨村履职报到。连同随陪的县文化局马副局长和乱石镇罗副镇长,从河岸乱石镇的游江码头匆匆上了船。

作为身居省城的作家,于书荣已记不清观光过多少座山,漫游过多少条河了。但游这样的奇山,这样的江河,还是头一回,他感觉别有风味。江面时而斗折蛇行,水势峻急,惊涛拍岸,卷起千军万马奋战沙场似的层层白浪;时而开阔空灵,水势平缓,深沉幽静,晶莹透亮,倒影如画,宛若安详神女肌肤的清澈波光。那负土而出,重岩若剖,夹江而立,色间赭黑,突怒偃蹇,争为奇状的两岸丹霞地貌奇石风光;那星罗棋布,在丹崖赤壁之顶、之腰、之脚的成簇成垒、婆娑弄姿的翠竹、松树、杉树、樟树、柳树,还有木芙蓉和一丛一丛的灌木,或紧相依偎,或散漫疏朗,使那幽谷更深幽,江水更阴凉;那白茫茫缭绕升腾的仙雾,恰如新疆姑娘脸上的面纱,又像西藏少女献上的哈达,更似月里嫦娥舒展的广袖……于书荣时而皱眉,双眼眯成了缝;时而伸脖子,瞪大眼,两耳往后倾,嘴巴一张一合地拍起了巴掌。那兴奋劲儿,犹如哥伦布发现了新大陆。

他们仨兴致勃勃地在一个不算码头的码头下了船,河岸边那寨子就是他们要去的地方。

忽然,耳边传来嘈杂的声音,寨子门前叽叽喳喳似赶闹子,又像有领头的气鼓鼓地在喊话:

"各位听好了!哪个村干部敢来劝阻,小心老子放他的血!"人群中那个领头的手握杀猪刀,满脸横肉,头发一根根竖起,布满血丝的眼珠鼓得灯笼大,昂起鹅颈般的喉脖凶巴巴地叫嚣。

同来的乱石镇副镇长罗江海,远远望见寨前黑乎乎地聚满了人,立刻生发出一种职业的本能反应。此等场面罗江海虽然见惯了,可出现在此时此刻真让人尴尬,让本该胸有成竹就地处置的他,此刻也有点胆战心虚、措手不及。

原来是寨里一位叫刘金妹的王姓媳妇,因讨要二十几斤冬笋钱,和原村支书罗满福吵架后没评上建档立卡贫困户，一气之下喝农药自尽了。而寨子里王姓的老坟山在本寨罗姓的后山，也就是说，丧葬王姓媳妇刘金妹，要经过罗姓家门口，罗姓家门口是去王姓老坟山的唯一通道。现在呢，王姓家族按当地习俗哀号鸣锣，要把刘金妹送葬老坟山入土为安，突遇罗姓蛮横阻挠。罗姓家族认为喝农药暴死的人算是短命鬼，从家门口经过不吉利。就在连接两个庄子的古石小桥头，王、罗二姓将要发生激烈冲突。罗姓上百号人马手持杀猪刀、菜刀、镰刀、锄头、鸟铳严阵以待。王姓也不示弱，挥戈迎战闯关。两边愤然放风，只要对方胆敢前行半步，就立刻放他的血！

于书荣刚进村就遭遇此等场面，出乎意料。他全身猛然发热，又发冷，脸红一阵白一阵，有些尴尬。刚才罗副镇长和马副局长一路手舞足蹈，向他介绍雷公寨山美水美人美，天时地利人和，怎么偏偏会是这样呢？此刻他有些感慨：唉，农村终归是农村，农民终归是农民。自己虽然身在官场，可只是沾了一点点官气儿，依然是个只顾读书和写作的白面书生，从没当过领头的干部，也没负责过哪一项具体工作。现在好不容易当上个领头的村干部，人常说，麻雀虽小五脏俱全，麻雀虽小也是一条命，村干部虽小也是一个官，何况还有个省委精准脱贫工作队驻雷公寨工作队队长头衔呢！省厅、省局的一个处长才管着十个八个人，而他将要面临的是热热闹闹几千号人马。因此下村之前他这样想过，下村头一天，一定要衣冠楚楚，也就是说衣帽井然、风风光光，昂首挺胸有个当干部的样儿，给那些敲锣打鼓列队欢迎的村民留个好印象。而于书荣想象的场面好像早被其母揣摩透了，母亲说："敲锣打鼓列队欢迎"是从前，是二十世纪六七十年代于书荣父亲下村时的情景，那时的农民常唱一首歌："工作队下乡来，贫下中农笑颜开……"而眼前这种"迎接方式"，既不是母亲嘱咐的那样，也不是自己想象的那样，真让于书荣失望。

要是往常，罗副镇长完全可以毫不客气地向那黑压压的人群训话，万不得已时还可以叫派出所来抓几个打头的，或连哄带吓，或敷衍敷衍、说服说服，事态或许会缓解，会平息。此时此刻情况就不同啦，新书记驾到，理应宾至如归当贵客。而眼前就像贵客来到家门口夫妻还在吵架，多么尴尬，多么不吉利啊！于是，罗副镇长没能采用往常的办法，而是双手强拉着于书荣的胳膊意欲打道回府，嘴里嘟囔着，大意是说情况不妙，改日再来。于书荣仿佛觉察到罗副镇长的心思，奋力甩开他的手说："既然来了就面对现实吧！"于书荣边说边坚定地继续往前走。罗副镇长无奈地跟在后头，心里怦然乱跳，脸热辣得发红了，看来他也只有按于书记说的面对现实了，但得慎重处理。镇党委、镇政府委派他陪送新书记就任，就因为他是经验丰富的"土地爷"，万一有个闪失，他这个"土地爷"恐怕担当不起啊。

人群见干部来了，一时哄乱起来，更有好事者出头狂嚷：哪怕是天王老子，谁敢上前一步，就让谁没好下场！罗江海听惯了这些，一点也不心虚，他先把那几个压寨的头头儿叫出人群，使使眼色嘀咕几句，然后麻起胆子朝着人群喊："乡亲们，作为本地人又是在本地工作的干部，我先给大伙儿说两句，之前大伙儿不是总盼着有位好干部来村里搞扶贫吗，我不是说了有位省里的大干部、大作家马上要来我们寨里搞扶贫吗？他今天来了。"罗江海转身把于书荣拉向前说："他就是省里那位蛮有名气的大作家于书荣，来担任我们雷公寨村党支部第一书记。请大家鼓掌欢迎！"于书荣紧接着说："不用客气！不用客气！尊敬的父老乡亲，大家好！今天是个好日子，没料到这么多人站在这儿，已经算是欢迎我了，我非常感动，谢谢各位。从今天起，我就是你们村里的人了！我就是雷公寨村的村民了，请各位多支持多关照。我不是大干部，也不是大作家，是省里委派我来扶贫的第一书记，是来同大伙儿一起甩掉贫困帽子的！从今以后大伙儿有什么想法，有什么困难和问题尽管找我，我一定会尽力解决！"罗江海紧接着说："好啦好啦！既然于书记这样说了，大伙儿就放心吧！我作为雷公寨的老驻村干部，往后一定会支持于书记工作，也希望大伙儿像支持我的工作那样支持于书记的工作。快散了吧！今天的事，镇党委、镇政府一定会严肃处理。只要大伙儿以此为戒，下不为例，今后一如既往地支持村里工作，于书记也一定会原谅大伙儿。今天大伙儿这么集中，都知道来新书记，寨子里脱贫有希望了，坏事变好事。算是大伙儿热情地迎接了于书记！算是大伙儿头一回支持了于书记工作！散了吧，快散了吧！于书记一路辛苦啦，还得安排住下呢！"

家丑不外扬，见客三分笑。寨里人就好这个面子。自从盘古开天地，寨里人每次见外面某个大人物到寨来，总是开开通通先给个脸面。而现在头一回见着于书荣这样的大干部、大作家，能不顾点脸面吗？于是，人群开开通通地散了，事态自然地平息了。此刻，马副局长抬起双眼向人群扫来扫去，忽然把人群中看热闹的王秋叶叫住了，他把手中重重的行李让王秋叶提上，说："这是新来搞扶贫的于书记的行李，往后拼布绣的传承和发展还得靠他。"王秋叶是雷公寨拼布绣传承的代表人物，马副局长挂驻雷公寨联系拼布绣，和王秋叶家结对子已经两年多了。王秋叶跳跃着身子接下行李，同新来的于书记一行来到了村支书王远高家。

这里的村组干部平常很难一起吃上一顿像样的酒饭，现在都趁着"接风"赶来王远高家打牙祭（陪吃）。打过牙祭的村组干部个个挺着圆鼓鼓的肚子，满脸通红地呼着酒气，有的清鼻涕都呼出来了，用粗黑的手背一揸，没事。罗江海和马副局长就叫这些"红脸"留下，说了些加强团结，支持新书记工作，不给镇政府添乱之类的话。"红脸"们就纷纷点头附和着罗江海和马副局长的话，然后各自跟跟跄跄跨出门槛准备原路"摸"回家。同样喝得满面红光的罗江海，借送客之机恍惚地瞧了瞧这帮"红脸"，心里骂道：一帮穷光蛋，就好这一口！好像十年八载没摸酒瓶、没沾荤腥了！走稳啊，别栽到库塘里去了！刚骂完，屋外一堆熟悉的面孔拥了上来——

"罗镇长喝够了吗？我们在这等很久啦！"

"这回带了多少钱？哪天发钱啊？"

"是啊是啊，你不是说省里来了大干部，发大钱啦！"

"是啊是啊！我家米桶早见底啦！"

"这算什么，我家两条老命哼哼唧唧地躺在床上快没救了啊！"

"这算什么，我家那破屋顶被风抬走，全家露宿好多天啦！"

"我家……"

"别吵吵，别嚷嚷好吗！"见人越来越多，罗江海打了个饱嗝，喷出一股浓浓的酒气，大手用力一挥吼道："你们吵什么嚷什么啊！吵得钱来嚷得钱来？屋顶风抬了怪谁？米桶见底了怪谁？我讲过多少回了，普天下同样的政策就你穷，年年给钱年年穷，怪谁？怪自己！自己不努力，别说省里来干部，就是中央来干部也不顶用！……"

"说得好！"站在罗江海身后的于书荣打断了罗江海的话，罗江海心里一惊，回过神来说："好啦好啦！大伙儿欢迎于书记讲话！"

"别欢迎别欢迎！我刚来，一分钱都没发，就欢迎我两次了，真不好意思。实话实说，这回没带钱，但我一定会带钱来，什么时候带钱来，什么时候发钱，发多少，怎么发，可能会不同以往！一句话，到最后大家都有钱，大家都有能力自己给自己发钱，没做到这一点，我决不离开雷公寨！"

村支书王远高领着于书荣在村里村外转了转，王远高像个熟稔的导游似的指指点点没完没了，而于书荣习惯性地拿出了采访用的笔记本和相机。

王远高介绍说："雷公寨村的地貌像一条小船。在这里，古老的房屋沿河而建，村民沿河而居。罗氏和王氏是寨子里繁衍生息的两大家族，两家群居一庄，中间只隔一条小溪，溪上骑着一座不知哪朝哪代建造的石拱桥，桥两侧长满了挨挨挤挤叫不上名字的藤藤蔓蔓，完全遮住了桥身。一条不过五百米的主街与奔流而下的便江平行，贯穿寨庄。数条逆逆弯弯不成小巷的小巷与主街纵横交错。街面宽窄不一,较宽的地方三米有余,而较窄的地方不足两米,出门拉柴打草或春播秋收送肥运粮推板车时,得小心别挂落街边晾晒的衣物,以免引发纠纷。遗憾的是,虽然农村政策活了又活,别的村庄变了又变,但是这儿山河依旧,想变难变。仍是老辈留下的青砖蓝瓦马头墙,飞檐翘角,雕梁画栋。那些人字架、鸡冠垛、三字垛、龙凤墙、五福门框……呈现出满村满寨的古香古色,让人仿佛身临古代艺术殿堂,感觉历史在倒退。曾有外来旅游考察路过这里的有识之士说,这地方很有人文特色,值得重视和保护。"

走到村子最长的老街时,王远高比比画画说:"唯有那条人人必行的主街些微有变。开始是一段青石板,然后是一段麻石沙,一段废弃的石灰渣或一段青火砖头和碎瓦片,还有几小段什么也没有,只有水坑或烂泥搭上两块旧松板或几块踏脚的青砖麻石块。这样的烂路虽只有几小段,每段也只有几步路,但走起来趔趔趄趄的,令人十分厌烦。夜间行至此,十有九骂娘。如此一段一段的零乱花样,估计都是主家'各人自扫门前雪',自发搞的。而这几小段烂泥路,显然是住着几户无力铺就街面的五保户和特困户。后来,政府开始重视'内抓管理,外树形象',打造全县乡村文明路、文明街,特别是像雷公寨这样与邻县交界的大型村庄。经慢慢修整,最窄的地方也有了三米,全街统一改用青麻石、乳白石铺就,街面整体形象好多了。"

在村前那棵被人视为村魂的连体千年银杏树下,于书荣从不同的角度连拍几张照片后问:"这树多少岁啦?"

"六百多岁!"王远高饶有兴致地介绍说,"你看它俩一雄一雌相依相偎,挺拔在村前小坪地。雄的高大威武,雌的矮小瘦弱,合在一起需要八九人才能围抱。当地人称"夫妻树""鸳鸯树"。枝干遒劲有力,枝叶繁茂葱郁,春夏似一把巨大的绿伞,深秋宛若一树金黄的蝴蝶,覆盖荫翳着两三亩土地。相传此树周围原本为一片坟冢,宋朝有一富裕人家的祖先安葬于此，后来搬迁到苏北居住，后人每年清明便会携纸钱美酒前来祭拜，由于坟冢众多，怕难以辨认，特在坟前栽种了一棵银杏树。其后人有一年祭祖倒完美酒后，随便将昂贵的金质酒壶挂于树上，祭拜完毕便匆匆返程，回家后才发现金质酒壶忘于树上，思量酒壶必被人取走，没再追踪。次年清明这家人又来祭祖，发现酒壶原封不动地挂于原处，诧异之余询问村民，村民说没见过酒壶，只见树上挂着一双烂草鞋！此事传开，村民认为此树已成仙神，定有灵性。于是大家都以树仙祭拜，香火旺盛。"

寨里人为节省时间，爱抄近道去镇上赶圩或办事，而抄近道必先横渡便江，就坐在夫妻树下等对面的渡船。七生老倌就在这儿弄了大半辈子渡船，年岁高了耳朵聋，望着树下有人招手，就利索地把船开过去。乱石镇的圩日变了又变，起先农历逢二逢七，后来逢十，后来逢五逢十，后来又逢二逢七，现今农历三六九。每逢圩日，七生老倌连吃饭都没时间。除了雷公寨还有周边的村民就近到乱石镇做生意，这样七生老倌就更忙了。为发展经济，方便百姓生活，乱石镇政府就作出决议，免费提供渡江服务，七生老倌就成了乱石镇拿固定工资的企业人员，从而直接减轻了雷公寨村民的负担。

于书荣暂住村支书王远高家，他急匆匆了解了村里的大致情况后就正式下户了。王远高说他人生地不熟，就主动陪他一起去，于书荣说："不用不用，一回生二回熟嘛，自个儿入户随便聊聊就行。"其实于书荣凭着从前采访的经验，觉得不受干扰独立入户了解到的情况更真实、更可靠。王远高不好再坚持了，就在家和妻子商量事儿。什么事儿呢，夫妻俩正愁着于书荣驻村食宿问题。他俩商量来商量去老没结果，反把商量弄成了斗嘴。

妻子说："别的村都是安排外来干部住在村部（村委会办公的地方），可你呢，总把麻烦揽到自家来，他给你什么好处啦！"

王远高说："不是好处不好处，你说雷公寨哪有村部啊？我也晓得多一个人多一份麻烦，你以为我愿意揽吗？"

妻子说："不愿揽就不揽嘛，我求求你安排他住别家吧，你当了这二十多年村干部，我们家住干部已经住穷了，住怕了！"

王远高说："越穷越怕越躲不脱，谁叫你老公是村支书呢！"

妻子气急地说："我不管老公不老公，支书不支书，这回你要非让他住我们家，咱俩就分开过吧！"

其实王远高接任村支书才六个月，他原是村主任，因为暂时选不出新一届村主任，镇里就安排他支书、主任一肩挑。因为没有村部，村干部开会只能在王远高家，茶叶、电费都由他家无偿供给倒没关系，村民还以为王远高家沾了村里的大光。妻子听得闲言闲语，心里老不舒坦。王远高说服妻子还是那句话，谁叫你老公是村支书呢！家里住的干部一茬又一茬，从没清闲过几天。这回来的新干部，据说还是娇生惯养的城里人，是省城来的大干部。省城来的大干部比不了那种泥腿子乡干部，生活要求就不一样了。要单独占用一间房屋事小，吃饭睡觉更难周全。这不是一餐两餐、一宿两宿的问题，据说至少两到三年呢，上面说村里一天不脱贫，工作队就一天不得撤回。这个穷得比人家落后二十年的烂村，不知猴年马月才能脱贫！干部驻村虽然上头有点伙食补贴，也只是统一规定的那点伙食补助而已，远不及支出的多。村里拿不出一分钱补贴，就算把上头发的那点支书工资原封不动地搭进去，仍难弥补。王远高当村干部二十多年了，对这类事他有经验也有过教训。那年县卫生局康副局长住他家一年多，惹得他夫妻没少干架。康副局长原是个妇科医生，雷公寨的妇女们只顾霸蛮做生意，四处抓钱，忘了个人卫生，十天半月不洗澡、不换内衣内裤，为了挣钱还与男人乱搞，惹来了一身怪病。得了怪病后又没钱治疗，任其一拖再拖。康副局长就是为防病治病而下派来雷公寨坐诊的。康副局长洁身自好，有一套严格的起居习惯和个人卫生要求。她要求有专用房、专用床、专用被毯，还要有专用碗筷、专用茶杯、专用澡巾和澡盆。

不吃剩菜剩饭，不吃过多的辣椒、油腻。王支书妻子每每做饭时就唠叨个没完。好在康副局长是个女的，不喝酒，不误时，菜量需求也少些，起码没有醉酒的麻烦。要是副镇长罗江海住他家，麻烦就更大了。王远高记得他还是村副支书的那些年，罗副镇长曾先后住过王远高家两年，本乡本土的罗副镇长虽然生活简单，合房合床概不嫌弃，吃喝拉撒也不要求这"专用"那"专用"的。但他嗜酒，且喜高度白酒，一喝就两三个小时，不喝得头重脚轻、七歪八斜，汤汤菜菜见碗底不肯松杯，不仅他喝高了，还把同桌的王远高夫妇弄得满脸通红，每到此时他就手舞足蹈扯起嗓门唱《刘海砍樵》。有一回唱着唱着身子忽然一歪，恰好歪到王远高妻子怀里，把王远高妻子当自己的妻子搂住，大大咧咧地唱："刘大哥，我是你的妻呀，你是我的夫呀……"

嘀哩咚哝……手机响了。王远高瞧瞧屏幕显示，是村会计罗广金打来的。罗广金说他家房子蛮方便，他们夫妻已经商量好了，让于书记住他家去。手机音量很大，正坐在王远高身旁的妻子听得清清楚楚。一会儿，老支书罗满福又亲自来到王远高家。只见罗满福一副开开通通的样子，用高姿态的口吻说他虽然退下来啦，可别忘记他还是个共产党员啊！别忘记他依然有心支持村里的工作啊！而现在他闲着没事，有的是时间料理家务，就让新来的于书记住他家吧。罗满福和王远高说话仍像从前那样，"嘿嘿嘿"，边笑边说，只是命令的口气改为了商量的口气。王远高暂时没有答应也没有不答应，只是说待村委会研究后再说。

此刻，王远高夫妇感觉事情有点奇怪，有点反常。平常各啬得连杯浓茶都舍不得让人喝，生怕干部住他家沾光揩油的罗广金夫妇，这回变得意外大方了。退下后一直不服气，背后给村里工作设障碍、添麻烦的罗满福意外地开开通通像变了个样。这里头定有名堂。于是，王远高夫妇临时决定，让已经住在他家的于书荣继续住下去。

二

于书荣原本是省文化厅非物质文化遗产处副处长、国家一级作家，单位领导把传统手工艺"拼布绣"创作项目选题交给了他，要求他去"拼布绣"发源和传承之地——省级贫困村雷公寨体验生活四个月，把当地拼布绣传承和发展写成长篇纪实小说，为正在准备申报为省级非物质文化遗产的传统手工艺"拼布绣"创造条件。而向来看重和珍惜深入生活的于书荣，并不满足于短短四个月的体验生活，连夜奋笔疾书强烈要求结合体验生活挂职参与当地精准脱贫攻坚，他认为只有全身心投入才算真正的体验生活。只有真正静心沉下去的体验生活才能让作品写得实、传得开、留得住。

然而，母亲得知于书荣的想法后，气急地说："儿呀，体验生活和扶贫工作是两码事。体验生活可以游山玩水，可以走马观花，可以自由自在。而精准扶贫是有任务、有责任、有压力的，不是像你平常游山玩水采风那样。你自小在城里养尊处优、娇生惯养，连农村什么样都没见过，能适应那种工作吗？"于书荣坚定地说："既然不适应就得去适应呀，好多事情都是这样，由不会到会，由不适应到适应！反正我都想好了，妈你就别担心了，花逢温室不鲜亮，人无忧患难成才，你就放心让我去锻炼锻炼吧！"母亲更气急地说："何止锻炼锻炼呀，是脱贫，是攻坚，是有任务、有责任的！不是锻炼锻炼开玩笑啊！你白面书生一个，没丁点儿农村工作经验，还想去当第一书记，一旦不按期摘掉贫困帽，要受到组织处分的，你懂吗？"于书荣更加坚定地说："既然要去还怕处分吗？亏你还是当领导的！反正我已经下定决心，谁也别想阻挠我！"……

不错，于书荣的母亲是当领导的，她叫谢茵茵，是省文化厅主管非物质文化遗产的副厅长。对于书荣下村扶贫的贸然行动，谢茵茵很担心，可这种担心对于书荣没起丁点儿作用，这让她特别烦恼。她太了解儿子的脾气秉性了，烦恼过后，谢茵茵只能无可奈何地让儿子"放任自流"。其实，让谢茵茵更烦恼的是，今年四十一岁的于书荣是她的独生子，虽四年前结识了小他六岁的女朋友周玲玲，可周玲玲多次催婚无果差点放弃，而这回他又要下乡去扶贫，心急如焚的谢茵茵猴年马月才能抱上孙子啊！到头来她的儿媳还会不会是周玲玲呢？

于书荣最终来到雷公寨，当了第一书记。他屁股还没坐稳就下村入户了。他用的仍是自己习惯的采访方式。以纪实文学起家，又以纪实文学走红的于书荣，虽无基层生活和工作经验，但有较强的组织、调动、影响和引导对方的能力。你看他那朴素得不能再朴素的衣着，那家常得不能再家常的话语，让寨里的老百姓感觉这个于书记，像干部又不像干部，像农民又不像农民。于书记有一台小型笔记本电脑，是他写作采访时随身带的。现在他把它夹在腋下，像往常采访一样去挨家串户，记录些官样数据和文字，才发现电脑在这儿失灵了。因为雷公寨还没有开通网络。于书荣的电脑里，既有上头的扶贫政策，又有当地贫困现状；既有切实可行的脱贫计划，又有老百姓喜怒哀乐的民意诉求。这些资料都是于书荣下村之前，在省扶贫办举办的扶贫干部培训班上了解和网上收集到的。于书荣觉得，这些资料对他这个没有农村生活和工作经验的第一书记，实在太重要了。而现在一点信号都没有，急得他团团转，只好拿出培训班上统一发的扶贫专用笔记本。于书荣一进入扶贫工作角色，就如同进入了他熟稔的小说王国，痴痴迷迷一头扎了进去。他在雷公寨扶贫近三年，用掉了十二本厚厚的笔记本，那原本崭新的扶贫专用笔记本，被他翻弄得页黄角卷，有的外壳都脱掉了。那些挨挨挤挤、歪歪斜斜的文字，全是于书荣查找资料和下村入户的现场笔录，这些文字生动、鲜活、细腻，仿佛在为他的长篇纪实小说《拼布绣》打底稿,但增增删删、涂涂改改,谁看都会感觉眼花缭乱,只有于书荣自己才能看懂。现将几段他事后认真整理过的、简单明了的文字选摘如下:

  雷公寨村是省级贫困村,也是拼布绣发源和传承之地。位于便江右岸,距离乱石镇政府三十余里,水上交通传统古老,陆上交通极为不便。这儿山多地少而且土地贫瘠,山上多为浪石沙土,但也有成片的茂林。人均不到三分田,且十年九旱。全村十五个村民小组五百八十五户两千七百三十八人,其中建档立卡贫困户二百一十六户七百四十二人,三十五岁至五十岁找不上媳妇的男汉就有五十六人……因未评上建档立卡贫困户而喝农药身亡的那位妇女名叫刘金妹,今年五十六岁,现全家三口人。本人因长期身患多病而干不得重活,其丈夫瘫痪在床。生育一女一儿,女儿被人骗嫁到千里之外的四川某旮旯穷村再没回来过。儿子王小勇虽虎背熊腰、相貌堂堂,可因长期外出挣钱养家,三十五岁仍未成婚。

  这里的村子多见残墙断壁,毫无人气,是名副其实的空心村。走进每个小村庄,只见庄口的小卖部里冷冷清清,只有几个衣衫不整、趿着拖鞋来买盐、打酱油的。店内的货架,大都是些日常生活用品,最贵的纸烟是两块钱一包的"相思鸟"。越往村中走越可怕,除了有几阵狗叫声,白天和夜里一样冷冷清清。这里田地与山林荒芜。在下村的路途中,看到田里虽有庄稼但周边杂草丛生,已看不到田埂、道路和沟渠;看到四周有连绵的山却没有成片的林木。走近田野和山岭,浇田沟里没有水,山上无路可爬。这里生产和生活方式早已转变。村民早已从过去的体力劳动中解放出来了，以往那种双抢的局面不见了。据了解，现在大部分村民一年只种一季水稻，而且可分几个时间段种植，具体时间自己安排，劳作基本由机械替代。村口有农用机械和家具炊具综合修理店，店老板和店员只一个人，鼻子墨黑、满手油污，蹲在地上叮叮当当、敲敲打打……

农业和林业资源管理困难。农田里的路、沟、渠等本是农业耕作之本，以前都会开展冬修，但现在由于大家的主要精力在外出务工谋求生存上，把不赚钱的农业耕作当副业，所以以前的精耕细作、冬修冬藏等活动都组织不了，也无法管理。林地分到各家各户大部分是荒在那儿，不仅没有起到任何作用，反而使管理更加困难。林地流转要与各家各户协商好，有几户不同意就不能流转出去。管理发挥不了功效，出了问题乡村干部又有责。遇上天旱和洪灾，老百姓首先找的就是政府。遇上山林着火，救火的是干部，看火的是百姓。

再是高楼大院背后的贫困突出。村里虽然也有几栋光鲜的楼房，可"光鲜"背后仍隐藏着贫困。有的楼房外面看着好看，里面还是水泥墙；有的一幢房子因财力不足停停打打五六年才能完工。在农村盖房子追求的是宽和大，这一盖几乎要花十年积蓄，对大部分人来说，盖了房子家底就是空的，生活还是一如既往地艰辛。同时还有一部分楼房旁边散落着破旧平房和在政府补助下建的一些小面积的瓦房，居住的都是低保户、五保户和贫困户，他们的生活更是艰苦。

回乡创业的空间狭小。在调查中发现，有些外出务工人员其实也想回家，但又找不到适合自己的工作。村民李某刚从广东中山回乡几天，在谈话过程中他介绍自己在中山十几年，一直从事门厂的管理工作，工资待遇六千元左右，工厂那边倒闭了暂时找不到事做，这次回来是想把家里的房子盖一下，顺便看下家里有什么事做。他还说，这几年外面事不好找，尤其是今年，中山做门的大小厂子倒了一百多家，好多人都在外面边玩边等事做。务工人员宁愿在外面玩也不回来，他们心里清楚，回来种田可能生活都没有保障，不回来还有机会可以找到工作挣钱。同时，在农业方面，回乡创业的政策帮扶还不突显。

于书荣毕竟是个文人，是个作家。除了和别的干部一样广泛接触群众，深入了解实情，他还有和别的干部不一样的，就是观察人和事细腻透彻，钟爱收集相关资料。他要了解这个地方的现在，还要了解这个地方的过去，更要思考这个地方的将来。很快，他在当地县志和县图书馆找到了相关资料，并转移到了自己电脑上。

在湘南北郊，有一条上衔郴江、下注湘江、穿越便县的江叫便江。也没有考古资料明确记载准确时间，是先有便江后有便县，还是先有便县后有便江，反正现实证明它奔腾而来，势不可挡，无情地把便县整体切成了江左和江右两大半。这条江，算是湘南最大、最美的江。它的大，包容了郴江和东江之水，江面宽约三百米，长约九十四华里，人称百里便江。它的美，只要你从长江、洞庭湖，入湘江，经耒水，一到便江就会强烈感受到，这是湘江水系一段自然风光极其秀美、丹霞地貌分布最广、人文景观蛮密集的河流。沿着弯弯逆逆的河流，两岸坐落着七零八落的村村寨寨，其中有一个名不见经传的小寨子叫雷公寨。

雷公寨村位于乱石镇上游，无论走水路还是走岸路都得花两三个小时。水路呢，三十余里，从镇上到雷公寨，要逆流而上，经过观音岩、潘家园、龙华寺、大明寺、象鼻山、神仙岛、文公庙、八仙石、鬼子窝等大大小小的码头，客上客下、靠靠停停怪磨时间的，但一路风光美景令人惬意，不觉时间长。岸路呢，约二十五里山道，全靠步行，需翻两座大山，过一片田野，绕一块坟地，再沿小溪而下过石拱桥，最后穿过一片松林即到。手提背驮爬山过坳实在太累，因此行人谁都不愿行岸路。

雷公寨极小，历史却极老。虽地处僻远，然水路通畅。那年头，陆上交通不发达，便江就成为源自长江，沿湘江溯耒水南下郴州之要道。据地方志记载，有历代文人墨客、逐臣名臣，如唐宋的韩愈、寇准、秦观，明清的徐霞客、王夫之、曾国藩，等等，都曾在雷公寨这方热土上留下过屐痕履迹。而那些可歌可泣、耐人寻味的民间传奇则和便江的浪花一样多，像《猴子观日》《何伺郎减免赋税》《董必秋改河》《陈陡皇打虎》《孔明屯兵候憩仙》《犀牛望月》《草鱼滩》《新娘坳》《龙王岭》《金紫岩》……这些动人心魂、引人遐思的美妙传说，也只是在便江两岸的人们当中口口相传，少有外人道及，仿佛雷公寨和便江一样有种"养在闺中人未识"的感觉！然而，这里的贫困与落后却远近闻名。

那天，在村中一个土坪里，一群小孩围着一个男孩大声吼："你妈妈昨夜跟哪个男人睡了啊，快说！不说老子就让你吃狗屎！"一个高个子随手捡了根脏柴枝把臭烘烘的狗屎弄来，凶巴巴地凑到了那男孩嘴边。这场景被串家入户的于书荣撞了个正着。于书荣赶紧几步跨过去，眉毛一竖，虎着脸高吼："哎，是谁在欺负小孩呀！快抓到镇上去关起来！"小孩们见于书荣一副干部模样的陌生面孔，吓得屁滚尿流，鼠见猫似的欲逃窜。

"站住，谁要跑我就抓谁！"于书荣扫视一遍这群孩子，满身脏兮兮的，鼻子上还有泥巴，一个个通红着脸，耷拉着脑袋，高高矮矮有十三人，老老实实地站着，谁也不敢抬头看一眼于书荣。

于书荣板起脸问那个弄狗屎的高个："是谁教你们这样做的啊？"

"番贵叔叔！"高个全身猛然一颤回答。

"番贵是什么人？住在哪？"

"他要我们叫他叔叔，他住在村东头的破屋里。"

"你们为什么偏要听番贵的？"

"因为番贵叔叔给我们糖粒和橘子吃！"

"你今年多大？"

"十三岁！"

"为什么不去上学啊？"

"寨里学校撤了，去镇上太远了，就不读了！"

于书荣又问其中最矮的那个："你今年多少岁？"

"七岁！"矮个子用油得反光的袖筒揩一下清鼻涕，差点哭了。

"为什么不上学啊！"

"我……我爸爸妈妈说，等他们打工挣……挣好多好多的钱，才……才能去镇上租房子让我上学。"说着说着矮个子哭了。

当得知那位被欺负的男孩患有先天性小儿麻痹症，且是特困户田寡妇的儿子时，于书荣就将其送回家并给了他两百块钱，正在家中忙拼布绣的田寡妇得知此事，感动得落泪。

田寡妇的家是两间低矮的土砖屋，窗户极小，潮湿暗淡。于书荣环顾四周，没一件像样的家具。土屋虽被田寡妇打理得井然有序，可总能闻到一种久不见天日的怪味，仿佛屋内霉烂了什么东西。于书荣一进屋就下意识地用手捂住了口鼻，可又觉得不合适，不好意思地赶忙松开手，捏了捏鼻子。田寡妇递过来一条缺了边儿、松动了一只脚、没上过油漆的松木板凳，又端来一杯温开水，热情地招呼于书荣坐下。于书荣问她做这拼布绣有何用，田寡妇说是外出打工回村创业的王秋叶要她做的，说拼布绣拿到深圳能卖钱。于书荣一听"创业"二字便来神了，他打算简单问问田寡妇的家庭情况，就去找那个创业的王秋叶。

田寡妇抽抽鼻子，满眼闪动着泪水向于书荣诉说，她名为田银花，她和丈夫是在东莞打工相识的。她与丈夫本是自由恋爱，十四年前两人办理了结婚登记。婚后，由于身体和生活等原因，他们商定暂不打算要孩子。丈夫担心意外怀孕，便叮嘱妻子每次及时服用避孕药。不料，田银花避孕失败导致意外怀孕。丈夫得知后坚决让其打胎，可田银花认为结婚不容易，生儿更不容易，趁着年轻身子好不生儿，实在太可惜，就不忍心打掉胎儿。结果，就如丈夫所担心的那样，生下一个患小儿麻痹症的残儿。

起初，双方都对孩子倾注了父母之爱，带着孩子四处求医问药。后来，因无力及时治疗，孩子的病情越发严重。医生说，患儿因得不到有效治疗而残疾，一生都需要家人照顾。孩子刚满八岁那年，生活仍难以自理，甚至屎尿拉裤子也是常事……长期面对这个"累赘"，夫妻都失去了信心和耐心，也常为此发生口角。丈夫一气之下半夜独自离家外出，这对于本来就有隔阂的夫妻关系来说更是"火上浇油"，双方积怨也越来越深。不料丈夫不仅没分文供养家人，还一去五年杳无音信，甚至风传其在外有了家。田银花如跌冰窖，再也挺不住了。于是她萌生了哪怕找一个有钱的，哪怕样子丑陋、年岁大的男人，也要把这残疾儿抚养成人的想法。

当于书荣问田银花有什么脱贫解困的心愿时，田银花满肚子的酸楚潸然泪下，说她一个身单力薄的寡妇，能有什么心愿呢！自己连个依靠都没有，还能有什么心愿呢！无非是嫁个能过日子的人，离开这鬼地方……田寡妇的哭诉，真切地诉出了一个寡妇的可怜和无奈，差点把于书荣的泪水诉出来了。

踏出田银花的家门，于书荣感觉一身沉重。他正准备去王秋叶家,村民罗番贵匆匆来报信,说:"王秋叶在罗广金家和罗广金吵起来啦!"于书荣正想问罗番贵他俩为什么吵架时,只见罗番贵快速闪进了田寡妇家,一把搂住田寡妇只顾亲热,嘴对嘴亲得吧唧响,把于书荣的脸都亲红了。于书荣立刻转身去罗广金家,心想,难道他就是村东头的那个给小孩糖粒和橘子吃的"番贵叔叔"吗?这个田寡妇,还老想外嫁,这不挺好的一对吗?

于书荣想着想着就到了罗广金家。原来,王秋叶要村会计罗广金开个未婚证明,以便带着拼布绣样品去深圳参加民间民俗传统手工艺博览交易会。可罗广金不但不开证明,反说了些粗俗的风凉话,说王秋叶在深圳打工肯定是混得不好,受到什么挫折,才回村来搞什么拼布绣。罗广金还说,她本来同罗赖贵恋爱两年多了,睡都睡到一起了,还开什么未婚证明,简直羞死人了……

于书荣把王秋叶叫回她家。王秋叶的家在寨子东头路口,据说原来一直住在祖上留下的四处通风漏雨的两间危房里。农村政策刚刚放开的那些日子,她父亲是第一个去当地煤矿做临时工的,家中很快有了点活钱,就在寨里将两间危房换成了四间宽敞明亮的土木结构房。后来又让出一间,最早在当地办起了当时叫"代销店"的小卖部。现在于书荣正坐在小卖部的柜台前,细问王秋叶为什么要做拼布绣和往后的打算,王秋叶就一五一十向于书荣讲述了自己的想法。

王秋叶说,四十年前,雷公寨娃娃的衣、帽、鞋、袜全凭手工制作。在儿时记忆里,她的玩具都是奶奶用拼布绣手工做成的,她十二岁就开始学奶奶做拼布绣,至今奶奶八十八岁耳聪目明仍坚持做。奶奶和妈妈都是当地出了名的巧手,那时候她们把缝制拼布绣作为一门生存持家的技能,养活了自家一代代人。那时王秋叶的爷爷常年多病,雪亮的眼睛因为得病差点失明,因此做不得重活粗活,仅靠奶奶一个弱小的女子凭着一双巧手撑起这个家,奶奶自然就成了王秋叶最钦佩的人,小秋叶梦想着将来有一天能拥有像奶奶一样的巧手,也梦想着拼布绣能成为自己养家的手艺。

一个偶然的机会，王秋叶被深圳某幼儿园聘为幼教，每每工作得意之时，总想弄点既少花钱或不花钱，又能让深圳这样有钱的城市稀奇的家乡土特产，回报关心和支持她工作的领导和家长。她在记忆中筛来筛去，突然想起家中那些存放多年，被家人认为早已过时且一文不值的东西，这些东西在当地叫口水咖、扎角帽、花肚兜……全是小孩用的，她把这些作为奖励赠给娃儿。不料这样一赠，还真赠出了名堂。领导和家长们纷纷问她这些东西从哪儿弄来的，还有吗？多弄点来，给钱！王秋叶觉得奇怪，忙说不要钱，这是自家老辈用手工做的没花钱的土特产。其中一位在绣纺厂当老板的家长说："你再弄些这样的'土特产'来吧，有多少我要多少，但卖价请优惠一点！"

于书荣激动而兴奋地说，后来你弄了吗？

王秋叶说弄了。后来她满怀欣喜，回到家乡神神秘秘边收集"土特产"边了解拼布绣传承现状时，像被泼了一盆冷水似的，从头凉到了脚。她原以为这世界上只有她寨子里的老辈会做拼布绣，没想到从前湘南大地上的农家妇女，几乎人人会做，而如今拼布绣手艺几乎无人问津，已经到了濒临失传的境地。当她重携拼布绣，满怀希望和村民交谈时，他们满脸疑惑：这东西早已过时，又赚不到钱，怕不是王秋叶在深圳做得不好，才借口找这么一个没出息、没奔头的活做。村民这样说倒也无所谓，但村干部也这样说，王秋叶就憋不住气了，所以就和村会计罗广金吵了起来。

一场吵架，让王秋叶道出了实情，也启发了于书荣，这不正是他此次来雷公寨要采集的重要创作素材吗？他决定将拼布绣传承这一新情况上报文化部门。王秋叶就是他要创作的长篇纪实小说《拼布绣》中的那个真真切切的拼布绣传承人物，她的形象马上在于书荣脑海里初现——她身穿红色碎花花布衫子，刀条脸，小嘴薄樱唇，一双大眼睛亮得活像两汪深泉，黑里透黄的长发散落在腰间，两鬓的毛发常常遮住了半边脸。她说起话来像抖落金珠，掷地有声。怪不得村民背地咽咽口水说她是"村花"。像这样年轻漂亮的女性可惜生在了农村，农村的"村花"就像生在山谷里的花朵，再鲜再亮也少有人撞见。假如把这朵"村花"移到大城市呢……唉，干脆不去想她了。然而，事情往往不是那样简单，现实中好多事你越是不去想它，它就越是在你脑海里出现，它越是在你脑海里出现，你就越是想它。谁叫王秋叶和拼布绣连在一块呢？谁叫于书荣偏要写《拼布绣》呢？因此，于书荣每每想起拼布绣，就必会想起王秋叶，而想起王秋叶，就必有拼布绣。仿佛拼布绣就是王秋叶，王秋叶就是拼布绣，王秋叶和拼布绣像是融成了一个东西，钻进于书荣的脑袋里挤都挤不出来。于书荣迟迟不成婚而步入大龄行列，是为了工作，为了事业。而王秋叶刚念完高中就走南闯北四处揽活，三十二岁了还未成婚，又是为了什么呢？难道真的像村会计罗广金所说的那样，王秋叶和本村后生罗赖贵已恋爱两年，不肯公开？还是村民背地里所说的，王秋叶在深圳做活出了错，混不下去了，才回家干拼布绣这种没出息、没奔头的活？

　　于书荣还得继续走访。他刚走到村前的古银杏树下，却被迎面而来的村会计罗广金热情地拉到他家，罗广金生怕于书记上别家去，就拉着他走得急，到了家才缓了一口气说："于书记啊，还是先走访村干部的家吧，什么事都得有个先内后外。我是村会计，内当家，村里的事知根知底，你放心！"接着，罗广金留于书荣在他家吃中午饭，说："于书记从省城来到寨子里不容易，走访调查也很辛苦，中午在我家吃个饭吧！"说着就让妻子杀了鸡，切了腊肉，备了一桌香喷喷的菜。于书荣没办法，到点还是要吃饭，于是他按规定加倍付了钱说："往后别搞这样丰盛，太浪费了！"罗广金推让着不肯收钱，说："应该应该！您从大城市到我们寨子里来工作，多不容易啊，我们全家还想您长住我家呢！"于书荣说："上级要求我们雷公寨三年内摘掉贫困帽，我可能一住就会是三年。你是村干部，住你家有的是机会。"罗广金说："不过于书记要是图个工作方便的话，先住我家为好。因为我是内当家，对寨里家底子清，能让您尽快掌握家底现状，村民的一举一动、一言一行，全装在我肚子里。再说，从前的扶贫干部从上头弄来的救济物资和救济款，一般都是放我这儿，然后由我分发到户，从没有出过差错。所以于书记如果给村里带来了钱物，无论多少，放我这里绝对安全！"

于书荣坚持把饭钱放到桌上，罗广金没再推回，而是十分热情地说："于书记看您只吃这么一小碗饭，又不喝酒，就拿这么多钱，真让我不好意思！"在罗广金的引荐下，于书荣来到退位才半年的老支书罗满福家。罗满福如临贵客喜出望外，有种凳板虽冷，但是位置还热着之感。他今年六十九岁，离开村支书的位置才几个月，国家规定男干部六十岁退休，可他却来了个六六顺八八发，六十八岁以后又干了六个月才恋恋不舍地退位。镇上拿他没办法，因为雷公寨这地方，找个接班人都困难，仿佛唯有他罗满福能当村支书，而且越老越能胜任，越担任村支书身子越硬朗。他连续当了三十四年的村支书，把全寨子的人都弄得依依顺顺、服服帖帖，这一点，没功劳也有苦劳，村里村外知情人都服了他。用他自己的话说是神仙下凡问土地，上头哪个进寨的人都得先找他，不找他进不了寨子，或进了寨子办不成事。而现在呢，他罗满福虽然不在位了，可人还健在，人在威严就在。他觉得于书荣虽年轻，但从政套路蛮熟，是个有经验、有思想的领导干部。好像知道没有他罗满福的支持，工作组在雷公寨先不要说谈工作，就连脚跟都站不稳。好像知道没有他罗满福点头，任何人在雷公寨都办不成事。省干部到底是省干部，与往常那些头脑简单，懒得调查研究，就指手画脚瞎指挥的干部明显不同。再说他是来扶贫的，按惯例，扶贫扶贫，送金送银，国家救济，年年有增。听说这个于书记还是个响当当的作家呢，作家加省干部来扶贫是件大好事，要点救济款是小菜一碟。雷公寨最需要这样的干部，最欢迎这样的干部。早些日子罗满福就听驻村干部罗江海说，有个省里的干部作家来扶贫。这回扶贫不同往常，一是来势猛、力度大、要求高，说是什么精准扶贫、精准脱贫；二是下来的干部规格高，省干部下村等于从天而降，而且干部作家双保险。罗满福古稀临头的人了都没听说过。扶贫就扶贫嘛，还精准扶贫呢！干部就干部嘛，还作家干部呢！管他怎么说都行，反正对雷公寨来说，这是一次难得的机会。而现在机会终于来了，罗满福当然不仅不会轻易放弃，还会紧紧抓住他，因为抓住了他就等于抓住了钱。

罗满福笑得脸上的皱纹夹得死苍蝇，客客气气地招呼于书荣坐定后，认认真真泡了杯茗茶，说这是他儿子从旅游胜地带来的"三合春芽"，又醇又香，人称"茶王"。罗满福小心翼翼地把茶递到于书荣手中，又利索地递烟。烟是带蓝嘴的，烟壳深蓝，柔软放光，是七八十块钱一盒的软芙蓉王，这是专为于书记备着的。罗满福舍不得抽，他最多抽几块钱一盒的，或者干脆抽旱烟。当罗满福抖动着粗皮老手拆开烟壳抽出一支递过去时，于书记礼貌地拱着双手，连说不会不会！谢谢谢谢！

于书记细问了罗满福的家庭情况。罗满福说，他和老伴共生育三男两女，男大女小，老大是市委组织部副部长，大儿媳是省农科院专家，他们的家在省城；老二刚提拔为乱石镇政府镇长；老三老四都在城里开店做生意，有车、有房、有存款；小女嫁给邻村一个杀猪的，也"杀"出了名堂，就在县城买了楼房。现在孩子们都有了像模像样的家，家里就只剩他和老伴了。罗满福说，他刚过六十九岁生日，老伴也六十五岁了，身子都还硬朗。二老闲得没事就种种菜、养养鸡、喂喂猫狗……罗满福还向于书记介绍了村里的情况，他说雷公寨村实在太穷，穷得连个村部都没有。于书记问，没有村部，村干部在哪儿办公。罗满福说，在学校挤了一间小杂屋作为村部办公室，为了不影响村校上课，村委开会谈事情一般在工作日的夜间或周末。而村校是一栋老旧的土房,早已墙裂瓦稀,四处透风,屋顶漏雨。村里无能为力,曾多次请求镇里拨钱抢修。镇里说村校马上要并到镇中心学校了,没必要再修。不幸的是,并入中心学校不到半年,村校就倒塌了,村部就没了。他当支书时就没有了。

当于书记问罗满福对村里扶贫工作有何建议时,罗满福难为情地长叹一声,在心里反复问自己,我能有什么建议呢?我能建议什么呢?在位时,自己曾信心满满提过不少建议,也听过别人不少建议。上头派的驻村干部换了一茬又一茬,张干部来了养生猪,李干部来了放山羊,刘书记号召种烤烟,王镇长动员种洋芋……什么都想过,什么都试过,你能说哪位领导不是真心实意想让我们脱贫致富吗?可这块不争气的瘦地,无论你怎么弄也长不出票子来。罗满福觉得自己在位时思想已经开放得不能再开放了,紧跟形势也紧跟得不能再紧跟了,要不然,村支书的位置他怎能稳坐三十四载呢!雷公寨比起富裕村来,虽然穷点、落后点,但年年有进步。而这些进步离不开政府的年年资助,如果政府能一如既往地年年资助,相信雷公寨在不久的将来定会富起来。罗满福这样一想,就有了勇气回答于书荣的话。他说:"要我这老头说,作为老干部、老党员,我就毫不客气地掏心窝子了。我建议于书记切莫忘记从省里多弄点钱来,精准扶贫也就是把扶贫的钱精准到每个贫困户头上,让雷公寨的村民早日脱贫!"这就是罗满福理解的"精准扶贫"和"精准脱贫"!罗满福说这话时,带着对村民无比深厚的感情,话说完了脸颊仍红扑扑的,且越来越红。他深沉地瞧着于书记,像在为雷公寨扶贫工作献计献策,等于书记说话。四目相对良久,把于书记的脸都映红了……

于书荣踏出罗满福的家门,一窝村民围上来簇拥着他,客客气气地握手递烟。原来,以罗赖奎和罗番贵为头的十余人早已候在门外,他们挤眉弄眼,憋住呼吸,竖起耳朵偷听于书记和罗满福交谈,看于书记是否带了钱。带了钱就定有他们的份儿,因为他们是一群长期靠吃救济过日子的懒汉、二流子、光棍。现在他们不仅热情地和于书记握手递烟，还各自动情动色地向于书记提出了一堆困难……

三

当然，在下户走访中，于书荣耳朵里装的不仅仅是刚才这群懒汉、二流子的声音，而更多的是一些素质较高的群众最热切、最中肯的意见和问题。比如说村干部思想守旧搞宗派械斗，自私自利，带头致富能力差；村里离镇上太远，村校撤了，孩子被迫辍学；村子在河边，父母在打工，孩子无人管，每年都有孩子溺水身亡……这些意见和问题，虽然不能一阵儿全部去落实，去解决，但都是现实存在的，都是不利于脱贫致富的，都是亟待解决的。无论如何得去思考，去研究，去正视，去面对。于书荣耐心地说服簇拥他的这群人后，独自"唉"的一声，长叹了一口气。气还没叹完，又来人匆匆报信，说村支书王远高瘫倒在地，不省人事了。于书荣随来人奔到事发地点，见王远高脸色苍白，全身瘫软，叫唤不醒，便立刻与村会计罗广金一同将其送进了县医院。

经县人民医院检查，王远高除了长期患有肺结核，还患有高血压和心脏病，这些年越来越严重。村支书、村主任一肩挑的王远高，不仅年逾花甲，还身患多病。寨子里那摊子事儿早已堆得脖颈高，常常依靠村会计罗广金，而罗广金不仅业务能力差、工作不得法，还爱钻小圈子，自私自利，办事无原则，寨子里没人愿服他，村民反映强烈，因此他的职位多年"原地不动"。上回老支书罗满福退位时，罗广金料定村主任这位子非他莫属，不料镇里宁愿把村支书、村主任一并压在病秧子王远高肩上，也不愿拉他当村主任。罗广金满腹牢骚，本来工作方面就得过且过，现在更得过且过了。除了罗广金就是妇女主任兼计划生育专干郝小柳了。而郝小柳是个毫无背景的外地人，常常被老公罗赖奎欺压得不敢露头。因此，于书荣深感村班子力量太薄弱。自己人生地不熟，又没农村工作经验，目前的依靠左也王远高，右也王远高，要是能有个得力的村主任帮他出谋划策该多好啊！于书荣想来想去，果断地向镇党委提出了目前必须解决村两委班子建设和恢复村学校的扶贫工作思路。这个工作思路其实也是迫在眉睫的事情，说白一点就是要选出一个身强力壮能带领村民致富的村主任。哪怕是租借民房也要尽快让孩子们上学。

这两个问题不是像于书荣写小说那样凭空虚构的，而是当地群众呼声最高的两件实事。而要办好这两件实事，十分艰难。比方说谁来当村主任，留守寨里身强力壮又能干村主任的男子几乎没有，在家这些拖儿带女不堪重负的妇女和年迈体弱的老人，又有谁适合当选村主任呢？于书荣想来想去又想到了那位创业的王秋叶，可又觉得和自己一样年轻的王秋叶作为创业致富带头人没问题，但压不住雷公寨这样的穷寨烂村。又比方说新建一所学校，从规划到起用至少要两年，而虚度时光的孩子们没人管教，实在等不起了。租民房吗？谁有适合的呢？还有师资、教学设备……

正当于书荣不知所措、一筹莫展时，镇里派来刚退居二线的原副镇长罗江海，说是来加强领导力量，协助第一书记工作。于书荣还记得，罗江海就是两个月前陪他来雷公寨报到的那位。的确，就像镇里介绍的情况那样，罗江海是本地人，家住与雷公寨相邻的罗家冲村。他一辈子没离开过本乡本土，前前后后驻雷公寨村工作十二年，这一带，一山一水、一草一木他都了如指掌。你信吗，凡雷公寨的村民，无须见人，只要你笑一声、哭一声或说几句话，罗江海就能分辨出你是谁。就是雷公寨的狗见了罗江海，都会老远相迎，两耳后倾，呜呜地举头、眯眼、摇尾巴。论工作经验，他一辈子在基层，要多丰富有多丰富。论人缘关系,他土生土长、乡里乡亲的,要多浓烈有多浓烈。照理,有这样独特优势的老领导协助工作,对于书荣工作的帮助不言而喻。然而,这样的优势却被于书荣委婉地拒绝了。于书荣说,就是因为过去的工作被人帮助太多,在城里身边优势太多,他厌烦了养尊处优的生活,才特意来摆脱"优势",面对"劣势",想让自己完全独立起来。再说,老领导几十年坚守基层工作也不容易,现在既然退居二线了,理当让他好好换换气、养养身,不要麻烦人家了。

　　于书荣想,罗江海才五十四岁就从副镇长的位子上退下来了,而王远高今年六十一岁了仍干着村支书,而且是村支书、村主任一肩挑,他身子本就不好,再加上妻子腰椎间盘突出,半夜里常要王远高起来按摩或贴膏药。本来就患肺结核的王远高,寒冷的夜间一起床,就咳得更厉害,一时半会儿无法入睡,次日又得清早起来烧水做饭。寨里人好面子,每餐至少比往常多两个菜。自己住在王远高家,不仅不能帮忙做家务,反而给他家添了不少麻烦。于书荣觉得既然来到艰苦的地方就得艰苦,不仅工作上要面对"劣势"独立起来,生活上也要面对现实独立起来。于是,于书荣偷偷租下了民房,趁王远高住院期间悄悄把行李搬了进去,又悄悄煮饭炒菜,自己照顾自己……

　　王远高得知于书荣的举动后,不顾医生阻拦提前出院了。王远高以为于书荣是因为他整天咳嗽,大口吐痰,现在他又被查出了严重肺结核,怕传染。以为他病恹恹的,三天两头进医院,只留老婆在家照顾于书荣,极不方便。于是,他就不好勉强再留于书荣住他家了。可总不能让一个人生地不熟的扶贫干部没个安身之处啊!再苦再难,哪怕是寨里党员干部轮着来,也得照顾好于书荣的身体和生活。于是,王远高出院后第一个找到老支书罗满福商量,因为当初于书荣入村时,罗满福是头一个热热情情亲自向王远高请求让于书荣住他家的,王远高满以为罗满福定会带个好头。出乎意料的是,罗满福一听王远高说于书荣不愿住他家时,还以为王远高是故意耍滑头、甩包袱。当王远高请求老支书能否把于书荣安排住他家时，罗满福就拨浪鼓似的直摇头，说他马上就要搬进城和城里的儿子去住了，他正在找人管理地里尚未收割的庄稼，家里很快就要关门闭户了，他说……没等罗满福把话说完，王远高又匆忙跑到村会计罗广金家，因为罗广金也曾电话要求过于书荣住他家。可没等王远高把话说完，罗广金就一脸愁苦，唉声叹气说他老婆不会炒菜，说他老婆粗手粗脚的不知冷热，又说他老婆丢三落四不讲卫生。总而言之，说他家不适合住干部。王远高像被泼了一瓢冷水似的，顿觉心灰意冷，身上的病好像又加重了十倍。他弄不明白这些人怎么说变就变呢？后来才知道，原来罗满福和罗广金听说于书荣只是个不善于弄钱、也弄不来钱的白面书生，驻户得不到丁点儿好处，就决定放弃争他入住的请求，反而对于书荣冷眼相待了。

那天傍晚，于书荣正在泡方便面，未婚妻周玲玲突然出现在他面前。周玲玲是王秋叶领来的，她一大早从省城坐大巴到县城，又从县城坐大巴到达通往雷公寨的岔路口，再步行七华里，一路走一路问，终于来到雷公寨。她急切地进村后，路过王秋叶小卖部门前时，探头朝店里瞧了一下，蛮有礼貌地用标准普通话试探着问："妹妹你好，请问这是雷公寨吗？于书荣住在哪？"

正背朝店门，撅着屁股，弯着腰替顾客打酱油的王秋叶，听到问话，心想这女人的口气还真大呀，可当她转身一看却惊呆了，酱油瓶都差点从手中滑落——眼前的女人皮肤白净，眉清目秀，是个文静娴雅的大姑娘，像是从城里来的，却没有那种城里女子惯有的浓妆艳抹。她肚子胖胖的又不像发胖，好像有一点点隆起，又像个风韵犹存的少妇。她特意穿着宽大的孕装，上面溅满了污泥点子。她脚上的平底皮鞋是一双防水靴似的高筒红色皮鞋，也被泥水沾污得不见了眼睛、鼻子。她的脸上长有一些斑点，看上去时隐时现，非常可爱，仿佛风中摇曳的荷包花上的粉点儿。大概因为一路大包小袋、肩背手提的，此刻她的脸色暗淡，显得有点疲惫。

聪明的王秋叶回过神来对女人的来意已明白几分，她立刻把酱油交给顾客，同样十分热情地回答女人："这就是雷公寨村，于书记住在村西头，我这就带你去！"说着王秋叶就把周玲玲背上的大包卸下来帮她背着，带她去了于书荣的住处。

"于书记还不出来迎接呀，你看这是谁来了呀！"大老远王秋叶就兴奋地叫喊起来。

于书荣听到喊声，还以为是哪位领导来了，迎出门来愣住了，半响才对周玲玲说："你怎么跑到这儿来啦？"

见周玲玲嚅动着嘴唇想说又没说，满脸不高兴，王秋叶就抢着替周玲玲说话了："难道嫂子来看你都不准来吗？"说话时，王秋叶的脸蛋红晕了一下，又说："好啦，我先弄饭去，一会儿嫂子和于书记一起去我家吃饭！"王秋叶说完放下背着的大包转身走了。

于书荣对着王秋叶的背影忙说："不用啦！我刚泡好了方便面！"

天慢慢变黑了，可于书荣的住处还是黑灯瞎火的。周玲玲探头向屋外看了看说："怎么还不开灯呢？人家屋里的灯早就亮了。"

"暂时还没有灯，这儿有一盏已充好电的矿灯，将就用吧！你先歇一会儿，我来烧水让你洗洗！"于书荣边说边把矿灯弄好，让周玲玲坐在睡椅上，端来一杯放了糖的热茶。然后又烧水扫地忙这忙那的。没有电，于书荣烧水用的是从王远高家弄来的小煤炉。于书荣在山上转了一天，肚子忽然"咕噜"响了几下，感觉有些饿了，才想起刚才泡的忘了吃的方便面，然后端到周玲玲眼前说："饿了吧，先吃两口！"

"我不吃，你这个工作队长、第一书记，当得真是太窝囊了！这到底是怎么回事啊！"周玲玲摇摇头，眼圈都红了。

于书荣解释说："玲玲，没事的，过两天灯会亮起来的。因为我租住的房子多年没人住，房主在外打工十多年没回过村了，本就老化的电线被老鼠咬断了多处，必须重新安装。再说我搬来没几天，我原住在村支书家，因支书夫妇身体都不好，支书工作任务很重，家里很困难，唯一的女儿又在外打工，我实在不忍心再给他家添麻烦了。我看这房子通风透气没人住，就背着支书下决心搬过来了。"

"你又不会炒菜煮饭，谁给你做饭吃啊！"

"自己给自己做，不会做饭就学嘛！"

"那不行，我不放心！"

"真不放心？"

"真不放心！"

"那就请周玲玲同志亲自来照顾我吧！"

"呸，你想得美！你来这自讨苦吃，本就偷偷摸摸瞒着我，现在日子过不下去了，还要我来跟你一块吃苦吗？"

"好了好了，不来不来！你赶紧把你身上的泥巴洗掉，我来烧水做饭！"

"不用做了，我这带了吃的！你把包里的东西拿出来就是！"

"哇，这么多吃的啊！哎，怎么还有个小蛋糕呢，你喜欢吃？"于书荣打开大背包一看，高兴极了。

"你知道今天是什么日子吗？"周玲玲瞥了于书荣一眼。

"四月十八日，我下村刚好四十天了！"于书荣像做口头抢答题那样脱口而出，而周玲玲直摇头。

"我没记错啊！"于书荣顺势拿起桌上的专用笔记本，翻开第一页给了周玲玲："玲玲你看，三月八日那天，在县文化局马副局长和副镇长罗江海的陪同下，中午十二点十六分我到雷公寨村报到。"

周玲玲点了一下头，又摇了一下头，认真地说："我的于书记呀，你这个书呆子、工作狂，你知道你老婆偏偏在四月十八日买蛋糕的意义吗？"

于书荣愣了愣，回过神来："哎呀，忘了，真的忘了！今天是我生日，四十天！"

"不是四十天，是你四十一岁生日！"

"是啊！世上还是老婆好，有老婆的男人幸福少不了！玲玲……"说着于书荣抱起玲玲亲了一口。

周玲玲温柔地说："别急，水烧好了没？洗洗再说！"

于书荣说："水还得等一会儿。看你这一身啊，哪像行路啊，就像一路在和泥巴干仗！"

周玲玲唉声叹气说："哎呀，来这里真的太难了，从省城到县城还可以直达，而转坐进山寨的班车我就有点紧张了，一路叫司机提醒我在去雷公寨的路口下车，又问下了车还有多远，是走路还是搭车？"

"从路口一下车就全靠走路！"

"是啊，要是早知道全靠走路，我就不会大包小袋地买这么多东西了。又遇春雨，那段不知多长的坑坑洼洼的泥泞路，我生怕滑到河里去，小心翼翼地足足走了近两个小时，累死我了！"

"那你为什么不提前打电话让我去接呢？"

"我怕你拒绝我来你的工作现场！"

"活该！"

周玲玲站起身走动着，她看了看光亮慢慢变弱的矿灯，又忽然发现开着门的碗柜里堆着许多土鸡蛋、饼干和方便面，"嘻嘻"冷笑一声说："我活该，你才活该呢！白天吃方便面，晚上变瞎子（没电）！和老单身公没两样！"

"好啦，都活该！水烧好了，现在老单身公命令老单身婆快洗澡去！"

"嘻嘻，你还好意思叫我老单身婆！"

"因为你叫我老单身公啊，有公就有婆嘛！"

"不过我们这对公婆，不知猴年马月才名正言顺哦！"

"我俩不是早就名正言顺地在一起了吗？"

"亏你还是个作家，还当书记。净在我身上干坏事，好事就忘了！"

"什么好事啊？"

"你忘了，我们不是约定'五一'结婚吗？可现在连结婚证都没扯！"

"就为这事而来？"

"就为这事而来！"

"这事你电话提醒我就行啦！走一趟多累啊！"

"像你这种人，电话提醒管用吗？于书荣，我实话告诉你！我这回来，除了给你祝贺生日，还要和你商量结婚的事！"周玲玲说着眼圈都红了。

"可我现在刚来，实在脱不开身呀！"

"脱不开身也要脱，你不知道孩子在我肚里快四个月了吗？再不举行婚礼就要现丑啦……"周玲玲话未说完，鼻子抽动两下就呜呜地哭了。

"好了，真像个小孩子，就知道哭脸。贺生日和结婚都是好事！我答应你，明天就和你一块回城，把结婚证办了，商量婚礼的事行吗？"

周玲玲不哭了，通情达理地洗澡、换衣、吃饭、给老公贺生日吃蛋糕……

周玲玲小于书荣六岁，是于书荣的未婚妻，四川人，湘南师范大学毕业后担任省城某中学教师。她爱好诗歌创作，四年前她在省作协主办的一次大型笔会上与于书荣相识。后来他们通过手机微信聊天和频繁约会，很快产生了文学创作上的共鸣。再后来他们这种"共鸣"又很快转化为感情上的共鸣。而于书荣专注于写小说，把婚事一拖再拖。但于书荣深知周玲玲爱他，他也爱周玲玲，也了解周玲玲的脾气秉性。这回下村任职，为避免周玲玲不支持他工作而带来不必要的麻烦，他特意没和周玲玲商量。而周玲玲得知后，先是打电话泼辣地向于书荣撒野，说都四年了，她和他什么知心话都说透了，她这辈子生是于家的人，死是于家的鬼，不把婚结了莫想安心搞扶贫。周玲玲说完话又气冲冲地找到于书荣的母亲，说现在她肚子里已经有了于书荣的娃，已经有了于家的根，要是没人关照，她就只好把"根"除掉或甩在荒野路边了。

母亲谢茵茵一听儿媳说她肚里有了于家的根，脑袋"嗡"的一声顿觉天旋地转，身子立刻瘫软了，半晌才回过神来。她有气无力地对周玲玲说："孩子！你是好孩子！老妈不怪你生气。你别急！我一定会把书荣找回，一定先结婚后扶贫！"现在周玲玲满肚子怨气突然找上了门，倒把于书荣搞得不知所措了。一会儿，于书荣眉头一皱，计上心来。他心想，原计划不是月底到省里去跑资金、跑项目吗，现在也挨近月底了，为照顾周玲玲的情绪，以免她下回又来村里吵架，不如自己主动出击，提前几天赴省城，把结婚证办了，让周玲玲和母亲吃下定心丸。然后再做做周玲玲和母亲的工作，推迟举行婚礼。这不是公私兼顾、两全其美吗！想到这些，于书荣就陪周玲玲一起回城了……

四

镇党委批准了雷公寨补选村主任和恢复村学校的请求，同意结合扶贫工作，统筹规划村内建设。其中补选村主任的工作可先行一步，镇党委要求村里做好选举前期工作，先摸摸底，做到心中有数。一定要坚持自愿报名与群众推荐相结合的方式，广泛听取群众意见，实施民主"海选"。

为了发动群众积极报名参选，刚出院尚未完全康复的王远高，一连几天满村满村地转，吹哨喊话下通知，转了几天、喊了几天、等了几天，结果等来了留守在寨子里的村民罗赖奎和罗番贵。罗赖奎是寨里寨外有名的"烂桶子",罗番贵和罗赖奎同一路数,也是寨子里懒得出奇的单身汉。王远高说:"你们两个哪有报名的资格呀?"罗赖奎却说:"怎么没报名的资格呢,我们也是中国公民啊!"罗番贵附和着:"是啊,我们都是中国公民,都是雷公寨人呀!"王远高说:"不是雷公寨的每个中国公民都能当村主任啊,我看你俩都不适合,打消这个念头吧!"罗赖奎不服气地对着王远高指指点点说:"你敢剥夺我俩选举的权利,等到选举那天,要是没了我俩的名字,你就等着瞧吧!"说着,罗赖奎就虎着脸,脚一跺,手指愤愤地在空中画了条大弧线,恶狠狠地甩下一句:"老子不参选,看谁敢当这个村主任!"随即他气冲冲地扬长而去,罗番贵也愤愤地把脚一跺,不怀好意地瞥了王远高一眼,跟屁虫似的紧跟罗赖奎身后走了。

  这一切让王秋叶看在眼里,急在心里。其实,向来心细的王秋叶,暗中目睹了刚才发生的一幕。她匆匆回屋拨通了罗赖贵的电话,意在把罗赖贵招回竞选村主任,谁料正在县城工程队当工头,富足得流油的罗赖贵却不愿回村。王秋叶满肚子怨气,急中生智冲出家门,把刚才她暗中窥到罗赖奎和罗番贵去支书家报名的一幕,告诉了村里的留守妇女,意在让她们各自通知自己的男人前来参加竞选。关键时刻切莫让罗赖奎、罗番贵这样的人滥竽充数混进村班子。谁料留守妇女电话都打爆了,仍没有一人愿意回村竞选,这可急坏了王秋叶。怎么能让那两个游手好闲、欺辱百姓的男人报名参选呢?于是,留守妇女在电话里臭骂一顿自己的男人之后,把话筒重重一放,如热锅上的蚂蚁坐立不安了,不安中她们忽然出奇地冷静下来,神魔般地合计着怂恿王秋叶报名竞选试一试……

  与此同时,于书荣和王远高也来找王秋叶了。他俩来时,王秋叶正在清点自家小卖部七零八碎的货物,她妈张群芳到镇上赶集去了,想趁集日车船便利,多采买些货物来。

  王远高说:"秋叶啊,今天我和于书记来找你什么事,你晓得吗?"

"不晓得！"王秋叶见七篓八箱的货物散乱一地，不好意思地把一条长板凳递过去，招呼他俩在柜台前的屋檐下坐着。

王远高和于书荣坐定后又说："这几天村里留守妇女有什么新主张你晓得吗？"

"不晓得！"王秋叶微笑一下又马上荡开了微笑中的酒窝，红晕着脸忙从柜台里拿出一包精白沙，拆了抽出一根递给于书荣，于书荣连忙摇头摆手表示不会抽，而王远高虽会抽，可烟一入喉就开始咳嗽，只好拒绝了。

接着，王远高加重了语气说："她们都在替你报名，要推你当村主任呢，你还蒙在鼓里呀！"

"干村主任是你们男人的事，我干不了！"王秋叶抓紧收拾着货物。

于书荣紧接着王秋叶的话说："时代不同了，好多原以为只有男人才干得好的事女人干得更好！比如开车，比如当领导，就是杀猪女人也比男人温柔些。村主任人家想干还没人推呢，既然有这么多人推你，我看你就别谦虚了！"

"反正我不干！我真的干不好！"王秋叶奋力把一箱洗衣粉顶上墙头高处，洗衣粉差点掉下，于书荣眼疾手快起身帮忙说："我还以为是白糖呢！"

王秋叶说："柜台下有的是白糖，想吃我给你泡一杯！"说着就拿出一次性水杯。

于书荣抬起手摇了摇说："不用，秋叶，快说说你为什么不愿干村主任？"

"因为我不是当官的料，没经验也没组织能力！"王秋叶放回水杯，拿出一罐铁壳子装的满口香红茶，给他俩一人沏了一杯。

于书荣接过红茶说："村干部可不是官呀，是为村民服务的。再说，你不发一分钱工资，能组织这么多人来做拼布绣，这不是组织能力吗?"

"服务村民是服务村民,拼布绣是拼布绣,两码事!"

于书荣说:"能不能把这两码事连在一块呢?"

王秋叶说:"不能!他做他的服务,我做我的拼布绣,井水不犯河水。"

"北京有个金太阳,金太阳……"于书荣的手机响了,电话里紧急通知于书荣马上去镇里一趟,于书荣又简单说了王秋叶几句,便迅速骑着单车走了。而王远高还在有一搭没一搭地给王秋叶讲精准脱贫的重要意义和村干部在精准脱贫中的重要地位。此刻,天刚亮就出门赶集的张群芳回屋了,一位年轻小伙用方便车送来了烟酒、食盐、酱油、味精……王秋叶赶紧迎接,帮忙清点货物。王远高对张群芳说先休息一会儿说点事,可没等王远高说事,汗都没擦一下的张群芳就开口了。

张群芳说:"远高啊,你不说我也晓得,前两天寨子里就有动静了,要是大伙儿真的信得过我家秋叶,我肯定会支持她!"

王远高兴奋地说:"到底是老干部、老党员,对寨里的事儿依然那样关心,那样支持,在我意料之中!"

张群芳拿眼瞟了一下王远高说:"远高,你别以为我当妇女主任时牢骚满腹,说待遇低,下辈子再也不干这屁事了。我们共事这么多年,你还不晓得我张群芳的为人处世吗?"

王远高连连点头说:"晓得,你这直来直去、说一不二、宽宏大量的脾气,是个为了人家宁愿自己吃亏的人。有你的支持我就放心了!好吧,你来之前我还有于书记已经和秋叶聊了蛮久,就不耽误你的时间了,赶紧忙你的,等待秋叶当选的好消息吧!"王远高说着,高高兴兴地走了。

原来,张群芳前天刚过六十五岁生日,心理状态和身体状况都蛮好。家里的小卖部也办了快二十年了,王秋叶外出打工的那些年,小卖部就靠她打理。她二十六岁开始干村妇女主任,二十八岁入党,一干就是二十七年。她当时还兼着计划生育专干和义务接生员呢！待遇呢，开始无分文，改革开放后才有十几元的补贴，后来增加到四十几元。现在家里所剩的，也是张群芳一直保留的引以为豪的被烟火熏黑了一层又一层的满墙的奖状。

王远高事后才知道事情的原委。那两个不适合报名的男人，原是老支书罗满福有意怂恿他们来的。而那帮留守妇女来替王秋叶报名，是冲着不适合当选的罗赖奎和罗番贵来的，王远高又惊又喜。但当初王远高还是有点不理解，对那帮留守妇女说："你们推荐秋叶啊，别嫌我直说，她一个女人能吃得下这份清苦吗？有这个能耐吗？即使能选上，恐怕镇里也难通过。她妈那么能干，也只能当一辈子的村妇女主任。不如推荐她的男友罗赖贵回村报名可靠些。"说实话，王远高也是个因循守旧、胆小怕事的人，在他眼里，适合干雷公寨村主任的人选只有两个，一是罗赖贵，二是王小勇。那帮留守妇女兴奋地说："要是你能把他俩招来，我们就不推秋叶了。"王远高说："你们既然推了就先报上吧，那两个愿不愿意回村竞选是另一回事。"

又过了几天，镇里来电催问候选人报名情况，王远高支支吾吾说："情况不大好，报名的只有两男一女，而且都不太适合。"镇里说："那怎么办呢，还有两天就要选举了。"王远高说："能不能推迟选举呀？"镇里说："不推迟了，三个就三个，索性来个大民主，三选一嘛！……"

罗满福听说王秋叶也报了名，十分恼怒，一面打电话告知堂侄罗赖贵让他阻止其未婚妻参选，一面别有用心地安排罗赖奎、罗番贵等人不择手段拉选票，坚决不让王秋叶当选。

罗赖奎和罗番贵得知他们能参加竞选，喜出望外，得意忘形，因为这是雷公寨头一回这样。按照罗满福的幕后安排，罗赖奎必须当选，罗番贵只是陪选，这是死任务。在罗满福看来，罗赖奎此次当不当选，关系到罗满福与王远高斗争之胜负，也就是说，关系到罗王两家斗争之胜负。至于王秋叶，完全是计划外，一个女人家有多大能耐？再说自古以来雷公寨就没有女人家当头的，村两委也只有妇女主任是唯一的女干部。让王秋叶出面竞选，定是王家塘中无鱼虾子贵，是王远高有意让她掺和捣蛋的，可以不把她当回事。

而罗赖奎要当选，就得采取超常手段。什么超常手段呢，当然是压倒一切、征服人心强拉选票。在罗赖奎看来，现在社会上办事成功率高的法子只有两种，一种是软办法，一种是硬办法。选举也一样，有钱的用钱买选票，玩软办法易如反掌。而罗赖奎手头没钱，当然只能来硬的。"来硬的"是罗赖奎惯用的老办法。这办法，在雷公寨生效，在周边十里八乡也显灵，在城市偏街小巷路旮旯更奏效。这办法如果用得恰当，能让罗赖奎轻轻松松地白吃白拿、白贪白占、白欺男霸女。眼下还差两天就选举了，看来老办法又在罗赖奎这儿派上了用场。

傍晚，罗赖奎和罗番贵带了家伙在村中转。他们直奔那些受过祸害、曾有意见或意见很大，可能投反对票的家庭。

"又来干什么呀，求求你们等我儿子睡了再……"这是三十六岁容貌端庄的寡妇田银花的哀求声，这声腔有点悲凉无助，像哭，像跪着哭。罗番贵一进屋就揪住了她的耳朵说："今夜是为老哥而来。老哥马上要当村主任了，你愿不愿投他一票啊？愿不愿为他拉上十张选票啊？"田银花浑身打着战，连忙说："愿意、愿意！"坐在一旁叼着蓝嘴子烟，颤动着跷起二郎腿的罗赖奎瞧都懒得瞧田银花一眼，轻蔑地说："听懂了吗？不需我再说了吧？"田银花忙说："听懂啦！请罗哥放心！"

原来，自从田银花丈夫不辞而别后，罗赖奎就打起了她的主意。后来罗赖奎竟把自己和田银花的关系发展到公开的有求必应，比自己的老婆还随便。厌了烦了，就将田银花介绍给大她十二岁的同伙罗番贵。而四十八岁的罗番贵老光棍一条，是个只有一间破屋，靠长期吃救济的人，哪有能力居家养妻儿呢！再说她虽然深知罗番贵所做的一切是罗赖奎所逼，可他毕竟是和罗赖奎同穿一条裤子的人，这等男人可嫁吗？于是田银花打死不肯嫁罗番贵。罗番贵就依傍着堂兄罗赖奎，公开喊田银花老婆，公开与田银花发生关系。罗赖奎还向田银花发出警告：不准外嫁，外嫁就打断她的腿。弄得周边想娶田银花的男人提心吊胆，田银花插翅难飞。现在要为罗赖奎拉票，田银花有些犹疑，怎么能让罗赖奎这号人当村主任呢？莫非日头从西边出来了。投票的事她虽然口头上应着，但心里还得掂量掂量，到时候见机行事吧。

罗赖奎和罗番贵在村中串来串去，串到另一位留守妇女家中，留守妇女见他俩气势汹汹而来，不安好心，就强装笑脸迎了他们，细声细语解释说："实在对不起二位兄弟，恰逢这几天来例假，身子不干净，不好意思！"罗番贵原本一见女人就像饥饿的猫见到鱼腥似的通身痒痒，特别是在夜间暗光里见到女人时隐时现的脸，就像雾里看花。此刻他见女人的小嘴像花瓣那样一张一合说到自己身子的事，就不顾身子干净不干净，忍不住跨向前，死死搂住了这雾里的"花"。站在一旁的罗赖奎瞪眼一吼，罗番贵像猪八戒见到孙悟空似的老实了，然后打发他去另一家了。

这时罗赖奎紧贴着女人，一手搂住她的腰，一手抚摸着她的脸说："让嫂子受惊了，今夜就放你一回，但有件事要交代。"

"什么事？罗哥尽管说！"女人听说今夜放她一回，内心窃喜。本来就让罗赖奎粗糙的手刺激得火辣辣的脸，此刻绯红绯红的了。

"罗哥马上就要当村主任了，好乖乖一定得投哥一票，还有你那懦弱老公，兄弟姐妹，老不死的公公婆婆，都得投罗哥的票，行吗？"罗赖奎继续紧搂她的腰，玩弄她的脸和胸脯，他的双腿已经扭住了她的双腿，他的身子和她的身子贴得更紧了。听完罗赖奎说的话，她通红的脸即刻又变白了，不敢有丝毫懈怠。

"不过公公婆婆与我合不来！"女人有点紧张，颤抖着身子和声音说。

"那就老子亲自去一趟！"罗赖奎一把推开女人愤愤地说。

女人稍愣一下，说："不用！不用罗哥操心了，全包在我身上吧！"

"你包也好，不包也罢，选举那天万一有个闪失，我拿你是问！"罗赖奎怒瞪了那女人一眼，甩下狠话，扬长而去……

罗赖奎的堂弟罗赖贵带领基建队本村职工前来参加选举大会了，意在全投罗赖奎的赞成票，全投王秋叶的反对票。罗赖贵是县城搞基建的著名包工头，也是全县数一数二的"富翁"。近些年寨子里不少男人在他手下做过工，得过好处。说实话，他做工头这些年，能做得这么顺畅，自然离不开官场。可在他内心深处又看不起官场，看不起"官"。因为好些当官的不是在当官，而是在当"钱"，甚至明码标价，大钱办大事，小钱办小事，没钱不办事。你说这和明抢暗偷有区别吗？这官当得还有尊严吗？因此他对官场又恨又爱，体会深刻。因此，他不仅不想自己丢了赚大钱的行当，来干这个穷村的穷官，还坚决反对王秋叶当这个官。这回他带来的都是他手下的本村的信得过的工友，并且给他们每人一千块红包和十张以上选票的硬任务，也就是说，按罗赖贵的要求，每投一张票一百块。罗赖贵心里盘算着，如果这十张选票奏了效，如果这批工友再加上他们的家人和亲戚都投反对票，王秋叶十有八九落选。只要王秋叶一落选，他就把她带到城里工程队搞管理，或者另找工作，哪怕当专职太太都随她的便。至于村里谁当村主任无所谓，而且要是他的堂弟罗赖奎当上了村主任，除了感谢他，还对他有益无害。

罗赖奎得知罗赖贵这一行动喜出望外，问罗赖贵需不需要除钱以外的援助。他觉得只要王秋叶身处逆势，他就等于有了优势，就等于排除了强势的竞争对手，就等于胜利了、成功了。他迫不及待地把这个好消息转告罗满福。老谋深算的罗满福说："这不算好消息，好消息还在后头呢。其实这一切都是我早已安排好的，明天就要选举了，你们就等待更好的消息吧！"

然而，让罗满福和罗赖奎意想不到的是，雷公寨全寨的妇女也早已统一了口径，坚决投王秋叶，打死不投罗赖奎和罗番贵。原来，就在选举大会的前天夜里，这些统一了口径的妇女各自展开了前所未有的"夫妻战"。有的赞许王秋叶为人诚恳；有的感恩王秋叶教她们做拼布绣，让她们赚了小钱；有的评价王秋叶公正无私，一定能为寨子里办实事；有的流泪诉苦，讲罗赖奎如何欺男霸女，损公肥私；还有的干脆背对丈夫脸朝墙，直到他们同意选王秋叶才罢休。

但也有不肯就此罢休的男人，在"夫妻战"中夫方把妻方弄得十分尴尬，最终打败妻方的。比如罗赖奎夫妻。罗赖奎一开始报名竞选村主任，妻子郝小柳就极力反对。其理由：一是论政治觉悟、论文化水平、论为人口碑、论外在形象……无论哪方面罗赖奎都不适合当村干部，更不适合当村主任；二是郝小柳已是村妇女主任，在同一村，夫妻双方不能都当村干部吧；三是王秋叶是村民公认的村主任最佳人选。这三条，郝小柳苦口婆心不知说了多少回，甚至还动情地流出泪来。而在罗赖奎眼里，妻子的劝说等于女人的软弱和无能，妻子流泪等于小孩玩过家家哭闹，大人吼上几声便无事了。于是，罗赖奎咬咬牙说："满福叔的话你当耳旁风啊！他说我赖奎当村主任了，你这屁妇女主任就别干了。这个道理还不简单吗？还用你想断肚肠，啰里吧嗦，用什么一二三条来说服我吗？"见妻子冷落他，罗赖奎心里很不舒服。顿了顿，罗赖奎把气急得脸朝墙、背对着他的妻子猛然掰过来，愤愤地说："你敢背对老子！你说说，是村主任官大，还是你这屁妇女主任官大！"

"我也没说官大官小，我是说这样搞不好！"郝小柳鼻孔里喘着粗气说。

"那我不管，要是我赖奎没当选，看老子不收拾那帮臭娘们！"

"你说你当村主任，那谁来当妇女主任呢？"

"比你强的女人有的是，满福叔已经安排好了，不用你担心！"

"谁？"

"罗小月！"

"罗小月不是准备在城里安家，永不回村了吗？"

"屁话，前几天不是回寨了嘛！你没看见？"

"看见了，她还瞧不起人呢！"

"谁瞧得起你个笨头笨脑的黄脸婆啊！人家有钱、有车、有见识！"

"据说她的钱来路不正！"

"放屁！我警告你，乱说我罗家人的不是，小心你的脑袋！"

"我是听村民说的呀！无风不起浪，难道……"

"啪啪！"没等郝小柳把话说完，罗赖奎就重重地甩上两耳光，把她打得鼻孔流血了。

罗赖奎打过后憋红了脸，握起拳头打战，恶狠狠地说："从今儿起，你给我少出门，少管闲事！小心老子打残你的腿，把你打成像罗小月的爸爸那样，拖条残腿哪儿都不能去！老子还让你乖乖地变成罗小月那样的女人！"

此刻郝小柳闭紧了嘴，生怕拳头再次落在她头上。因为她太了解罗赖奎了，常人不敢想、不敢说、不敢做的事，他想了、说了、做了！什么事只要他想得出就说得出，说得出就做得出。他可以残酷无情，六亲不认，他可以我行我素，为所欲为。万一有一天罗赖奎真让她变成了罗小月，变成了罗小月的父亲，儿女怎么办？这个家怎么办？想到这里，郝小柳只是歪着嘴，双手捂住脸呜呜抽泣，再也不敢露半言。这一夜的"夫妻战"，她如同往常一样失利了。也是这一夜，她想得最多，流泪最多……

五

原来，罗小月的家比郝小柳的家更悲惨。罗小月的爸爸为村里架电线时被电线杆砸断了腿，虽说是正儿八经的因公负伤，可在这个穷得砸锅卖铁的小山寨，别说赔个十万八万的，就连付点救急的医药费都无能为力。老实巴交的小月爸只能强忍剧痛，自认倒霉，把家中能换钱的东西都换了钱，然后请寨里罗麻子（原名罗守业）弄些廉价的藤藤草草接骨活血，算是"治伤"。罗麻子虽是正儿八经的祖传中医，方圆几里小有名气，但小月爸的伤情实在太重，罗麻子蹙额苦脸深感无能为力，怕误了治伤佳期，罗麻子曾几次善意推托，表示愿意借钱让小月爸上县医院治疗。可小月妈拉着小月双双跪在罗麻子面前只是流泪。这回母女俩找上门来时，罗麻子卷起袖管正在配制中草药，母女俩一进门就呜呜着下跪了。小月妈低头哽咽着说："家中没半个子儿，借钱哪能偿还，求求你呀，罗老弟！穷人有病就是等死啊，哪儿都不想去，哪儿都不是他能去的地方，让他死也死在屋里了！"罗麻子听小月妈这样一说，心里酸酸的，用沾了草药的手背擦擦泛红的眼角，差点和这母女俩一起流泪了。"嫂子你也别太伤心了，谁都愿个好！"罗麻子说这话时，满脸的麻子红到了脖跟。他伸出被山药浸润得发黄的手掌，一把将小月妈拉起，又伸手去拉小月，不料小月潸然泪下不为所动，反把瘦猴般的罗麻子拉了个趔趄，罗麻子差点挨着小月跪下。他厚嘴唇一歪，一种难言的痛惜感油然而生，牙一咬，心一横，说："那就让我试一试吧！"这一试，就是一年多。罗麻子暗下决心搬出祖传中秘方的秘方，这才让睡得背上一层又一层脱着皮的小月爸，凭借拐棍一瘸一拐勉强下了地。从此小月爸不仅干不了重活，连出门都不方便了。家里所有的活儿都落到了小月妈身上，小月姐也不愿在这个永世难伸腰的家再待下去了，一气之下跟着大她十二岁的货郎担跑了。罗小月也随之辍学了。

　　深冬的夜里分外宁静，一切鸟叫虫鸣声都被无情的恶寒压住了，天上的乌云压得很低。隔壁的新楼里断断续续地传出凶恶而凄凉的赌博声，小月爸坐在火塘边慢悠悠地吸着小月妈从别人烟地里捡来的旱烟，一句话也不说，沉重的生活压得他喘不过气来，脸上的皱纹像刀刻得一样深。

"爸爸，弟弟和妹妹都要上学，你腿残了，妈身体不好又需要常吃药，家里负担越来越重，光靠你和妈妈养猪种田哪里够啊！"小月首先打破了沉默，又说："看着你每年为了弟弟、妹妹的学费，到处去借钱，挨人家的白眼，我就揪心！你都把我养这么大了，我也应该出去赚点钱，为家里尽点孝心了。"见爸爸不答话，小月又接着说："爸爸，我知道家里今年又没有钱买年货了，你看看从外面打工回来过年的人，哪个不是大包小包地提着东西！爸爸，我不是为了口吃的，只是看着别人大鱼大肉，而我们家里揭不开锅，心酸呢！"

"只是……只是你还小啊！别人都有人带出去，你又没人带，爸妈怎么放心呢！"说着，小月爸被一口劣质浓烟呛出口浓痰。小月笑了笑说："没事的，爸爸，我都这么大了，再说我也读过书，城里的招工广告识得透，填个表格没问题，起码不会让人骗。我和小桃说好了，到时候上了城里的班，拿了城里的工资，每月都会寄钱回来，这钱可以给弟弟、妹妹读书，可以给您买药，治好您的腿。"小月爸不善言辞，不再争论什么，嘴巴含着竹烟管，点了点头，算是默认小月外出打工了。

寨子里有个和罗小月一起长大的女孩名叫王小桃，王小桃和罗小月一样都辍了学，在家天天挑粪、捡柴、打猪草。她俩早就厌烦了这种日出而作，日落而归的穷日子，两人兴奋地一合计，就下定决心外出赚钱。谁料很快印证了"在家千日好，出外半时难"那句俗语。因为没文凭、没技术，她俩找啊找，一直没找到赚钱的活儿，反而落到了一个惨无人道的地下发廊里。

此后，这个发廊就成了罗小月和王小桃"上班"的地方。每天"老板"把她们打扮得漂漂亮亮的，穿上单薄的衣服坐在里面，供进来的男人像买东西那样朝她们的身子瞧来瞧去，瞧得她们恨不得往地缝里钻。门口站着几个高大壮实的男子，她们想要逃跑，几乎是不可能的。每天晚上，她们先后被五六个男人压在身下，完事之后每个男人会甩二三百块钱。但是这些钱都是甩在老板怀里,她们从来没见过。当然也有一些可怜她们的人,会偷偷地给她们一些钱,这时,罗小月会立刻把钱藏在卫生巾里。她们幻想有一天能够逃出去,因为这些日子就像在地狱一样难熬。小月早就发现离她们发廊不远处就是繁华的街道,一到晚上,好看的霓虹灯就会亮起来,衣着考究的人们走来走去,有说有笑的,那里就是天堂。罗小月无时无刻不想着逃,她时时刻刻在寻找着机会,可有时候机会来了,王小桃却不在。罗小月想,她们二人无论如何都不能分开,要跑就一起跑,要死就一起死……

其实,自罗小月和王小桃离家的那天起,她们的家人就时刻挂念,隔三差五给她俩打电话,可对面总是重复那生硬而亲切的回音:"您拨打的电话已关机!"日复一日,月复一月,见她俩既不接电话也不打电话,家人开始以为是上班忙,后来就有些疑虑了。从疑虑到焦急,从焦急到流泪,小月妈和小桃妈四处奔波,寻找无果。进村不久的于书荣得知情况后,安慰家属停止盲目寻找,并慎重地报告公安,拟定寻人启事,利用自己在省里的关系登报纸、上电视,还将她们家人寻找孩子的视频发在网上……

不久罗小月露面了。她一露面就抹不掉那种荣华富贵的样子,仿佛她的形象就是钱的形象。且不说她有钱有势、有房有车,单说她那一头金黄色的短发,浓妆艳抹把脸弄得白白净净,把眉毛修画得粗黑粗黑,把手和脚指甲浸染得红红绿绿,与那种富贵小姐没区别。当然也有知情人背地里议论她也没别的本事,无非是赚了几个脏钱。只是脸圆一点、鼻子塌一点、腿短一点、身子胖一点没法改变,这才让大伙儿认出她是罗小月。自从和王小桃一起逃出地下发廊后,罗小月仍是换汤不换药,一不做二不休地主动投靠年岁大的有钱人,很快在城里有房、有车、有钱了。她发誓以这种有效的方式报复有钱的男人,发誓不成千万富姐不回村。这次回村当属偶然,不为当村干部,而是想在村民面前显摆一下,她罗小月这些年活得像模像样啦,完全由农村民变成了城里人。现在她穿金戴银，背着小皮包独自在村头小道上摆威风，东张西望巴不得有人路过欣赏。见王秋叶挑一担猪粪朝菜地迎面而来，她"嘻嘻"嘲笑一下，老远就从小皮包里掏出纸巾捂住了鼻子。待王秋叶走近和罗小月擦身而过时，罗小月早就让到了路边缘，捂着鼻子把头扭向一边，生怕王秋叶身上有猪粪，生怕王秋叶身上的猪粪会挨着她的身子。王秋叶见状，内心老不舒服，索性猛然向前跨了几大步，粪筐迅速向罗小月凑过来，罗小月下意识地"哎呀"一声，紧张地连忙后退数步，险些退到刚栽上秧苗的肥水田里。此刻王秋叶才放下粪担，气喘吁吁地说："小月啊，我正准备找你呢！"

"找我什么事？"罗小月不耐烦地又后退了半步，和王秋叶及其粪担保持一定的距离后，依然用纸巾捂住鼻子。

王秋叶用毛巾揩拭着额头和颈肩上的汗珠，直截了当地说："找你商量个事啊，你愿不愿意参加村里的拼布绣培训班啊？"

"什么村里的拼布绣培训班啊，就是县里的拼布绣培训班我也懒得参加！"

"小月你还不晓得啊，我们村现在是拼布绣传承地了，就是县里、省里的拼布绣培训班也是村里办的呀，如果你愿意参加，村里包安排就业。除此之外，村里还有许多优惠政策呢！"王秋叶的脸红扑扑的。

"你别左一句村里，右一句村里好吧！我讨厌村里！讨厌这个死穷烂村！什么就业不就业我都不需要，什么优惠不优惠我也不想！"罗小月的脸也红扑扑的。

"这村既然又穷又烂，我们就有责任让它变富变好啊！"

"凭你天天挑猪粪，能让它变富变好吗？"

"假如我是村主任，就得从挑猪粪开始，一步一步让它变富变好！"

"假如你是村主任又有什么了不起啊，能管得着我吗？我不靠村主任，我不靠村里，同样过日子，同样发家致富！"

"可是你个人富不算富，帮助全村民富才算富啊！"

"那你去帮吧，我没这个义务！"

"为什么？"

"因为我不是村干部！就不必关心村里的事！"

"那你这次回村来做什么？"

"参加选举投票啊！要不是满福叔亲自打电话叫我回来，我才没时间回村呢！"

"就为投票？那说明你是好样的，说明你在关心村里的事！"

"不，我是看在满福叔面子上，专程来投自己一票的！因为满福叔在电话里说，一旦赖奎哥选上村主任，他的妻子郝小柳就不可能再当村妇女主任了，就让我来接替她那位子！"

"那你愿意来接替她那位子吗？"

"别说愿不愿意，试着玩玩吧，选上了就城里待一阵，村里待一阵！"

"那你这回没选上怎么办？"

"不要紧，满福叔说下回再来，反正我不靠当村干部吃饭！"

王秋叶忽然一惊，打了个寒战说："满福叔真的这样说了？"

"我骗你干嘛！"

"噢，原来是这样！"王秋叶脸憋得更红了，赶忙担起粪担走了。

罗小月朝着远去的背影"呸"的一声，吐了口唾沫……

六

选举结束，王秋叶高票当选。罗满福和罗赖奎等人坐立不安了，怎么会这样呢？罗满福觉得有些意外，感觉自己认定的人选——自己的心腹堂侄罗赖奎落选真是个意外，心中之痛犹如让人抽了两耳光。

这样的结果是罗满福难以接受的，这样的结果不仅有失他在家族中作为长辈的威信，更有失他这个在寨子里干了三十四年的"寨中王"的威信。罗满福丢了魂似的在自己堂屋转来转去，他一"丢魂"，就想喝酒，虎着脸命令老伴摆了菜，自斟自饮，一杯接一杯地喝闷酒。在罗满福看来，这个寨子依然是他的寨子，他依然是寨里的"寨王"，依然是敢为乡亲们发声的贴心人，向来服服帖帖的乡亲们依然客客气气地谋面点头，谦谦虚虚地尊重他。可现实怎么会这样呢？不可能会是这样啊！这出乎意料的反常，真让罗满福咬牙切齿、怒气难消啊！恼怒中的罗满福只好把罗赖奎和罗番贵找来数落一顿，发泄怨气，因为在位时的罗满福用这种"数落"方式发泄惯了，退位后没机会发泄，内心就老不舒爽。

匆匆赶来的罗赖奎和罗番贵，规规矩矩地并排站在罗满福的堂屋中，就像犯了错误的学生站在校长办公室。罗满福还在喝酒，他自斟自饮，还不知要饮多久、饮多少杯（盛一两的小杯）。每次遇到这种情况，老伴的脸比罗满福的脸还红，可惜不敢桌边劝阻，只能任他喝。从前老伴也壮着胆子劝过一次，不但没劝住，还差点惹了祸。罗满福握起酒杯甩开了花，愤愤地掀翻桌子，恶狠狠地骂："老子喝两杯容你管吗？！"吓得老伴奔进里屋抹泪。这种情况是罗满福退位后才有的。

"二位辛苦啦，想喝酒吗？"罗满福连眼睛都红了，使劲昂起头，点燃一支蓝芙蓉王狠狠地抽了一口，又将半盒蓝芙蓉王愤愤地甩在桌上。

罗赖奎和罗番贵同时瞟了一眼桌上的酒和菜，嘴唇嚅动，舌头差点伸出，可下一刻又打消了念头。

"想喝酒啊，这回喝尿都喝不上！"罗满福又狠狠地抽了一口蓝芙蓉王。

罗赖奎脸上热辣辣的，不敢抬头，罗番贵被吓得清鼻涕都流出来了。此刻罗满福拿出了当村支书时的虎气，他板着脸，吐出一口带酒气的浓烟，巴掌朝桌面一拍，狠狠地吼骂："两个百无一用的饭桶，两个糊不上墙的稀泥巴！到口的肉都让人抢去，还有脸见人吗？老子凭一张老脸好不容易到镇上疏通关系，弄来两个候选人指标，就这样不明不白地泡汤了，你们不觉得羞耻吗？你们还记得当着我的面拍胸脯的那些话吗？还说什么只许成功不许失败，不成功不见罗叔！放屁！耍人！你们不要面子，我也不要面子啦！你们不要脸皮，罗小月也不要脸皮啦！人家罗小月为了接替郝小柳那份活儿，前前后后误工半个月不说，还落得个想当村干部又没当上的孬名。唉！气死我了。现在什么都别说了，滚回去好好想一想，下一步该怎么办？想好了，再来见我！"

罗赖奎和罗番贵被罗满福数落得各自回屋了，罗赖奎一回到屋里，头发就一根根竖得老高，眼睛鼓得差点挤出眼眶。妻子郝小柳正坐在脱了漆的红杉木方桌边就着热粥吃红薯。郝小柳边吃边随手拿了个红薯迎接罗赖奎，风趣地说："罗主任，忙得肚子饿了吧！来，趁热吃个红薯！"罗赖奎一听郝小柳嘲笑般地喊自己"罗主任"，内心有种被人耍弄的感觉，他接过红薯使劲往地上一甩，圆滚滚的热红薯即刻在地上变成了一摊烂泥。"罗主任"鼓着眼珠凶巴巴地说："瞎了眼啊你！老子明摆着没选上村主任，你偏叫老子罗主任！这回老子失利，就是你们这帮娘们使的坏，这回看老子不收拾你们一个个的！"说着罗赖奎一把揪住了郝小柳的长发，强行往里屋拖。郝小柳愤然抵抗着说："门都没关！"罗赖奎冷笑一声说："老子玩别人都不关门，玩你还得躲着吗？"话音未落，他就野蛮地把郝小柳重重地往床上一推……

罗赖奎就这种德行，就这样无赖。或者干脆说，他在女人面前比在男人面前更容易变脸动气。一动气，一变脸，就生发出征服对方，势不可挡的欲望，这就是他常说的要征服女人，谁要敢在他面前玩赖（调皮），他就非要把谁弄得服服帖帖！郝小柳当然是头一个被罗赖奎弄服帖的。

而王秋叶从没在罗赖贵面前服帖过。大家都认为王秋叶将要成为罗赖贵的妻子，将要成为罗满福的堂侄媳，将要成为罗家的人。这次选举，王秋叶没主动拉票选自己，而且对于罗家来说选王秋叶也没什么错，但罗满福想来想去好像是这样，又好像不是这样。他觉得这个问题可能不是选举本身的问题，更不是选错与没选错的问题。因为一是罗赖贵坚决反对自己未来的媳妇干村主任这种没名、没利、没出息的事儿；二是王秋叶和罗赖贵的关系法律尚未认可，也就是说，王秋叶是不是罗家的侄媳后头还拖着个问号。作为长辈的罗满福觉得这个罗赖贵呢，赚钱有绝招，管女人没魄力。虽然罗赖贵和罗赖奎一样是罗满福的堂侄，一样的花肚花肠花心，可一旦"花"到女人面前，就大不一样了。现在罗满福独自躲在家里喝着闷酒，仿佛有种"抽刀断水水更流，举杯消愁愁更愁"的感觉。这两人，没一个中用的，花这么大的力气，没把事情弄好，反而把事情弄得一团糟，下一步该怎么走呢？罗满福蹙着眉头想了又想……

至于罗赖奎，虽然被罗满福狠骂了一顿，凶了一顿，但他对自己落选的心态，依然简单得出奇。他拿出了惯用的绝招，决定一是挨家挨户质问那些留守妇女，特别是那些选举之前他亲自上门打过招呼作过保证的人，投没投他的票，为什么不投他的票，这回一定要查个水落石出；二是看王秋叶的表现，她要是死心塌地嫁给了罗赖贵，进了罗家的门，成了罗家人，也就算了。否则，看着办！

选举之后最伤脑筋的是罗赖贵。在罗赖贵看来，选举过程中单是王秋叶不听他的还情有可原，而这帮向来称兄道弟求他找活儿干的人都不听他的，就有些不可思议了，或者说暴露了村民对他的反常现象。这显然是对他的不信任，显然是对他的不忠诚，显然是过了桥、撤桥板的那种，显然是典型的口是心非，显然是对他的集体公开背叛。罗赖贵决定要好好整治整治这帮没心没肺的家伙。而王秋叶却不同，虽还没结婚但仍可看成家庭内部矛盾。他和她既然正在热恋中，就得珍惜这份"热"，维护这份"热"。不好左右她，不好这样那样地要求她、硬逼她，把"火热"的东西弄"冷"了。既然爱她，既然铁了心娶她，就得好好尊重她、理解她、爱护她、依顺她。

然而，让罗赖贵欣慰的是，这回选举虽没达到他的预期目的，但使他懂得了许多，明白了许多。他没料到无权、无势、无后台的王秋叶在寨子里有这么高的地位，他没料到一个普通女人家在寨人眼中会这么重要，更没料到一个除了打工就一心想做拼布绣的年轻女子会当上村主任。要是他罗赖贵来报名参选，得票还不一定这么高呢！这说明王秋叶除了心地善良，在寨子里人缘好，还说明她的确不一般，有能耐。他罗赖贵能相中这样的女人，有眼光。罗赖贵想到这里，点燃一支烟，咧着被烟熏乌了的嘴唇，欣慰地笑了。

现在罗赖贵独自一人坐在办公室兼睡房里，继续乱糟糟地想着那天选举的事儿，想着王秋叶。不知不觉天早已黑透了。他走出屋门借着微弱的街灯扫视工地，工地静水般的寂静，工友们吃过夜饭都上街自由活动了。工棚里叽叽喳喳，好像有老鼠在争吃食物，罗赖贵轻手轻脚凑近一看，微弱的灯光下，一只硕大的公鼠紧贴母鼠啃食残渣。小家伙吃喝出行都成双成对，他和王秋叶不知何时才能名正言顺。罗赖贵无奈地伸伸懒腰，仰起头，嘴朝天，打了个长长的哈欠，然后不由自主地狂笑一阵。这一笑，是笑自己？笑当选的王秋叶？笑落选的罗赖奎？笑老谋失算的罗满福？还是笑那些背叛他的工友？连他自己都说不清，感觉莫名其妙。可笑过之后，他忽然严肃起来，整整腰身，双手叉腰，抬头远望，忽然发现远处隐隐约约有个黑影，这黑影好像在向他慢慢靠近，慢慢变大。罗赖贵感觉不会是别人，他凭经验断定是他手下出去的工友返回了。好呢，你们倒潇洒，鸡肚里不知鸭肚里事，坐轿的不知抬轿的苦。这回老子得和你们新账老账一块算。

黑点近了，更近了。罗赖贵大吃一惊，黑点不是工友，而是他没料到而又十分熟悉的王小桃。原来王小桃早就想好了主意,她想以帮助罗赖贵做王秋叶工作,让其辞去村主任职务进城工作之名,主动和罗赖贵套近乎来了。罗赖贵回过神来得知对方来意,心中暗喜,便热情邀她屋里喝茶。

王小桃也是雷公寨人,近来因失恋和找工作四处碰壁而苦恼。她和王秋叶虽算不上那种心心相印的闺密之交,但总的来看关系还不错,至少能算朋友吧。她和王秋叶自幼玩过家家,踢毽子,追追打打一起长大。后来又一起在深圳"当当响玩具厂"干过两年,后来又在广州火车站"好吃再来酒店"当过同事。王小桃虽比王秋叶小两岁,皮肤也比王秋叶嫩白,可酒店里的顾客偏爱找王秋叶聊天,常常弄得王小桃尴尬不已。罗赖贵客客气气地把王小桃请进自己办公室,自个儿坐在衣被散乱的床椽上,把对面办公桌旁可以旋转的老板椅让给王小桃。王小桃毫不客气坐定后,抬头看见罗赖贵朝她两眼一翻,把一支蓝嘴芙蓉王朝两唇间一插,不时喷出一圈圈白烟,白烟缭绕在空中打转转,且慢慢升高,直升到天花板上不动了。烟雾中王小桃听罗赖贵一本正经地说:"你真的有这能耐?你真的能做好秋叶的工作?她真的会舍得辞去村主任?那我绝不亏待你!往后你别去找工作了,就在我这儿做,我罗赖贵说话算话!"王小桃觉得罗赖贵这样爽快地跟她聊天真有意思,几乎让她忘掉了失恋的痛苦和找工作不如意的烦恼。于是,王小桃激动得什么都不想说了,只把原先备好的满肚子话缩成简单的一句:"我明天就回村去找王秋叶!罗哥,这事就包在我身上吧!"话音刚落王小桃就站起身,拍着胸脯转身走人。

"等等!"罗赖贵一把拉住王小桃,利索地伸手从床头枕下摸出一把钞票,数都没数就塞在王小桃手上,说是给王小桃回村的路费。

王小桃止不住怦怦的心跳回了住处,一遍又一遍地数了数"路费",两千有三。王小桃根本没想到就这么简简单单一句话,就把这个向来低眼看自己的罗赖贵打动了;没想到简简单单到罗赖贵那儿跑一回，就得了两千三百块；没想到就这么简简单单换了个见面的方式，就改变了罗赖贵对她的看法。也好，前天家里来电说父亲病了，正好回老家看看父亲。不过父亲这"豆腐渣"身子呢，也让王小桃失望。换句话说就是王小桃这些年外出，完全是给父亲打工，是给医院打工，有时还得欠外债。王小桃想，要是能攀上罗赖贵这种人，父亲的病都会好得快，她的工也不用打了！

现在于书荣和王秋叶在村会计罗广金家开村委会，研究脱贫攻坚方案。这是王秋叶上任后的第一次村委会。王秋叶提出要把"拼布绣"列入扶贫项目。她说理由有两条：一是拼布绣是当地祖祖辈辈留下的文化遗产，这个项目村民轻车熟路，无师自通，适合本村散点式个体生产。而且从业门槛很低，无论文化高低，无论男女老少、聋哑病残，均可在家从业。二是有市场开发价值。她已经摸索了几年，小量生产了几年，发现市场越来越广阔，可是生产人手太少，订单无力按期如数完成。如能加大宣传力度，扩大生产规模，生产效益前景可观。

于书荣紧接着说，是呀，下乡之前他就听说过，雷公寨的拼布绣已被列为市级非物质文化遗产保护项目，正在申报省级非物质文化遗产保护项目，相关部门已经考察过两次。这回省里派他来扶贫，也有这层意思。其实，这不单纯是一种生活实用品，还是一种历史悠久的民俗文化、民间艺术。从有关媒体得知，这门艺术起源于汉朝，盛行于清朝和民国时期，由当地村民创造性发展，使拼布绣一直延续到二十世纪六七十年代。它主要是以布为载体，通过不同色彩的布料搭配、拼接，形成各类实用布艺和艺术作品，以口水夹、凉帽、背带等一些孩童用的小物件居多，是一种极具地方特色的原生态文化产品。而随着社会的发展，这门古老的艺术，逐渐被现代新兴工艺取代，导致这门珍贵民俗文化遗产，一度濒临失传。现在我们这一代重新传承它、开发它、利用它，不仅让当地老百姓找到了适合自己的脱贫路子，而且具有深远的历史文化意义。

罗广金提出开发旅游扶贫项目，于书荣认为罗广金同样提到了点子上。记得两个月前，也就是来雷公寨报到的第一天，那天由县文化局马副局长和镇里的干部陪送行船而来。沿江两岸的奇石怪树、古亭旧庙让他大开眼界。据说同居江边的邻村罗家冲，就是依靠开发旅游业走出贫困的。两个月来，于书荣走遍了雷公寨的山山水水，觉得雷公寨里还有寨中寨，很有旅游开发价值。为什么不去学习人家邻村呢？同样的山，同样的水，同样在乱石镇政府领导之下，邻村罗家冲能做到的，为什么雷公寨做不到。当然，就目前现状，确实还有些实际困难。比如，只有一条水路，岸路不通畅。又比如，主要劳力都外出务工，寨里只剩老幼病残。再比如，村里没资金、没办公室，连最基本的办公条件都没有，缺劳力又缺资金就什么事都难办，但这毕竟不是绝对因素，绝对因素还是在人。于是，于书荣决定尽力去办这些难办的事，看准了的事情就得想方设法下定决心干。村委会最后决定马上召开村民大会。

农村的会议拖拖拉拉像赶圩，通知上午九点到，快十点了人都没到齐。王秋叶心急如焚地来到单身懒汉肖小铜屋前，见门紧闭着，就在他的窗户上敲了几下，说："臭懒汉，还没起床呀，人家都在银杏树下开会了呢！就差你了！"肖小铜两眼一睁，慢慢悠悠下了床。这才想起昨晚上就下了开会通知，寨子里开村民大会。晴天一般在村前的古银杏树下，雨天就在老厅屋，但寨子里好几年没开这样的大会了，肖小铜和好些村民一样几乎没了开会的意识。肖小铜慢腾腾地刚跨出门几步，又返回。他返回不是因为门没上锁，出门不上锁是他的习惯，家中没什么值钱的东西，而是怕见到王秋叶的母亲。去开会走顺路必从王秋叶家门前过，顺路虽宽敞近便，但肖小铜不想走此路，不想从王秋叶门前经过，怕万一见到她母亲。因为前不久肖小铜家突然断了粮，饿得不愿起床。王秋叶看着不忍心，就偷偷送他一筐红薯，叫他渡过难关后，好好种地，不再懒惰。谁知被她母亲发现后，没完没了骂肖小铜是扶不起的孬藤，此后一见肖小铜就骂，几乎把肖小铜骂怕了。于是，肖小铜就从村后绕了一大圈才气喘吁吁赶到会场。村民开会就像看电影一样自带凳椅，肖小铜没带凳椅又迟到，生怕王秋叶批评他，就急忙找了块青麻石往屁股下一垫，勾头弓腰坐在最后一处。

会议早已开始了。肖小铜微微抬头朝台上偷偷瞟了几眼，台上气氛严肃，直挺挺地坐着四个人，中间坐着于书荣和马副局长，两边分别是村支书王远高和新上任的村主任王秋叶。王秋叶有生以来头一回作为村干部坐上台，紧张得通脸泛起了红晕。她原先两条垂肩的黑辫不见了，变成了光洁平整、乌黑透亮、齐耳的短发。短发随风舞动，舞到小嘴角，样子比从前好看多了，给刚从睡梦中苏醒的肖小铜添了几分精神。然而，王远高正在讲话，老调重弹没水平，肖小铜一听就如同满口嚼蜡，仰起头打了个长长的哈欠，好像睡意又来了。好在接着是于书荣讲话，肖小铜才感觉"蜡"味和睡意即刻消失，才觉得自己虽然迟到但没吃亏。现在肖小铜抬起了头，挺直了腰，想听听于书记的，可一抬头正好与王秋叶四目相撞，她的脸仿佛从平静中又一次泛起微红，而他的脸却忽然热辣辣地扭到了一边。肖小铜好一会儿心不在焉，脑袋里似听非听，模模糊糊，不知台上讲些什么，只感觉于书记嘴巴津津有味地一张一合，摇头晃脑得活像拨浪鼓。忽然，于书荣衣袋里的手机响了，铃声很大，于书荣接通电话却忘记关掉桌上的话筒，肖小铜此刻好奇地竖起了耳朵，恍惚中听见"国庆结婚"几个字，声音好像是女的。于书荣没理会，果断地挂断了通话。

然而，几分钟之后，手机铃声再次打断了于书荣的讲话。于书荣猛然感觉到这回的铃声特别响亮，让他紧张，让他惊恐，让他热血沸腾，把他的脸都憋红了。他气急地回了句："在开会！"然后咬咬牙，重重摁住关机键,"咚"的一声关了机。肖小铜的大脑随着关机的声音猛然一嗡,见于书荣握着双拳,愤愤地提高声调说:"前段时间大伙儿都问我带没带钱,带了多少钱?什么时候开会?这也怪不得大伙儿,因为这里的父老乡亲已经习惯了,一听说开大会就以为是发钱。请各位父老乡亲别见工作队一来就巴望弄钱,开大会召集大家是谈工作而不是谈钱。我弄不来钱,也没弄钱的本事,所以我没带钱来,只是把不值钱的身子带来了,把火热的心带来了。我自愿把我的身和心安在这里,至少三年吧!请大家放心,上头有规定,你们不脱贫,工作队不撤回!从今以后哇,各位就别把我当不会弄钱的外人了,要把我当成你们当中的一分子!当成雷公寨的一员……"于书荣头一回简短的讲话,给大伙儿留下深刻的印象是:声音大,语速快,摇头晃脑像拨浪鼓。

于书荣的话音刚落,头还在摇晃。一个皮肤黝黑的瘦猴子突然站起来大声说:"于书记,我可以提个意见吗?"

"可以,你提吧!"于书荣的头又开始加快摇晃。

那人的头也好像受到感染似的摇晃着说:"你说工作队搞扶贫不谈钱谈什么?我看还是要谈钱!"

又一个中年矮个子扯着嗓子喊:"没带钱,就带人来嘛!"

"带什么人啊?"于书荣不解地问。

"女人啊!"另一个衣裤脏兮兮的老光棍龇着黄牙答。

会场七嘴八舌,一阵哄笑……

哄笑中王远高站起身,打着手势说:"请大家静下来,静下来!听我说几句好吧!"王远高耸起双肩,昂起鼓着青筋的脖喉,饿鬼般地吸上几口浓烟,把红亮了几下、吸了一半的纸烟甩在地上,用手掌按着胸脯咳了一阵后,上气不接下气,脸都憋红了。他断断续续地说:"雷……雷公寨的事,也不是像瘦猴子和矮个子说的那……那样,带了钱来问题就解决了!长……长年靠呷(吃)救济的瘦猴子,上……上头干部没少带物带钱帮扶你，可扶来扶去仍旧是个瘦猴子！仍旧是筷子夹骨头，光棍对光棍！矮个子更不用说，媒婆不是没给你带女人来过，只是看一下你矮个子和矮个子的家，人家就摇头不肯第二次相见了。想想，你连……连自己呷饭都有一餐没一餐的，谁愿跟你过日子？我看虽然是简单的天天过日子，可这过日子各有各的过法，可能不单单是缺钱呢！请大伙儿仔细想想，究竟是缺什么呢？"

"是缺文化，缺智慧！"肖小铜壮着胆子站起身发言，"这个鬼地方，我看主要是没文化、没智慧。多少年来，这扶贫那扶贫，这钱那钱，被扶坏了、惯坏了。越是带钱来，越是穷困！你看扶贫扶了这么多年，为什么会越扶越穷呢？"

"光棍懒汉说懒话！"

"活人说死话！"

"不带钱来，要工作队来干什么？"

"没钱扶什么贫啊？"

"你不要钱，人家要钱！"

"你父亲打了一辈子铜，靠卖假货弄了几个臭钱，显摆啦！"

"你肚里藏了几滴墨水，识得几句臭文，逞能啦！反天啦！"

……

肖小铜像往常一样出口招祸，不同的是这回"祸"惹大了。会场没完没了地再次轰动，且有升温之势。数根手指一齐伸出，愤愤逼近，差点点着了肖小铜的鼻子……

肖小铜祖籍衡阳，爷爷是个老铜匠。当年因害怕国民党抓壮丁，肖小铜的爷爷奶奶举家流浪到雷公寨，后来就在雷公寨安家落户，打了几十年的铜。雷公寨坐落在便江河畔，那时，雷公寨虽没通公路，但水路依然很热闹，长年累月沿河上上下下四通八达。有一家大型国营煤矿企业开在雷公寨的地盘上，这家大型国营煤矿企业大到什么规模且不用说，反正归属省管。这家企业几乎全包了长沙、衡阳一带的工业和生活用煤，还有本地周边老百姓生活用煤，也大都靠这个大矿供给，而煤的输出主要靠水路。因此每日大船小舟摆满了江面，等待上煤。站在江边高山顶尖，望着这些大船小舟上上下下，仿佛江中游动的水鸭。肖小铜全家就是半夜偷坐煤船上来的。

　　肖小铜的爷爷去世后，肖小铜的父亲又成了肖铜匠。那时的生活用煤凭指标供应，平民用煤都得跑关系，而矿工吃香喝辣，待遇优厚。近水楼台先得月，雷公寨也随着日子越过越红火的国营煤矿企业红了起来，不少青壮劳力也成了那种"拿工资"的煤矿工人，关系好的还成了正式工。王秋叶的父亲就属于利用本地优势，政策照顾的头一批招为正式工的。王秋叶和肖小铜两家关系历来挺好，肖家打铜用煤大都由王父凭关系弄来。肖小铜父母为感恩还情，就千方百计为其沾亲带故保媒引线，后使肖王两家好些亲戚又成了亲戚。随后许多外地的闺女、寡妇，也由老亲帮新亲，新亲又帮新亲地纷纷到雷公寨一带安家落户。从此雷公寨就不是从前的雷公寨了，乌七八糟的杂姓男女就多了起来，单身汉和寡妇也减少了许多。

　　肖小铜的父亲历来身体不好，五十来岁就弯腰驼背。不知是不是炉火长熏、炉灰长染的原因，他的鼻子一直像揩了一层红漆似的绯红绯红，喉管里像塞了鱼刺似的咕咕响，常常气喘吁吁，不停地咳嗽。肖铜匠"咕噜咕噜"拉一下风箱，喉管就喘一下气。风箱"咕噜咕噜"和塞了鱼刺似的喉管一起响，满屋的热闹，分不清是喉管里喷出粗气，还是风箱鼓风。风箱一拉，炉火一旺，映得肖铜匠整个脸颊透红，鼻子更红。一阵"叮叮当当"麻利的敲打铜器声，伴随着"咣当咣当"不停的咳嗽声，那形态，那情境，活像青春焕发、红光满面的后生子，伴随锣鼓在演戏。逢到集日，肖铜匠就对满屋争买铜器的顾客说："让各位久等啦，实在对不起啦，我真的忙得摸鼻子都没时间。"而顾客只有这时才认真地瞧一瞧肖铜匠的鼻子，果真像被炉火烤熟似的，红得快要出血了。顾客就在心里说，像你这样的鼻子呢，好在没时间摸，如摸，还担心像西红柿那样"瓜熟蒂落"！

　　肖铜匠由于身体原因，只生养了肖小铜这根独苗，而仅这根独苗，有人怀疑不是肖铜匠亲生的，而是在煤矿企业当工人的王秋叶的父亲与常在矿区拾遗煤的肖小铜的母亲所生。怀疑归怀疑，肖父、肖母总算有了后代，就把这根独苗娇惯得如掌上明珠。肖小铜天生会画画，七八岁时字都不识几个，就能把父亲制作的铜勺、铜罐、铜碗、铜盆画得有模有样。肖父、肖母因其自小聪明过人而更加溺爱，发誓砸锅卖铜也得送肖小铜念书，让他念出个人样来。但肖小铜就是不争气，念来念去念到胡须都长出来了，仍没念出个名堂来，相反人却变得粮不粮莠不莠，横草不拿竖草不捻，连自己吃过饭的那只碗都洗不干净了。肖小铜不仅生存能力差，念书也一般般，他连续高考五回，回回名落孙山。后来为攒钱给肖小铜继续念书，肖铜匠夫妻身体双双落下病根却舍不得花钱买药，肖铜匠有气无力地说："儿啊，老爸就是卖铜卖铁，也得让你再考一回，考上考不上，爸死都瞑目了。"肖小铜轻松地说："你死都瞑目，我就死也不考了！"肖小铜到底没有报考第六回。不久，肖小铜父母就相继离世了，也不知是病死的还是气死的。

　　肖小铜觉得书没念成书，人没练成人，这辈子一切都完了。他索性破罐子破摔，关门闭窗卧床不起。他父母留下的四间老屋被他卖了两间，还卖了家中所有的铜器，坐吃两年吃穷了。县文化局马副局长鼓励他树立信心，学门实用技术，他不知道什么实用，也根本不想学什么技术。马副局长就问他有何爱好，他说除了自小爱画画，就没别的爱好了。马副局长就说好啊，往后县文化馆有这方面的培训班，或有个什么画展比赛的，一定会通知你参加。肖小铜连连点头，心中暗喜。

七

散会后于书荣回到自己住处脸仍热乎乎的难以平静。人家都回屋吃中午饭了,可他没心思弄中午饭,又是一碗方便面加几片饼干敷衍了事。他边吃边想,这次会议是他平生头一回参加乡下的会议,也是他上任以来亲自策划和主持的第一次村民大会,就这样因肖小铜的贸然行动而草草收场,没有体现扶贫工作队的威严,没有收到预期效果,这会等于白开。然而,于书荣想了想又不好责怪肖小铜。因为肖小铜虽懒虽穷,虽在婚姻问题上算是"落后于形势"的大龄青年,但他的思想不落后,观念不落后。他在会上敢于提意见,也敢于顶撞错误意见,这是他的优点。于书荣也不怪罪雷公寨的父老乡亲,因为这里的父老乡亲穷怕了,对政府接济依赖性太强,依靠自身能力和本地资源改变命运信心不足,所以肖小铜的言论引起了大伙儿的反感。而这种"反感",也暴露了这里的老百姓不愿摘下贫困帽的关键问题,这个关键问题一定要在扶贫工作中彻底解决。从这个角度说,这次会议开得很好,没有白开。

想到这里,于书荣嘴角拉到耳朵边上了,内心有种难以言说的高兴。一高兴,于书荣就不由自主地掏出了手机,想和村主任王秋叶分享分享这"高兴"的滋味。因为这次会议也是王秋叶正式上任后的第一次村民大会,而"第一次"就弄了个不欢而散,王秋叶肯定也在恼怒肖小铜把好好的会议搅乱了。但如果于书荣能告诉她这次会议没有白开的道理,她肯定会和于书荣一样高兴。于书荣欲打开手机时才发现关机了,他以为是没电自动关了机,插上电打开手机,此刻屏幕上密密麻麻挤满了数条信息,全是未婚妻周玲玲发来的。他这才想起刚才开会时怕周玲玲没完没了地打扰，自己狠心把手机关了。现在于书荣用食指上上下下划了划屏幕，挨挨挤挤足有尺把长的信息，其中有一段是这样写的：

"于书荣，你到底想干什么？打电话不接，也不打电话给我，反而关机。什么态度啊！上回你不是说'五一'举行婚礼太匆忙，村里事太多，走不开，就推迟到'七一'吗？我信了你！而现在'七一'又到了，你仍不当回事！你知道吗？孩子又长了许多，在肚里乱动，把我的肚子又挤大了两圈。我孤独，我害怕，特别是在漫长的夜里，要么难入睡，要么半夜醒来不能再睡，我无奈，我恐慌，多么需要你来陪，需要有人说说话。然而，盼了一天又一天，盼了一夜又一夜，却不见你的踪影，连电话都没一个！你以为你是谁啊！你以为你还年轻吗？你说句话呀，一个临做爸的人还想逃避责任吗？还想躲避我呀！告诉你，躲过了初一躲不过十五。学校很快就要放暑假了，我一定会去雷公寨看你，不，不是看！而是要在你那儿待一段时间，让我来好好照顾你！"

"让我来好好照顾你"这句话是假话吗？不是！是气头上的话吗？也不是！虽然周玲玲有怨气，有牢骚，可这句话绝对是发自周玲玲内心的话。因为于书荣深知他俩感情之深，更深知周玲玲的为人。

其实于书荣早就想好了，早就有试探妻子的想法，如果妻子不同意来照顾自己，他还打算做做妻子工作，争取得到她的理解与支持，免得电话来短信去的，弄得夫妻老误会。可于书荣一直没敢试探。原因很多，但主要原因是妻子怀孕了，且孕期好几个月了。一个挺着大肚子的女人帮不上什么忙，反而会添麻烦。而现在她既然主动提出要来，心甘情愿来照顾他，倒令于书荣内心出乎意料地激动。也许周玲玲想通了，已下定决心投入这种环境，苦熬这种日子；也许她感觉有老公和没老公一样，孤单寂寞得可怕；也许她上回亲自看了于书荣单家独户的没人照顾，顿生同情；也许她对他的人格和执着的工作态度予以认可；也许……无论哪种"也许"，只要妻子真的愿意来照顾他，就是件大好事，他坚决支持她。因为马上就要放暑假了，时间紧迫，按计划下半年要恢复雷公寨学校，最大的困难是缺教师，就让她来支教，当个编外工作队员吧。

让孩子们都享有上学的权利，是于书荣进村后了解最多，想得最多、最细、最头痛的事儿，也是他工作开局的头等事儿。扶贫扶什么呢？在于书荣看来，扶智最重要。雷公寨过去之所以穷，就穷在没文化、没知识、没智慧；穷在不愿意学知识、学文化；穷在瞧不起知识、瞧不起文化。现在再也不能走回头路了，因为回头路越走越艰难，越走越贫穷。如果我们只是表面在物质上暂时脱贫，而让这一代孩子们荒废了学业，那我们将会成为历史的罪人。

恢复学校和选举村主任，是于书荣扶贫工作开局的两件头等大事，而现在新的村主任正式上任了，算是完成了开局第一件大事，村两委该全力以赴抓恢复村校的工作了。

吃完方便面，于书荣进了卧室，顺手从书桌上拿了他的工作笔记本平躺在床。他本有午睡的习惯，常常躺着看看书或资料就不知不觉睡着了，可今天神清气爽毫无睡意，蹙着额翻了翻不知翻了多少次的笔记本。俗话说好记性不如烂笔头，于书荣就认了这句话。他凡事爱记，记了爱翻。如同他搞文学创作，喜欢先记下第一时间、第一场景、第一感受作为原始素材，待用时再去翻阅这些原始素材。这样的工作方式，于书荣已经坚持多年了，习惯了。此刻，他的笔记本上有几段鲜活的文字映入眼帘：

留守儿童教育和监管缺失。村里原有一所完全小学（一至六年级），后把两个高年级班并入镇中心学校，保留四个年级（一至四年级），四个年级共一百二十六名学生。后因校舍渐成危房无法正常教学，村里无力维修，全校被迫并入中心学校，一百多名幼小学生面临辍学。因为他们到三十余里外的镇中心学校就读困难重重。而这一百余名学生中就有八十四名是留守学生，再加上初中、学前儿童，全村留守儿童两百一十五人。他们由于缺少父母的关爱，心理上孤独苦闷，生活学习上无人问津，安全上没有保障，他们的性格就显得格外孤僻、自私，不爱学习，也不想上学。

空巢老人坚守家门艰难。本次调查统计，全村六十岁以上老人有三百六十九人，其中无依无靠的空巢老人一百二十九人。在家的老人身上有三项重任：一是家的看护人，二是小孩的保姆，三是农田耕种的主力军。他们身上担子重，责任大，为自己及下一代艰难地坚守在乡村。他们当中大部分还是要靠自己来养活自己，有的还要帮助抚养子女的子女，一旦身体不行做不动，那剩下的日子也就不多了。老人王某某，今年七十二岁，儿子和儿媳长年打工，一年到头没有寄过一分钱，回来过年还要啃老。老年人的身体大小毛病多，但他们一般是简单化处理，痛就拿点止痛药应付。其中的艰辛和苦衷，只有走近他们才会感知到。

在雷公寨村，辍学的孩子随处可见。十岁的王爱田已是原村校四年级学生，父亲出走失联，母亲外出务工，在家的爷爷脑瘫、奶奶腿脚不便。懂事的王爱田学习努力，成绩名列全班前茅。但因村校撤并，家庭贫困的小爱田，上学之路困难重重，被迫辍学。而力不从心的老人是无法管教好孙子孙女的，学校非建不可！但眼下只能租用民房。四月十九日，我已安排王远高和王秋叶了解和洽谈租房事宜，要求初步确定临时校址。之后，我将上述情况一一罗列并拿出具体方案向单位领导汇报，顺便送妻子回长沙……

于书荣把上述文字认认真真地读了一遍，他感觉读自己的笔记如同读小说，越读越兴奋，越读越有味。读着读着就欣慰得嘴角往上翘，翘到一定程度就笑出声来。每遇这种情况他就会乐不可支地掏出手机发信息或招人。此刻他干脆爬起床，走到堂屋，招谁呢？他立刻把王远高和王秋叶招来了。

于书荣开门见山问王远高："王支书，村校的事情况如何？"

王远高早知于书荣把他招来会急着问这事，就有些兴奋地回说："请于书记放心，情况蛮好，校舍是租借本村罗赖贵的房屋，两层楼房，每层有两间宽大的，有四间小一点的。钢筋水泥结构，玻璃窗，采光通风好。外有围墙，内有小操场，还真像个学校的样子！我是利用秋叶和赖贵的关系，让秋叶单独去找赖贵商谈的，具体情况得请秋叶说说！"

王秋叶端坐在于书荣和王远高的对面，紧张得脸早就微红了。她激动地说："远高叔说是我和赖贵的关系，真是开玩笑。其实是你的关系，因为你的闺女也是我的闺密王小桃和赖贵关系也蛮好！这回我为这事上县城去找赖贵，发现小桃正在赖贵的工程队做事，小桃说过几天她会专程回一趟老家找我聊聊……"

于书荣风趣地插话说："别推了，都是你两家和赖贵关系好！"说完，三人大笑……

王秋叶"咯咯咯"地笑声未止，继续说："还是看在于书记的面子上，赖贵说，听说新来的于书记为人不错，想在雷公寨大干三年，摘掉贫困帽！既然外人都有信心摘掉雷公寨的贫困帽，我们还有什么理由不支持他的工作呢？我真的没料到，赖贵这回会这样开开通通地配合，会谈得这么顺利。反正我一开口要恢复雷公寨学校，赖贵想都没想就答应了！这么大一栋房屋空着，现在只有他父亲一人住在其中一小间屋里。我说学生可能会有点吵闹影响他父亲生活。他说他父亲本来就怕孤独喜热闹。我问要多少房租？他说农村的房子不比城里，空着也是空着，就免费算了。我说还用和他家人商量吗？他说不用了，他说了算。他还问我课桌哪里有？我说村里原来保留了一部分旧的，也还需要添些新的。他说村里哪有钱添新？我说于书记说借钱也要添！他说就向他'借'吧！不光是课桌，按于书记要求，校内所有设施他都包了！他说他会马上安排专人办好这事，保证全楼不缺半块玻璃，不漏一滴雨，不存在安全隐患，保证秋季准时开学！"

"好啊！真是太好了！王支书和王主任真是办了件大好事。"于书荣高兴得像穷苦人看到神灯似的摇头晃脑，继续说："今天就算个小型村支委会议吧，我边主持边作记录，索性把学校的事作为专题研究落实。现在我来反馈一下我这段时间向领导汇报后的情况。四月二十日至二十五日，我找省相关领导专题汇报了雷公寨脱贫攻坚进展情况，把我入村一个半月来调查思考的问题，写成了切合实际保证三年内脱贫的工作思路，并配有操作性较强的具体实施方案及相关申请报告，各级政府扶贫办将上述材料核实后签署了意见，半个月以后有了回复。'同意并支持雷公寨脱贫攻坚工作思路和实施方案！'省里会立即派出专家考察论证相关项目。至于新建村校已列入其中，眼下临时复课，因校舍制度不规范，暂不配编内教师，但配套教材将列入当地教育计划。临时复课开学时，省文化厅有一次送温暖活动，简单的教学设备、体育器材，包括学生衣物、书包和文具都有捐赠。看来万事俱备只欠东风，就缺教师了！"

"这教师到哪儿去请呢？村里又没钱发工资！"王远高一脸愁苦。

"寨子里罗老师好像刚退休在家，不知他愿不愿来村校帮忙！"王秋叶也蛮着急。

"是啊，如果罗老师正常退休，身体还行，可以动员一下试试看！"于书荣认真地说："我看是这样，师资的问题因为是无偿劳动，除了动员特殊的志愿者，只有靠我们自己身体力行，我和秋叶再加上肖小铜，还有我老婆，都得免费上讲台！再苦再累也是一年，多则两年就有全新的学校了。"顿了顿，于书荣又说："我老婆的动员工作包在我身上……"

"嘻嘻"，王秋叶笑着说："肖小铜的动员工作就包在我身上！"

于书荣问："罗老师的动员工作呢？"

"包在远高叔身上！"王秋叶抢答。

王远高没推辞也没接受，只是"嘿嘿"地笑着……

八

因为拿了罗赖贵的"路费"，答应了为罗赖贵"办事"，王小桃专程回到老家雷公寨，来找王秋叶"聊天"了。王小桃临到王秋叶家时，日头已挨到了西山嘴，正被西山嘴一棵巨大松树树梢顶住。家乡初夏落山的日头仿佛慈母的手，把王小桃的小脸蛋抚摸得温温柔柔、暖洋洋的，王小桃舒爽地迎着这只温柔的手朝西走，身后的影子比她的身子高出了许多，她动一动，影子动一动，活像条跟屁虫。从早晨到现在已整整一天了，弯弯转转、停停靠靠几个小时的岸路，再加上几个小时的水路，弄得王小桃晕头转向，疲惫不堪。不就从离得最近的小县城回家吗，这鬼山旮旯，没条进山的好路，怪不得受穷。好在王小桃一路想着心事，才没了回家心切、路长磨时间的烦恼。

过几丘田埂就到村口的老银杏树下了，王小桃感觉眼前的一切，是那么熟悉又那么亲切，按捺不住激动的心情浮想联翩。记得头一回打工是和本村罗小月结伴外出的,她俩的母亲也是站在老银杏树下左叮咛右嘱咐,目送她们离村时眼泪都止不住流出来了。那阵儿外出的人一回寨,好像寨子霎时变大了,变热闹了。村民连夜灯火通明围在一块,听外出回寨的人讲外面的世界如何精彩,社情如何复杂,市场如何残酷,老板如何苛刻,自己如何赚钱……讲得眉飞色舞,手舞足蹈。她和罗小月羞着脸,手挽手站在一旁,听得直咽唾沫。罗小月低声下气问那人,王大嫂为什么没回,那人只用鄙夷的目光冷冷地朝她俩一瞟,不答不理,似乎她俩不存在。过后才听回来的人说,王大嫂所在的工厂生意红火,逢年过节都要有人上班,有双倍工资。再加上车票难买,春运票价高,所以就不回来过年了。听说王大嫂不回来过年,罗小月和王小桃都很失望。原以为王大嫂回来过年的话,她们就可以跟王大嫂一起去广东打工了。

外出的人带来了许多从没听过的新鲜话题,还给寨里带来了城里的东西,有她们从没见过的火腿肠,有叫不上名字的怪味零食……除了吃的、用的、玩的,也免不了带来一些恶习,比如赌啦,嫖啦,贪图享受啦,嫌贫爱富啦……而最深入人心的是赌博。王小桃的家境本来就不好,可王小桃的父亲死心眼,固守几块瘦地不肯外出弄钱,穷怕了的母亲就拿王小桃解气,王小桃经常被打得青一块紫一块,王小桃被打的时候总是跑到罗小月家,哭着说:"月姐,我们也出去赚钱去,我们去找王大嫂,我们赚了钱回来,看谁还敢嫌弃我们!"此刻罗小月就帮王小桃擦了擦眼泪说:"嗯,我们也出去算了,好好一个大姑娘,天天在家里打猪草、挑粪、砍柴也不是个事。好吧,我们一起出去赚钱!"也许她俩一直都在等待着一场逃离吧,这小寨子已经关不住她们躁动的心了。

这回她是专为罗赖贵而回村的,罗赖贵年纪轻轻就有钱有势、有房有车,就缺个合适的媳妇了。罗赖贵好不容易恋上本村的王秋叶,就如痴如狂爱了几年追了几年,但仍没尽头。这回罗赖贵派她回村,其实也算不上罗赖贵派王小桃回村，而是王小桃主动争取回村的。要是那天夜里王小桃不主动去找罗赖贵，要是王小桃不提出帮助罗赖贵找王秋叶做工作，罗赖贵可能还在发愁，愁如何把王秋叶的村主任弄掉，愁如何把王秋叶弄到自己身边来。罗赖贵想是这么想，可越想心里越着急，越想心里越混乱，一急一乱大脑就糊涂了，就什么都无力去想了。王小桃的出现才让他从糊涂中清醒过来。他根本不晓得也没想到王小桃会去找他，更没想到王小桃和王秋叶是闺密关系。正是在这种急与乱中，有了王小桃这个鼎力的"依靠"。因此王小桃找到罗赖贵一说起这事，罗赖贵仿佛茅塞顿开喜出望外，想都没想就爽快地随手拿了两千三百块"路费"。其实从县城到老家四十块路费足够，不用说，王小桃都能掂量出这笔"路费"的分量。王小桃庆幸自己这回的主动出击是对的，对就对在有了意想不到的效果。因为她从前背地里说过罗赖贵不少坏话，什么罗赖贵发了财忘了本啦，罗赖贵不讲老乡感情啦，罗赖贵自私啦，不讲义气啦，罗赖贵六亲不认啦……肯定风传到了王秋叶耳朵里，而传到了王秋叶耳朵里，就等于传到了罗赖贵耳朵里。不过传到谁的耳朵里不要紧，因为那毕竟是一晃而过的从前，从前是从前，现在是现在，现在不是罗赖贵对她蛮好了嘛，所以关键还在如何把握好现在。其实王小桃去找罗赖贵之前就想了又想，什么都想过了，想来想去想出了好几种可能出现的结局，最后作出了两种思想准备。决定先走出第一步试试看，看罗赖贵的态度行事，如果能行，再走第二步。第二步是什么内容呢？原来她早就有个小九九，但现在不能说，不能透，说了透了就要坏大事。

王小桃披着故土亲切的夕阳余晖来到了王秋叶屋门口。正在门前收衣叠被的王秋叶，见到满脸堆笑的王小桃先是一惊，然后热情地把王小桃让进屋，热情地拥着嘘寒问暖，这对多年的闺密仅一年多没见面，仿佛一别如隔三秋。王秋叶的母亲张群芳正在杂屋里喂着将要钻窝的二十几只鸡。忽听王秋叶倚着屋门朝杂屋喊："妈，你看谁来了！"张群芳从杂屋出来一看是小桃，便迎进门来快手快脚地搬凳筛茶。就在张群芳递茶之际，王小桃顺势把一只塑料袋递过去说："伯娘，侄女小桃好久没见你啦！也没什么孝敬你，请收了这点小意思！"张群芳说："乡里乡亲的来就随便来吧！别破费啦！"张群芳说着高兴地把塑料袋提到里屋打开一看，原来是一双棉鞋、一包软糖和两盒人参蜂蜜。张群芳热情地招呼几句就赶忙生火做夜饭了。

此刻，田银花抱着小孩哭哭啼啼来找王秋叶了，说她儿子早晨就开始发高烧了，土法用尽仍不奏效。没等田银花把话说完，王秋叶抢过田银花怀里的儿子，就往村医罗麻子那儿跑，王小桃紧随其后说让她来抱。罗麻子娴熟地拿了体温计为孩子测了温度，打了两针暂时稳住病情的退烧针，然后摇摇头说赶紧送镇医院。

王小桃瞧瞧愁眉苦脸的田银花说："赶紧送医院呀！还等什么！"

田银花鼻子一酸，颤动着嘴唇泣不成声地说："不……不去，打两针挺……挺就好了，往常都是这样！没事的！"

罗麻子听田银花这么一说，满脸的麻子都急红了，说："往常是往常，现在是现在，往常我有把握治好，现在这样可不行！要是你早点来我还有点办法，你看往常哪回有这般严重！"

王秋叶说："嫂子，什么都别说了，赶紧去镇医院啊！你到底还有什么顾虑就快说！"

田银花心痛地摸着孩子烫手的额头，难为情地歪了歪嘴唇，鼻子抽动几下便呜呜大哭："我没一分钱怎么上医院？我已经借钱都没地方借了！"

王秋叶心痛地说："嫂子，没钱不要紧，现在政策好，村里已经帮你和你儿子办好了医疗保险。再说你是建档立卡贫困户，可以免费治疗！"

田银花又忍不住潸然泪下说："哪有这么好的事啊！我一分钱都没交就可以上医院？"

王小桃说她去叫七生老倌开夜船，王秋叶说来不及了，坐船走路都要几个小时，她得亲自去找罗赖奎。村里只有两辆摩托，罗赖奎一辆，他的同伙一辆。沿河有一条七八里的小道通邻村公路，从邻村坐摩托到镇里只需半个小时。

罗赖奎虽因选举恨死了王秋叶，可表面上又不敢得罪王秋叶。一来因为她大小是一村之主了，办个事盖个章还有求于她。而且这一村之主不是王秋叶硬要的，而是大伙儿公选的。二来她是罗赖贵女朋友，罗赖贵是罗赖奎的堂弟，也就是说王秋叶是罗赖奎未来的堂弟妹。再说田银花也是罗赖奎的老相好了，关键时刻帮她一下不是一举两得吗！因此，他们开着摩托带着小孩连夜赶到镇医院，才把小孩高烧退下来。田银花双腿跪在王秋叶和王小桃面前，感谢她俩救了她儿子的命时，王小桃从衣兜里拿出三百块钱给田银花说："你应该感谢王主任！王主任的事就是我的事！这点钱算我一点心意，拿着用吧！"办好了住院手续，王秋叶叮嘱田银花几句，就和王小桃坐摩托回村了。

王小桃给田银花三百块钱，是可怜田银花日子过得不像日子。一个三十出头长相还算可以的女人，只因生下残疾儿，就被那没心没肺的老公抛弃，这算是王小桃的一点同情心，也算是触到了王小桃的痛处。因为王小桃痛恨男人，在她眼里，世界上所有的男人都卑鄙歹毒，世界上所有的女人都是软弱无奈的受害者。是男人野蛮地夺去了她的贞操，是男人让她没了做人的尊严，是男人把她逼到了今天这一步。她从误入凶狠的地下淫魔手里，到有幸逃出淫魔的魔爪，再到后来又先后被六个男人绝情地抛弃。和那些卑鄙的无赖在一起，王小桃没过过一天人过的日子，没做过一件人做的事。想都不敢想啊，这种结局，和田银花有什么两样呢！眼下王小桃如此对待田银花，当然还有另一层意思，也就是看在王秋叶的面子上，想在王秋叶面前表现表现，表现出她内心支持王秋叶的工作，表现出那种亲密无间的闺密关系。

这是王小桃头一回这样大大方方对待寨里人，头一回为自己能这样做而感到欣慰,她得意地瞧了王秋叶一眼说:"秋叶姐,我这次回来,一是祝贺你当上了村主任,从此我们王家有了能当家作主的女人;二是来看看你的拼布绣做得如何,我也想参加拼布绣培训班。作为闺密,这两个工作我都会支持你!"

王秋叶拉着王小桃的手感动地说:"我就等着你这句话了。这些年你在外面赚大钱,我心里在想你还会来做这没钱赚的拼布绣吗?不过你支持我的工作也等于支持你爸的工作,再说你爸向来身体不太好,当这个穷村的村支书真的不容易,你回村做做拼布绣,照顾照顾你爸,我当然蛮欢迎!"

王小桃说:"秋叶姐,你不是不晓得在外打工的难处,像我们这没靠山、没文凭的小辈,只能做普工,还不如找个项目自我发展。我现在羡慕你呢!羡慕你找到了自我发展的路子,现在当了村里的干部能更好地发展拼布绣传承事业!"

王秋叶赞赏地说:"我闺密真不错,说来还一大套呢!可这毕竟是靠一针一线绣出的小钱事业,而且做起来蛮艰难!"

王小桃谦虚地说:"我就甘愿静下心来做这样的小钱事业,甘愿和姐一起艰难。这次回去我就去厂里辞了工,结了工资,回村和姐一起干!"

王秋叶拉着小桃的手说:"好啊,姐欢迎你,等着你!"

王小桃走了没几天,也不知怎么回事,雷公寨在罗赖贵工程队务工的男人,陆陆续续回寨子来找于书荣和王秋叶了。第一个回寨的是王小勇,王小勇回来后并没找王秋叶的麻烦,也没在村民中透露什么,只是一五一十地向王秋叶讲述了事情真相。过了几天,罗松朵、罗甲牯等人也回来了,接连三三两两又回了一大批。他们憋了满肚子怨气,纷纷去找于书荣,因为书荣赴省城汇报工作跑项目去了,只得找王远高和王秋叶论理。他们有的说于书荣不应该向镇里请求补选什么村主任,更不应该让罗赖贵未婚妻王秋叶当村主任。有的说王远高报送村主任候选人把关不严，没经得罗赖贵同意就把王秋叶报到镇里，影响了他俩的恋爱关系，又影响了罗赖贵与工程队员工的关系。还有的说王秋叶也不应该自不量力出风头，一个农家女人老想着当什么村干部也不是好事。用罗赖贵的话说是王秋叶敬酒不呷（吃）呷罚酒，米箩不跳跳糠箩。

原来，自从选举结束回到工程队，罗赖贵就没副好脸对待他的员工。而他的员工几乎是同村同辈人，有的还是同宗同族的，也就是这帮男人。他们在罗赖贵手底下帮忙，干活就像帮自己干那般卖力，罗赖贵也待他们不错。要不是因为这回选举，乡里乡亲的相依相靠该多好啊！可这回明显感觉罗赖贵变了脸，变得好歹不分，六亲不认了。这种突然变脸谁都明白，罗赖贵是因为选举结果不理想，才把怨气发到这帮男人身上的。按罗赖贵的话说是，喂猫，猫还愿抓老鼠，喂猪，猪还长块肉，老子"喂饱"了一群废物。因为按他事前的安排，全体员工皆投王秋叶的反对票。而结果，反对票却成了赞成票，气得罗赖贵腮帮子发抖，心都差点从喉眼里蹦出来。这群废物，让老子白丢路费事小，这么多员工误工两天时间事大。原来，让罗赖贵万万没想到的是，这群"废物"个个怕老婆。因为他们听老婆的，而他们的老婆听王秋叶的，所以王秋叶顺利当选了。这群"废物"之所以敢这样做，不是没想法，他们的想法是老婆是长久的、一辈子的，而在罗赖贵手底下做事是短暂的、一阵子的。老婆撑起这个家多不容易！不敢得罪她，得罪了她就等于得罪了这个家，得罪了这个家就等于得罪了全家老小。而得罪罗赖贵就不一样了，罗赖贵毕竟不是自家人，只不过是暂时的领头而已，得罪他顶多被数落一顿，扣除回家这两天的工资和路费，就算处罚点年终奖也无所谓。况且罗赖贵也是个聪明人，乡里乡亲的总得留条后路吧！然而，没料到这样一得罪，罗赖贵会狠心来这一手。

记得那天王小勇不知因为何事忍无可忍和罗赖贵顶了两句，罗赖贵就一反常态当场就叫财务室结了工资,叫王小勇"滚蛋"了。之后有几个工友觉得乡里乡亲的做得太过分、太过急了,就去替王小勇求情,不料被罗赖贵视为帮王小勇说话,同样被财务室结了账遣回了老家。这样,留下的员工都不安心了,觉得这事不仅仅是王小勇有点冤,大伙儿都有点冤,有点不明不白。连日来大伙儿上工都有点三心二意、敷衍应付了。罗赖贵就一不做二不休,趾高气扬,六亲不认,摆起了大老板架子。他戴一副洁白手套,头顶安全帽,鼻子上架着一副宽镜片墨镜,厚实而滋润的两唇钳住一支"大中华",吞云吐雾地在工地现场游来荡去。时而双手剪刀般地靠在腰背,东瞧瞧西望望,时而愤愤地甩下刚点燃才抽几口的多半截烟头指指点点,气势汹汹地吼道:"墙都砌歪了,你们瞎了啊!好好想想,愿在这儿干就得老老实实给我干!不愿在这儿干就通通给我滚蛋!我这儿不缺人!"你看,这个缺德的罗赖贵,土生土长、乡里乡亲的,说变脸就变脸,谁能咽得下这口恶气呢!最后的结果就不言而喻了。

现在这群男人憋着一肚子怨气回村无处发泄,当然只有找于书荣和王秋叶了。一个说,要不是因为寨子里的事,我们哪会和罗赖贵对着干呢!另一个说,就这一票不该投,一投就把自己的活儿都投没了。还有一个说得更精怪,说要于书荣和王秋叶亲自向罗赖贵赔礼道歉,直到罗赖贵主动叫他们返回工地。这帮男人除了在村里干部面前发泄,还统一了口径准备在自家发泄,在自家发泄的对象当然是自己婆娘,谁让这帮臭婆娘要他们"乱投票"。他们已经领教了罗赖贵的厉害,现在就让这帮臭婆娘也领教领教他们的厉害。要是老婆不知道他们的厉害,他们就立刻统一外出打工,统一关掉手机,统一不给家里寄钱,气死这帮臭娘们。现在就看谁有本事把老婆弄得服服帖帖。

这天夜里天黑得可怕,寨子里不得安宁了。男人们各自在家自斟自饮,灌足了妻子酿的土酒,半夜里,只听得各家各户"硝烟四起"像打仗,不是锅、盆、杯、盘摔得叮当响,就是动手动脚、夫来妻去互骂娘。满村满寨的孩子哇哇哭，狗儿成群汪汪地跳起来，猪、鸡、鸭、鹅破例乱挤钻出了窝……婆娘们三更半夜衣衫不整、头发散乱来敲王秋叶的屋门。她们哭哭啼啼诉说罗赖贵辞工的事儿把男人逼急了，求王秋叶赶紧打电话招呼罗赖贵，让罗赖贵把这帮臭男人重新招回，否则满村满寨不得安宁……

天刚大亮，村会计罗广金兴冲冲地来到罗满福家门口，罗满福端着洗完脸的脏水泼了出去，差点泼在罗广金身上。好在罗广金快速一闪身，猫公似的蹿进了屋。罗满福"哎呀"一声叫："差点你就喝我的洗脸水了，大清早的，什么急事啊？"罗广金气喘吁吁，撅起屁股往凳子上一挨，就孩娃向大人告状似的向罗满福汇报起来，罗广金激动得屁股刚挨凳板又站起身，弓着腰神秘地贴着罗满福的耳朵（因罗满福年老耳聋）小声说："昨夜寨子里热闹了一晚上，这帮臭男人不知哪来的勇气，就像罗赖贵那样说变脸就变脸了，一个个的回家收拾自己的老婆，之后就看到她们，哭哭啼啼地去找王秋叶了！"罗满福刚洗完脸的深皱纹里还夹着几滴水，幸灾乐祸地"嘿嘿"冷笑一声说："太好了，就要这种效果！说明罗赖贵把这帮男人看准了，逼急了，这一招使对了。你下回参加村委会时，一定要提出由村委会出面找罗赖贵协调，把这帮男人重新招回去，不然寨子里不得安宁。这样于书荣和王秋叶就有求于罗赖贵了，而罗赖贵又是我们的人，事情就好办了！"罗广金鸡啄米似的点着头说："是啊、是啊，还是三叔高明！还是三叔高明……"

九

于书荣从省里跑项目、跑资金刚回村，就信心十足地准备和王远高商量下一步工作。于书荣兴奋得像个孩子,他摇头晃脑向王远高报喜,说他这回上省城没料到领导会这般关注和支持雷公寨工作。他觉得下一步首先得开个村民大会,好好传达一下省里对扶贫工作的支持以及对雷公寨脱贫攻坚的决心和厚望,然后再研究部署好村里下一步工作。此刻村会计罗广金不请自到,得知于书记从省城回来以后,罗广金本想借汇报工作的机会探听于书记这边的消息,他把预先梳理好的近来村里的一些情况,迫不及待地向于书记汇报,可刚开口就看到一群男人手舞足蹈冲过来,围着于书荣质问这回带钱来了没有,质问他如何补偿和安置这帮男人。这帮男人是因为村里选举而被罗赖贵辞退的,现在没工作、没收入,闲闷在家里。他们满肚子气,怨天尤人,你一言我一语,粗话怪话连篇,把于书荣逼得连解释的机会都没有。作为省派工作队员,于书荣下村不到三个月,已扎扎实实做好了两件事。一是摸清了全村底子,科学分析了该村的优势和劣势,拟好了针对性和操作性较强的脱贫攻坚方案;二是加强了村两委班子建设,补选出一个好的村主任。这算是有了个好的开头。这回特意进省城,他是想把这个好的开头,向有关单位的有关领导详细汇报,尽快尽早争取到项目资金,没料到村里又出乱子了。

  好在这群男人很快被王远高和罗广金暂时说服住了。他们暂时散了,回到家中等待村里对他们提出问题的答复。王远高深有感触地说:"于书记呀,依我看,别急于开村民大会,就现在这状况,开村民大会不仅不能解决问题,反而会适得其反,乱成一锅粥。建议先开个全体党员会试试,统一一下思想。再让党员们把我们的工作思路在群众中宣传宣传,然后再有针对性地做做那些'老大难'的工作,把工作做实后再开村民大会,效果可能会……"没等王远高把话说完,罗广金抢着说:"我看于书记的想法很对,扶贫关键是抢时间,这村民大会必须开,而且宜早不宜迟。我觉得什么党员大会就没必要开了,因为雷公寨的党员早已没了开会的意识,一开会就发牢骚,问发不发救济款,有没有中午饭吃！好些党员思想比普通群众还落后，要不请于书记去问问当了三十四年村支书的罗满福！"于书记紧接着说："那好，综合你们两个的意见，我再考虑考虑！"

于书荣向王远高要了一份雷公寨村党员花名册，认认真真对号入座地走访了全村党员，想听听他们对村里各项工作，特别是当前扶贫工作的意见。谁料不访不知道，一访吓一跳。他发现好些党员因老态龙钟，行动不灵便，已多年没参加过组织生活了。其次就是些拖儿带女的妇女，这些妇女虽然相对年轻，据了解她们入党前大都是老支书罗满福的老相好，她们的入党申请书都是罗满福叫罗广金代写的。还有几个身着破烂、头发卷曲、指甲乌黑、天聋地哑的中年男子，这些天聋地哑的中年男子和拖儿带女的妇女，据说十有八九是罗满福暗箱操作入党的。他们和那些行动不便的老党员一样，长期不参加组织生活，长期听不到党和政府的声音，仿佛与世隔绝。

于书荣在走访中多次提醒党员要学习《中国共产党章程》，好些党员问《中国共产党章程》是什么样子？为什么要学习《中国共产党章程》？当于书荣津津有味地谈起他对雷公寨脱贫致富的想法时，好些党员"丈二和尚摸不着头脑"，还不如一个爱玩手机的普通村民了解社会。什么农业合作社啦，互助组啦，农业结构调整啦，农村经济多元化、规模化、产业化啦，脱贫攻坚奔小康啦，新时代要求怎样的新型农民啦……走访调查中于书荣把一个个问题提出来，那些木讷迟钝的党员答非所问，更多的是反问于书荣救济款增加了吗？什么时候发放到户到人？

于书荣对雷公寨这样的"先锋队"有些失望。而在罗满福看来，这是雷公寨的党员思想纯洁、注重现实、敢于实事求是讲真话的具体表现。这些被罗满福认为蛮现实、蛮实在的党员，个个俯首帖耳、胆小怕事，他们虽然不谈政治也不懂政治，但政治上安全可靠。没谁敢"乱说乱动"和罗满福争权夺利，他们都认为村支书就是党，党就是村支书。譬如村护林员哑巴，四十八岁了仍无妻无子，独自一人在四面透风的千亩林场厂棚里，生活和工作了十五年。他所谓的工作当然是守山护林。他守着的是一片千年古林，那片古林既有雷公寨村的也有外村的，叫千亩林场。这个千亩林场曾被林业部门评定为国家生态公益林保护区，林业部门每年有一笔专款拨给村里农户。千亩林场在距周围村庄五华里开外的深山老林中，哑巴每天背一杆自制的土铳，背上挂把钩刀，跌跌撞撞在这深山老林中巡回，深山茂林中常有兽鸣铳响。铳一响，罗满福全家人脸上就多了层快意。那回，一铳击中了一头七八十斤重的野猪，哑巴立刻果断地将野猪背下了山，直接送到了罗满福家。罗满福惊喜地摸摸野猪的肚皮说："皮肉还热着呢，你是怎么弄到手的啊，好家伙，哑巴真行！赶快趁鲜煺了毛，剁成块肉，给你带几块到山上去吃吧！"哑巴听罗满福这么一说，急得满脸绯红，哇啦哇啦，手舞足蹈。意思是说罗支书啊，这野猪是我送给您的，我在山上常有山鼠和野兔吃，就不用带了。我能在山上这么多年，全是您的关照，也没什么好东西谢您，这点野味我又没花钱买，请您别客气收了。下回哪怕弄到山鼠、野兔，我都会送来……罗满福谦虚地拿眼睛瞧着手舞足蹈的哑巴，竖起双耳仿佛听台上领导作报告，这才听懂哑巴"哇啦哇啦"的意思。罗满福慢慢从野猪尚存温热的肚皮上缩回了手，转过身，又转回身，再次认真地瞧了一眼舞动着双手继续说着话的哑巴。罗满福忽然注意到哑巴身上穿的还是那条曾被他老婆缝补过两次的裤子，裤子短到了膝盖下，补丁上又被哑巴自己错错乱乱地加了几层补丁，这条裤子补丁加补丁厚实得起码有几斤重了。此刻罗满福又朝哑巴认真一瞧，哑巴光着脚丫，脚踝、脚背、手腕、手掌、额头、脖颈全是新伤叠旧痕，定是巡山时被柴草荆棘划破的，罗满福顿生同情。他拿了一条被自己穿得半新半旧的厚实长裤，一双褪了色的解放鞋送给哑巴说："拿去穿吧，哑巴，你住山十多年也不容易呀！"紧接着罗满福又好像想起什么似的突然说："你可以入党！"

这话真的让哑巴感到意外。愣了好久，哑巴才哇啦哇啦，摇头晃脑，意思是说他不晓得党是什么，不敢入党。在哑巴看来，党是个蛮纯洁、蛮严肃、蛮高贵的事物，只有村支书才能称得上党。他一个连婚都没结过的困难单身汉，哪有资格入党，哪有能耐当村支书呢？如果让他入党，就等于把"党"字污了！就等于在村支书脸上抹黑了！罗满福终于弄懂了哑巴的意思。他说："你早就有资格又够条件入党了，只是你没文化，没人给你写申请！现在你既然被党组织发现了、看重了！我会代你写申请的，你只要在申请书上按个拇指印就行了！"哑巴通红着脸还是惊恐地摇摇头。罗满福又启发式地鼓励他："哑巴你别不识抬举啊，别人只怕没人发现、没人器重，现在我发现你、器重你，你还不领情，就晓得摇头晃脑。其实入了党，人就不同，帮你的人就多了，连找婆娘都容易呢！"哑巴听说找婆娘都容易，两耳一竖，双眼放亮。想想村中的男党员都有婆娘，女党员都有老公，有的还找了两个。比方说老党员罗瘸子，头一个婆娘因罗瘸子爱喝酒、爱打牌离婚了，罗瘸子不服气，心想党员还怕找不上婆娘吗？于是罗瘸子一瘸一拐又从牌桌上弄来个年轻的。想到这里哑巴才点点头，露出了那种像哭的笑，罗满福看见哑巴笑时露出满口的黄牙。临走时哑巴只拿了罗满福送的那双解放鞋，用那双粗糙得不能再粗糙的手比画着说，裤子就不要了，留着你自己穿。罗满福立刻把裤子送到哑巴手里说："拿去，这是组织关怀你懂吗，新时期新党员再穷也不能没裤子穿啊！"

后来哑巴就连夜失眠，把党员、婆娘、裤子还有组织关怀和山上打野物紧紧地联系在一起，想了又想，好像明白了许多，又好像什么也没明白，好像问题很简单，又好像其中藏着个"天大的秘密"。为了弄透这个"天大的秘密"，哑巴常在夜间送"野味"到罗满福家，以致连一只小野兔、小山鼠都舍不得自己吃……

于书荣最后走访的那个党员就是老支书罗满福。之所以把罗满福放到最后一个走访，于书荣是有目的的。一来想在老支书这儿作一个简单的小结，一个雷公寨村党员走访调查的总结。二来想和老支书交流一下该村党员队伍现状。也许是于书荣个人性格和喜好吧，他喜欢走访，喜欢交流，喜欢把走访和交流转化成文学作品。他不喜欢虚无的热闹，不喜欢兴师动众的大场面。现在，于书荣来到罗满福家，罗满福把于书荣让到客厅里，客厅不算大，但可算方便实用。靠墙摆着一条两米多长的木沙发，沙发前摆着一张能围坐七八个人的大茶几，茶几周围几张木椅，对面靠墙是一张宽实的办公桌，桌面堆着一叠高高的红壳获奖证书和乱七八糟的书籍，还有一个大书柜，柜里挤满了书籍文件和历年来村里的相关资料，书柜顶板上乱糟糟地堆满了上头发的各种表册和手册。罗满福撅起屁股，站在凳上朝书柜顶板上找资料时，不慎翻下一叠满是灰垢的红壳小手册，于书荣弯腰拾起一本翻看，是《中国共产党章程》，再抬头朝柜顶一看，这样的小册子还有好几摞，他只瞟了罗满福一眼，什么都没说。罗满福赶紧把小册子拾起放回原处。

　　自从村校废弃，原在村校的村办公室就只能暂时搬迁到罗满福家，所有历史资料把罗满福家的箱箱柜柜挤满了，可罗满福却一片纸都舍不得丢。因为这些资料见证了雷公寨几十年的发展历程，也见证了罗满福几十年的村支书生涯。尽管这几样木制家具几乎把十几平方米的客厅挤满了，然而罗满福并不在乎。于书荣满屋一瞧，这几样木制家具的样式，不像城里用钉子包装的那种，而是乡下土木匠操原始手工，用本地结实的木料做成的。这些家具看来有些年头了，好些地方早已磨光了漆。罗满福说他当村支书几十年，就是用这个客厅做办公室的。即使村里有办公室那段时期，除非重大问题、重要会议在村办公室，一般的公务都在自家处理。

　　于书荣一屁股坐在油漆脱得最多的长沙发上，老支书忙泡茶。那套精制高档的茶具，好像和老式粗糙的茶几不太配套。罗满福说这套茶具是他在市委组织部工作的大儿子送来的，茶叶也是他送的，从未断过，现在泡杯狗脑贡试试。于书荣端起茶杯抿了一小口说好香，但感觉茶过热，热茶不能急品，就放了茶杯说："老支书啊，这回我特地带了雷公寨党员花名册，对号入座作了一个专项调查。现在的基本状况是，全村在册党员七十八人，其中男四十六人，女三十二人，六十岁以上五十三人。文盲三十四人，半文盲十九人。我看这数据令人深思！"

罗满福端起小杯喝了一口茶说："这有什么大惊小怪、深思不深思的，七十八就七十八嘛，不管男女老少、文盲不文盲，手掌是肉，手背也是肉啊！反正这七十八个人都是在党旗下举着拳头宣过誓的！"

于书荣说："老支书啊，我知道他们都是在党旗下宣过誓的，也不敢说他们不是正式党员。但是这种党员队伍现状，我看不符合新时代的发展要求！"

"哎呀，小于你真是太年轻了，我党龄都快满五十年了，各个时代的党员都培养过。什么新时代旧时代啊，什么要求不要求啊！别转弯抹角、长篇大论、上纲上线的，你就痛痛快快直说，这支队伍哪儿不行！"

"我看一是年龄结构老化！"

"二呢？"

"文化素质偏低！"

"三呢？"

"聋哑病残、特困户太多！"

"四呢？"

"建议尽快发现新型优秀人才，注入新鲜血液！"

"哎呀，我说小于啊，你真不愧是大城市来的大作家！没下过农村，不知农村山有多高水有多深。你说年龄老化，谁没个老啊，党员就没个老？我儿子说市委组织部，每逢年过节还要慰问老党员、老干部呢！你说文化素质低，入党又不是看文化高低。你说聋哑病残、特困户多，谁愿聋哑，谁愿病残，谁想当特困户呢！小于呀，有句俗话叫乡下狮子乡下舞，你没听过吧！往后会有人教你的！"

于书荣十分谦虚地说："老支书，请您现在就教我吧！"

罗满福说："你好歹是个知识分子大作家，还用我这个大老粗来教吗？在寨子里住一两年你就晓得了。反正我当村支书三十四年，别的经验没有，就是靠入乡随俗，乡下狮子乡下舞'舞'过来的。"

于书荣有些感动地说："老支书过的桥比我走过的路还多，吃过的盐比我吃过的米还多，劳苦功高。不过我希望老支书别太保守了，就再次出山，再同我们一起'舞'一回行吧！"

老支书说："不敢不敢，不过你说我劳苦功高倒是实话，我虽然功不高但确实劳苦了！别的大话不说，起码对得起寨子里两千七百多名父老乡亲！"罗满福随手指指办公桌上那堆红艳艳的获奖证书说："你看桌子上这几十上百个红壳壳就明白了！"

于书荣连连点头说："是啊，我说老支书劳苦功高没错吧！我这回特地来向您汇报，就是希望您继续发挥余热，支持我的工作！"

罗满福感动地说："既然你信赖我，没忘记我，请你放心，尽管盼咐，我会尽力！"

于书荣高兴地说："那我就直说了。老支书啊，这回我搞党员调查，是为了先开个党员会，再开个村民大会，把我们的脱贫攻坚工作思路交给群众讨论。而这回走访党员，我几乎一个一个地听取了他们的意见和建议。您认为这个党员会还开不开？"

"不开了！因为这些党员现实得不能再现实了，满脑子救济粮、救济款的。一开会就是没完没了地朝着'救济'二字提意见。"

"那就直接召开村民大会！"

"好啊，不过有一个问题得在会上解释清楚，也怪不得大家对救济粮、救济款不放心，要是以前早就发救济款了，唯独今年到这时连个音信都没有，不知道是哪个环节出了问题。"

"是这么回事吗？"

"是啊，你不熟悉，到时候解释不清，就让王远高解释嘛！"

"行，我这就去找王远高！"

于书荣说着就头一仰，一气喝完了所剩的半杯狗脑贡茶，站起身，快步出了门。罗满福手拉了拉于书荣，说快吃中午饭了，喝杯他儿子孝敬的真茅台再走，于书荣说到村支书王远高家去吃，他有好酒留着下回有的是机会，罗满福才突然想起自己早已不是村支书了。他用怪异的目光望着于书荣远去的背影，冷冷地甩下一句："我要看看你和王远高葫芦里卖的什么药！"

十

于书荣从罗满福那儿直接来到王远高家时，王秋叶正在王远高家等待向他汇报拼布绣传承进展情况。王秋叶一见于书荣就开始滔滔不绝汇报，说她已经注册成立了雷公寨拼布绣有限公司，公司地点在县城中心地段，企业法人代表就是王秋叶。公司经营范围为拼布绣作品的制造、生产、批发兼零售；非物质文化遗产保护、收藏、展示；传统手艺及民俗文化艺术交流。公司注册资金一千两百万元，下设拼布绣店面两个，工作坊六个，传习所五个，专题博物馆一处，专业绣娘一百六十人。雷公寨拼布绣有限公司依托非遗文化传承平台，将雷公寨拼布绣技能进行文化输出。公司直接为全县下岗工人、农村留守妇女等弱势群体提供就业机会，并通过"公司＋合作社＋农户"模式，实现家庭式就业，同步解决留守儿童问题。这将对雷公寨脱贫攻坚、发展长效增收产业起到重要作用，产生积极的社会影响。

王秋叶越汇报越起劲，手舞足蹈仿佛与人打架，唾沫差点喷到坐在对面的于书荣脸上。于书荣听得挺直了腰板，伸长了脖子，眼睛变大，没等王秋叶汇报完就大腿一拍连说"好啊、好啊"！他还赞赏王秋叶把公司成立了，把步子迈开了，把路子走对了。于书荣对王秋叶说："你来得正好，正要找你商量召开村民大会事宜，到时候会上你就讲讲拼布绣的情况吧！"

王远高插嘴说："党员会怎么开还没研究呢！"

于书荣说："我看党员会就不开了，因为我已经挨个走访了全村党员，把我们准备开会的意图都和他们说了，也听取了他们的意见。这些征求的意见比开会发言要真实具体得多，我都一条一条地记得清清楚楚，开个党员会可能还收不到这样的效果。因此我认为没必要开党员会了，你说呢？"

王远高说："既然于书记通过走访，向党员们传达了我们的工作思路，也听取了党员意见，那就直接开村民大会吧！"

于书荣说："秋叶的意见呢？"

王秋叶说："我连党员都不是，哪有权力决定开不开党员会呢！"

王远高说："可你是入党积极分子啊，今后可以列席党员会议！"

于书荣说："就这样定了，直接召开村民会议。会议时间呢，现在不好定，因为还有一件事，会前一定要办好。"

王远高急着问："什么事？"

于书荣说："我在走访老支书时，听他说以前的救济款一般在上半年早就下发了，而今年到这时还没音信，这个问题不解决，会议会开成一锅粥。"

王远高听于书荣这么一说，才突然想起这事，忙问王秋叶："上次我交给你的贫困摸底表发下去了吗？"

王秋叶说："发下去了！"

王远高说："收上来了吗？"

王秋叶说："收上来了！"

王远高说："在哪里？"

王秋叶说："在广金那儿！"

王远高大腿一拍急了："哎呀，坏了大事！于书记啊，前段时期我在住院，你又忙于跑项目、跑资金，都把这事忘了。按惯例，救济款是早就应该到户到人啦，而今年到这时村支委还没开会研究，村会计是不会主动上报救济款表格和花名册的。"

于书荣说："既然贫困摸底表都交在会计罗广金那儿，明知每年上报都有时间规定，他怎么不提醒我们集体研究呢？"

王远高说："这就一言难尽了。自从老支书退下，镇上让我支书、主任一肩挑，罗广金就有情绪了！不过这事主要责任在我，现在必须马上赶到镇里看能不能补办！"

下午，于书荣、王远高和罗广金把表格和贫困户花名册匆匆送到镇里，罗镇长一核实就来气了。罗镇长眼珠一鼓，愤愤地把一叠表格甩在桌上说："你们什么态度啊，把镇里布置的工作当耳旁风啦！救济款摸底表老早就下发了，这项工作早结束啦，谁敢私下补办？这不是故意为难我吗？再说，你们太不负责、太不像话了！搞平均主义啊！是人是鬼都分得一份斋！全村都贫困？别说已经错过了时间，就是没有错过，这种不按要求填写的表格也通不过的啊！只有下半年重新申报明年的！"

罗镇长严厉批评他们几个时，脸色威严，不像雷公寨出来的人，更不像罗满福的儿子。王远高瞥一眼罗镇长的脸，又瞥一眼于书荣和罗广金的脸，发现于书荣脸红透了，罗广金脸上还挂着怪笑，仿佛幸灾乐祸的那种笑。那种笑，王远高已看了十三年了，越看越不想看，越看越怕看了。因为罗广金不是一般的人，所以他那种笑也不是一般的笑，每次笑必有名堂、有阴谋，换句话说是笑里藏着刀。

返回的路上，王远高的心一直在剧烈地怦怦跳，甚至于书荣和他对话时他也答非所问。因为王远高听完罗镇长的话后感觉坏了大事，在村民面前交不了差。他感觉给于书荣添麻烦了，内心着急。而他的心脏病受不得急，一急就心跳加快、热血奔涌，一急就头昏脑涨，连人都站不稳。现在他十分吃力地坚持到了家，从枕下翻出那瓶拇指大的速效救心丸，横吞两颗，就倒在床上休息了。

两个月前，王远高从镇政府开会回来后就病倒了，他把镇里下发的贫困户摸底表交给了刚上任的村主任王秋叶，让贫困村民们自行填写表格。但没参加会议的王秋叶误解了王远高的意思，以为反正是国家的救济款不吃白不吃，多填一张表就等于多得一份救济款，于是就把表格复印多份，给寨子里每家每户都发了一张。王秋叶还特地委托有文化的肖小铜帮助没文化的村民填表，因此每家每户都将自己写成了贫困户，原本全村只有两百一十六户建档立卡贫困户，现在突然增加到了三百多户，这惹罗镇长很生气，扶贫扶来扶去，贫困户非但没减少，反而增加了。虽然罗镇长是罗满福老支书的二儿子，是雷公寨土生土长出来的镇长，照理应该好好地回报雷公寨的父老乡亲。然而，总不能无原则地回报吧，总不能为了多领点钱就瞎编乱造吧！罗镇长还告诉几位村干部，贫困户的摸底表是要挨家挨户地调查填写，别看事情琐碎，但关系重大。无奈之下，几位村干部悻悻而返。

王秋叶冷冷淡淡回到家，不一会儿罗赖奎就带着部分不明真相的村民来她家找麻烦了。事情是这样的，半个小时前，罗赖奎一伙儿突然冲到肖小铜家要退钱，肖小铜说退什么钱，罗赖奎气势汹汹说退代填表格钱啊！肖小铜说那是他的正当劳务费！没等肖小铜把话说完，罗赖奎等人就一哄而上，把肖小铜打得屁滚尿流，无奈之下肖小铜"同意"退钱。肖小铜借口去里屋拿钱，然后从后门冲到王秋叶家求保护。罗赖奎等人立刻追到王秋叶家门口被王秋叶拦住了，罗赖奎只得在门口和王秋叶论理。

王秋叶红了一下脸说："什么事啊，这般着急！"

罗赖奎脸上也发着烫说:"肖小铜为人代填救济款表,乱收人家的钱!"

"收了多少钱?"王秋叶脸蛋热辣辣的。

"每张表十块,不晓得收了多少张!"罗赖奎手舞足蹈地说。

王秋叶说:"是我让他帮助村民填表的,但是收钱……"

没等王秋叶把话说完,罗赖奎脚一跺,举起手大喊:"钱要退!钱要退……"

众人随着喊:"钱要退!钱要退!钱要退……"

王秋叶说:"好啦好啦!退退退!我马上向于书记汇报,把事情弄清楚后,会作出处理的。但是,我打个招呼,收钱是肖小铜的错,打人是你们的错,如果你们再打人,就会错上加错!"

罗赖奎阴阳怪气地说:"你这样护着一个没用的懒汉、书呆子,有什么意图?"

王秋叶故意气罗赖奎说:"有意图啊!"

罗赖奎急得满脸绯红认真地说:"他是你的什么人啊!"

王秋叶涨红着脸严肃地说:"我是村主任,他是我的村民!"

罗赖奎做了个鬼脸"嘿嘿嘿"冷笑一声后又板起面孔说:"你当你的村主任吧,没人和你抢,你在老子面前摆什么谱啊?要不是老子看在你是我未来的堂弟妹份儿上,你的脸早就不好看了!好吧,又算听你一回,等着你处理!弟兄们散了吧!"

人群气愤地散了,肖小铜面如土色提心吊胆地从里屋钻出来了。他脑门起了个大包,左眼红肿得睁不开,牙关满是血,脖颈被抓得稀烂,右脚有点瘸……

王秋叶似疼非疼地瞟了肖小铜一眼说:"活该!打死也活该!谁叫你乱收人家钱啊!没钱就老老实实向我借啊!"

肖小铜朝门前沟里狠狠吐了一口带血的唾沫,依然理直气壮地说:"我有的是钱,我没乱收钱啊,那是我正当的劳务费!"

"帮一下村民还要收劳务费,你这是什么思想?"

"我就是这个思想,我最恨那些没文化、没智慧的愚蠢人!"

"你不愚蠢啊,乡里乡亲的还收钱,你就万事不求人啦?"

"我就算求人也不会求他们这些无知的人,我是个靠文化、靠知识、靠智慧吃饭的人!"

"哎呀,你个死懒鬼胃口真不小啊!穷得连饭都吃了上餐没下餐,还开口知识闭口智慧呢!真好笑!"

"老子受穷可能只是暂时的,可那些没知识、没智慧的人,老子敢断定他们一辈子受苦受穷了!"

"好啦,在这个世界上只要你不受苦受穷就行啦!哎,我问你,你不苦不穷,收他们的钱干什么?"

"因为我恨他们,我瞧不起他们!我想故意整治整治他们,让他们晓得有文化和没文化不一样,让他们深刻认识到文化、知识和智慧的重要性!"

"大道理就别讲了,我问你,你到底收了人家多少钱?"

"一共代填了六十八张贫困户摸底调查表,共收六百二十五块钱!"

"怎么不是十块钱一户啊?"

"有九户实在拿不出十块来,就用鸡蛋、红薯等粮食凑合着!"

"你这小子真厉害啊,是个人才!好啦,你先到村卫生所罗麻子那儿开药治伤,等候处理!"

十一

王小桃离开王秋叶,离开雷公寨,就直接来到县城基建工地,直接来到罗赖贵身边。王小桃一回来就兴高采烈,一副大功告成的样子。

她滔滔不绝地向罗赖贵汇报起来,这个汇报是罗赖贵最关心、最需要的汇报,也是罗赖贵天天盼着的汇报。王小桃回村七天,罗赖贵感觉比七年还长。现在,他一见王小桃回来就把她请到酒店包厢,要了好酒好菜如待贵客。

"小桃辛苦了,罗哥也没什么好招待,请慢吃慢喝我们慢慢聊聊!"罗赖贵本来也准备了一肚子话,可见到了王小桃,他只用了个十分简洁的开头,然后就拿眼瞪王小桃,王小桃顿感那目光热辣辣的,仿佛在迫不及待地催她说话。

王小桃喝了一小口红葡萄酒说:"这次回村收获真不小。我一见到王秋叶就和她交谈,没料到她居然满肚子的苦楚,满肚子的怨气,满肚子的牢骚。寨子里的人没钱少粮找她,头疼脑热找她,兄弟斗嘴、婆媳不和找她,反正衣食住行、吃喝拉撒少不了找她。她说累死了、烦透了!"

罗赖贵心里美滋滋地喝了一大口五粮液,夹起一只鸽子腿送到王小桃碗里说:"这就好了,让她尝尝当村干部的滋味嘛!"

"据了解,她还和那个什么于书荣有点小分歧呢!"王小桃咬了一口鸽子腿肉不紧不慢地嚼着,那动作蛮优雅,吃相蛮斯文。

"什么分歧?"罗赖贵两眼放光,竖起了双耳,后悔鸽子腿往王小桃碗里送快了点,让她一口气"汇报"完了再吃该多好啊!

王小桃一本正经地说:"就为寨子里的事啊,就为了拼布绣那点屁事啊!反正到时候你就晓得了!"

"真的呀,那太好了!他俩越有分歧越好,我就盼着这一天!"罗赖贵兴奋地拍起了巴掌。

"据说一是民工辞退回村的事,二是今年的救济款还没到户,有可能泡汤的事。这两件事都与王秋叶有直接关系!"

"民工回村完全是我一手造成的啊!这与她有什么关系呢?"

"但这些民工一回村,就把怨气发到了王秋叶身上,因为是为了选她当村主任造成的,据说到时候秋叶定会有求于你的!"

"哈哈哈,这么大的村干部还求我什么?"

"求你把民工招回呀!因为那些民工在村里吵吵嚷嚷,没完没了缠住于书荣和王秋叶,而于书荣今天跑项目,明天开会,难见影踪。王秋叶忍耐有限,实在招架不住那帮臭男人,就被迫有求于你了!"

"太好了!我就要这种结果。只要她有求于我,事情就好办了!正好我这儿缺员工,一举两得嘛!"

此刻王小桃的小脸忽地红了一下,热辣辣地偷瞟了罗赖贵一眼说:"不过你这员工还得招,一定要在秋叶面前显摆一下,不靠村里的劳力,不靠她王秋叶,同样包工程,同样赚大钱!"

"是啊!可现在招工挺难,特别像寨子里这样的廉价苦力工,到哪去招呢?"罗赖贵一脸苦相。

"包在我身上!"王小桃胸脯一拍。

"好啊!我正想把你留在我这儿帮忙。往后你就帮我招招工,跑跑工程项目,再协调协调我和秋叶的关系行吗?"

"行!我一定尽力!"

"你爸身体还好吗?"

"老样子。他的心脏病、高血压、肺结核治不好了,活一天算一天吧。"

"那你这个独生女得多尽点孝心啊!"

"我打工的钱除了生活费,几乎都用在他身上了。要没我这独生女,他哪能活到今天!"

"是啊,你也跟他受了不少苦!"

"多少苦都受了,我恨他!"

"他憨厚老实,你恨他什么?"

"就因为憨厚老实我才恨他,你看人家罗满福两个儿子都是他一手推出的,村支书没白当!而同样当了几十年的村干部,他连自己的独生女都没推出。"

"远高叔真的也太本分了！"

"不是太本分！而是太无能了！"

"前面你说的这些情况肯定是你爸提供的！"

"是啊，但也不全是！"

"无论如何，往后我都会尽力感谢你爸和你！"

"我也会以实际行动回报你！"

"好啊！一言为定！"罗赖贵深情地斟满了两杯酒说："好吧，为欢迎我工程队新来的王小桃同志干杯！"他俩双双高举酒杯，深情相视，"咕咚咕咚"把满杯酒一饮而尽。

其实，王小桃根本没心思为王秋叶和罗赖贵协调什么关系，更不愿他俩结成夫妻，反而天天思谋着如何把罗赖贵夺过来据为己有。而上述王小桃给罗赖贵的那个"汇报"，完全是王小桃事先编造的。刚才四目相对把酒杯碰响的那一刻，王小桃的心就止不住地怦怦跳，眼神火辣辣的，时不时暗送秋波，她真想一骨碌投进罗赖贵的怀抱。不过王小桃努力克制住了。使不得，急不得，冲动不得。因为现在为时过早，她和罗赖贵的距离还很遥远，罗赖贵的心魂还在王秋叶那儿，在罗赖贵心里，她王小桃只能算个外人，顶多算个老乡。怎么说呢？罗赖贵向来瞧不起王小桃。王小桃曾经暗恋过罗赖贵，也明里向罗赖贵表白过心思，可罗赖贵开口闭口、明来暗去表示不喜欢她，常弄得王小桃尴尬难堪。从这个角度看，王小桃现在再次来找罗赖贵，也心存一种好胜和报复心理。你罗赖贵越是瞧不起我王小桃，越是把我弄得难堪，我就越要把你和王秋叶拆开，越要设法把你弄到手。到时候让你罗赖贵尝尝最终还是让我王小桃当老婆的滋味。

王小桃是王远高的女儿，因父亲王远高身体问题，生下她后母亲就没再怀过孕了，王小桃就成了王远高夫妇的独生女。因为是独生女，自幼娇生惯养，王小桃学习成绩一团糟，小学、初中都被留过级。初中没毕业就谈恋爱了，直到如今到底谈了多少个，连她自己都弄不清了。每回失恋虽有这样那样的原因，但主要原因还在她。寨子里也有人背地里嚼舌根，说这个王小桃，既不像爹又不像娘。像谁呢？风传有点像那个曹胖子。据上了年纪的知情人回忆，最后一次分田到户是"大丘改小丘"那一年，寨里来了工作组，那个说东北话的曹胖子就是工作组组长，住在王远高家。据说曹胖子原是市文化局局长，上任不到一年就把下属剧团一个女演员的肚子弄大了，这是该局第三位栽倒在女人裙下的男局长。组织部部长怒发冲冠，桌子一拍说："他妈的，没料到这个岗位太敏感，从关心和保护干部利益出发，这回坚决安排女局长继任！"

曹胖子被下派到上不着天下不着地的工作环境里，天天和那些捉襟见肘、披头散发的黄脸婆打交道，苦闷得发慌。白日敷衍过，夜里席子就磨得"哗啦啦"地响，故态复萌看中了王远高婆娘。当时呢，王远高在村里当了个跑腿的小干部，其实寨里人谁都明白，王远高能当个小干部，也是因为腿勤脚快，老实得不能再老实，忠厚得不能再忠厚。在外是这样，在家更是这样，妻子使一他不敢使二。比如说结婚四年了，妻子那边没一点动静。妻子就抱怨说："就知道替人跑腿，轮到我这一腿呢，你就没能耐了！"王远高就鸡啄米似的点着头说："是啊，都怪我，是我的错！"现忽见妻子好不容易终于怀上了，他高兴还来不及。

一晃三十余年过去，曹胖子走了影子却没走。也有人说，王小桃无论从头到脚看外表，还是从言到行看人格，哪儿哪儿都不像其父亲王远高，倒越看越像当初那个曹胖子。像娘吗？也不大像。只是拿眼睛看男人那一刻和撇嘴的情形有点像她娘。有这样的娘就有这样的女，有这样的女就有了发生在王小桃身上的一个个故事。这都是知情人背地里的悄悄话，但知情人是知情人，悄悄话归悄悄话。在王小桃看来，像不像爹、像不像娘都无所谓，像谁都无所谓，自己感觉像自己就行了。

王小桃现在总结起来，其实她的恋爱过程，也是由幼稚无知走上老到成熟的。她最早恋爱是无知，是贪玩好奇。后来恋爱是图个享受，图个虚荣。而现在恋爱呢，完全是图生存，图依靠了。想想自己在外闯荡十多年了，连个适合的"依靠"都没找到。打工呢，不是看东家脸色行事，就是听西家腔调做人；不是被这家辞退，就是让那家扣工资。反正谁都看自己不顺眼，仿佛哪儿哪儿都不是自己待的地方，哪儿哪儿都容不下自己，好像自己与这个社会格格不入。其实清醒过后的王小桃也明白，并不是这个社会冷落她，并不是城里容不下她，也不是社会上没有好工作，而是这个社会有这个社会的需要，这个社会有这个社会的要求。到处要实力、要人才，到处要文凭、要技术，到处是机遇、是挑战。可自己连个初中毕业证都拿不出，又无一技之长，能有什么资格选择岗位和把握机遇呢？能和谁争强论短呢？除了在基建工地挑砖、搬瓦、扛水泥，就只有给人当保姆的份儿了。当保姆虽然相对轻松点，可也需要文化呢，有一回王小桃看不懂包装袋使用说明，奶粉兑水弄错了份量，婴儿吃后上吐下泻，主人一气之下狠狠扇了她一耳光。还有一回用高压锅炖排骨，她因看不懂说明书，操作不当，差点出大事。主人说了句"这个无知的东西"就立刻辞退了她，还罚了半个月工资。打工一年又一年，打来打去人打苦了，心打乱了，身子打坏了，却没打出名堂来，依然捉襟见肘在人之下。因此她拿定主意，要想脱贫，要想摆脱这无休止替人卖苦力的烦恼，非得找个"依靠"，找个有钱、有势、有实力的男人。可有钱、有势、有实力的男人容易找吗？王小桃明里暗里找了好多年，找来找去找花了眼，找乱了心。不是她骗人就是人骗她。回过头来看自己，什么东西都不是，什么优势都没有。看来看去还是看准了大她九岁的罗赖贵。她暗下决心找罗赖贵，因为她对罗赖贵知根知底。罗赖贵嘴狠心不狠，钱多心眼不多，身子笨脑子不笨，虽谈不上英俊，也算不得丑陋。这样的男人才实实在在、可依可靠。王小桃深知，罗赖贵虽然和王秋叶已谈了两年，但其实是他单相思盲目追王秋叶追了两年，王秋叶根本不爱他。罗赖贵要王秋叶歇下来做家庭妇女享清福，可王秋叶偏偏清福不享要创业，搞什么落后了一百年没有市场奔头的拼布绣。

　　罗赖贵和王小桃还在喝、还在聊，这是他俩有生以来单独喝酒聊天时间最长的一次。此刻他俩喝得似醉非醉，酒量不大不小的罗赖贵此刻感觉头重脚轻有点糊涂了，对他来说，每每能喝到这种"糊涂"份儿上的酒局，才算是高规格、有意义，令他高兴又满意的酒局。能不高兴又满意吗？王秋叶不听罗赖贵劝告，现在终于在工作上遇到麻烦了，正处在尴尬境地。这让她的闺密王小桃把她往罗赖贵身边使劲一拉，问题不就解决了嘛！到那时王秋叶就不是雷公寨的王村长了，而是名副其实的罗赖贵的罗夫人呢！因此罗赖贵"糊涂"之中"脑清心明"，东歪西斜握起酒杯向服务员讨酒喝。

　　王小桃清醒些，因为罗赖贵喝的是五粮液，王小桃喝的是红葡萄酒。罗赖贵稀里糊涂直往王小桃碗里夹菜，见碗里堆高了又颤动着手直往王小桃嘴里送菜，边送边反复嘟囔着喜欢就吃。感动得不知所措的王小桃无力地伸着手臂拦也拦不住，只是低头瞧着碗里被动地狼吞虎咽。此刻，两张红纸一样红的脸依然有说有笑，只是罗赖贵舌头有点打结，打结的舌头已吐字不清。罗赖贵大脑一直蛮兴奋，此刻他提高嗓门，拖腔带调嚷嚷服务员，一个身单衣薄、腿长胸丰的服务员随声即到。罗赖贵一只手握起眼前的五粮液交给服务员，另一只手同时伸出欲握服务员的手，服务员羞涩地把伸出一半的嫩嘟嘟的手快速缩回，觉得此刻没必要握手，怕一握就出问题。因为店里有规定，谁出问题谁负责。罗赖贵没握到手，就不耐烦地嚷着服务员拿壶，结着舌头吐出几个字："些（筛）呷（茶）些呷！"服务员用铜铃般的标准普通话说："先生您好！这是酒，不是茶！"罗赖贵突然站起身子，歪歪斜斜地指着服务员坚持说："些呷些呷，我命令你陪我喝一杯！"此刻服务员的脸红晕起来，只得遵命筛酒陪喝。服务员开酒斟酒的动作蛮专业，喝酒的样子也蛮优雅。只见她左手擎着酒杯，放在鼻尖前轻轻晃动，涂红的指甲与清亮透明的酒杯相映，一看就是经过专业培训的，让人垂涎欲滴。罗赖贵趁着酒劲歪倒在服务员怀里，服务员温柔地推了推，顺势扶着罗赖贵的身子说："谢谢先生！这杯酒我陪您喝完，您喝半杯行吗？"没等服务员把话说完，罗赖贵就在服务员的下巴尖上吻了一下。因为罗赖贵比服务员矮了一大截，要踮起脚尖伸长嘴，才能够着服务员的一点点下巴尖。服务员生怕罗赖贵歪倒在地，无奈热情温雅地稍弓腰，罗赖贵那满是酒气的嘴够上去，把服务员的下巴吻得湿漉漉的。服务员微笑着没吱声，只是随手拿了张餐巾纸，轻轻揩拭几下下巴尖，通红着脸用那种女人特有的、秋波似的柔光久久瞟着罗赖贵。

这时服务员才猛然感觉到罗赖贵和王小桃是在吃夫妻饭，有点不好意思，就十分热情地握住王小桃的手说对不起嫂子，然后低着头离开了包厢。王小桃虽感觉有点头重脚轻飘飘然，但酒醉心明，她亲眼瞧见罗赖贵紧搂着服务员，踮起脚使劲亲吻的那一刻，心差点从嗓子眼蹦出来。这种紧张和难过比吃醋还难受。当然罗赖贵毕竟还是罗赖贵，毕竟还挂在王秋叶名下，毕竟还不是她王小桃的男人。再说一个没老婆的大男人这样做也正常，算不得出格。只是王小桃有种被罗赖贵晾在一边的失落，好在临出包厢时，罗赖贵猛然将王小桃一把紧紧搂住说："服务员，你再陪我喝一杯吧！"说着就把王小桃当成了服务员，在她小嘴上吻了一下，又吻了一下。

"嘀哩咚哝……"罗赖贵的手机响了，是堂哥罗赖奎打来的，说村民因为救济款闹得一团糟，矛头已经直指于书荣和王秋叶。罗赖贵一手接电话，一手紧搂王小桃的腰，仍不肯松开。嘴里喷出浓浓的酒气说："好啊，太好啦！你赶紧来喝两杯，我敬你一杯！"对方说："赖贵，你蒙啦你！我是在雷公寨和你通话啊！你在哪儿喝成这样子？"

罗赖贵嫌罗赖奎太啰唆,"咚"的一声欲关机,只顾紧搂王小桃。由于搂得太紧,对方的通话王小桃听得一清二楚,原来罗赖贵摁错了关机键,王小桃顺势夺了罗赖贵手中的电话向对方说:"赖贵喝高了,你说我听,等他清醒后我再转告他。"对方缓了口气说:"事情是这样的,寨子里今年该有的救济款,因村上那几个不理事的饭桶错过了上报时间,镇长说已经泡汤了。那个于书荣呢,整天摇头晃脑的这儿搞调查,那儿跑项目、跑资金,跑来跑去把现成的资金都跑掉了。还说是为民办事的第一书记,办个屁呀,把好事都办糟了。我看他这个第一书记,这回跑得了和尚跑不了庙,不把这批救济款安排好、兑现好,老百姓绝不会放过他。至于王秋叶,她乱发错发贫困户摸底调查表,又没及时提出研究,还错上加错让那个懒汉肖小铜乱收填表费,我看她和肖小铜到底是什么关系,这回要拿她是问。"王小桃说:"真有这事啊,你现在要赖贵做些什么?我一定会转告他!"对方说:"我要赖贵立刻回寨里一趟,趁此机会把王秋叶弄到城里去算啦。"王小桃说:"秋叶会愿意吗?"对方说:"不愿意也得愿意,因为她现在也明白自己不是当干部的料,刚上任就给于书荣添了麻烦,给村里添了乱。而且这乱不是一般的乱,是侵犯了老百姓切身利益的乱,老百姓不会原谅她,她在村里干不下去了!反正我们有的是办法把她弄走。"王小桃说:"那好,我一定会按你说的叫罗赖贵去寨里看热闹⋯⋯"

十二

罗赖贵兴致勃勃来到寨里。这回他不是因为罗赖奎的电话而来,也不是因为王秋叶而来,而是因为村校的事而来。当然谁都明白,为了学校其实也是为了王秋叶。

据说于书荣的未婚妻周玲玲把省城那份优厚的工作都辞了，来到这个穷地方办学。这个于书荣也太没意思了，自己对农村工作不熟悉，没能力、没本事，还傻里傻气把妻子叫来帮忙。你于书荣即使想往上爬，想当干部想得流口水，也别连累自己妻子了吧！听说他妻子还挺着个大肚子呢！你看王秋叶，我罗赖贵虽不算什么干部，可早就把未婚妻当妻子了，生怕她苦着累着，想破脑袋也要把她弄到城里，可她不依，我罗赖贵只好围着她打转了。要不是王秋叶当这个什么村主任，要不是这个破学校轮到王秋叶主抓，老子才懒得管寨子里的事，懒得买他于书荣的账！

再过几天就要开学了，罗赖贵百忙中提前回寨，踏踏实实住上几天，最后一次把关，看看校舍窗口玻璃补装好了吗？楼梯栏杆加固好了吗？厕所扩建搞好了吗？厨房改装好了吗？课桌凳椅添置好了吗？国旗旗杆竖起来了吗？……他得一项一项地检查落实，一项一项地亲自把关。至于他和王秋叶的事，早和寨里连在了一块，现在又和学校连在一块了，都连着了，连着了就好，怕就怕连不着，连不到一块。眼下只有慢慢来，心急吃不得热豆腐。在罗赖贵看来，寨里的情况并不像罗赖奎说得那样糟。罗赖贵仔细想了想，他和王秋叶在寨里一起长大又相恋好几年了，王秋叶到底是个什么样的姑娘，他心里太清楚了。人家王秋叶刚上任没经验，犯点小错也正常，并没到"在村里干不下去"的地步，更无须你罗赖奎来说长道短。再说，如果轻信罗赖奎说的那一套，趁人家有点小错就打人家的主意，逼人家就范，这不是趁火打劫吗？何况人家王秋叶是个吃软不吃硬、干事蛮认真的人。常言道："嫁汉嫁汉穿衣吃饭，嫁一家靠一主。"可人家王秋叶的择偶观与众不同，她要自立，她不是那种嫁汉嫁汉穿衣吃饭的人，她不依赖男人过日子，她不稀罕你有钱有势，她不稀罕你有房有车，她不喜欢高官厚禄、荣华富贵，只想寻一个真情实意、关心支持她事业的人。她只想做她的拼布绣，她并不想当村主任，可是既然群众让她当上了，她就认了，认了的事她就会尽心尽力干好。你就得关心她，理解她，支持她，帮助她。这一点，罗赖贵开始想不通，后来想通了；开始不明白，现在明白了。因此，这回村里暂借他的楼房恢复学校，通过王秋叶出面和他洽谈，他第一时间就满口答应了。镇里看在他支持村里扶贫工作的份儿上，还任命他为雷公寨村名誉村主任。他喜出望外，认为名誉村主任和村主任往后商量事儿的机会多了，他俩的缘分也到了。

周玲玲早就到了雷公寨，她是顺路搭省扶贫办的车来的。那天省扶贫办请了几位专家来雷公寨实地考察项目、规划建设，她就按计划搭顺路车来了。

两个月前，周玲玲独自来过一回雷公寨，尝过没有专车的苦头。特别是临村那段坑坑洼洼的泥泞路，没车没船的，扛着行李全靠走路，每一脚踩下去，泥巴就像糯米粑粑似的很快把鞋黏住了，抽出脚来鞋还稳稳黏合在那儿，需要慢慢弯下腰去借助手的力量，才能把鞋从烂泥中抽出来。有时脚一滑，不摔倒也得来几个趔趄。路沿河道走，稍不注意就会滑到河里。七八里地，一时半会儿才能见到一辆老旧的手扶拖拉机或摩托，摇摇晃晃酒醉似的挨身而过。因人生地不熟，没谁让她搭便车，没谁给她让路，反把她身上溅满了泥水。好在上回肚子还没大起来，像这回肚子高高隆起大包小袋的根本不行。因此周玲玲事先打电话询问于书荣是否私租专车，于书荣才想起昨天接到电话，省里有专家来，就让周玲玲一同来了。

来雷公寨的那天，一路上周玲玲心情激动得不能自已，她感激于书荣，因为电话里于书荣说欢迎周玲玲来雷公寨，就凭"欢迎周玲玲来雷公寨"这句话，让周玲玲高兴了好几天。周玲玲觉得她选择教师这个行当又好又不好，好在每年有几个月的寒暑假，还有双休日。再说周玲玲所在的中学师资力量雄厚，工作量小。她教美术，不仅课程少，而且备课简单。而不好呢，教师工作太单调、太呆板，校园封闭得透不过气，似乎与社会隔绝，常常感觉孤独无聊。她不爱扑克、麻将、唱歌、跳舞，也不喜脂膏扑面、红唇卷发。她空闲时间感觉无聊就写写诗，写的诗多为新诗，新诗中又多为情诗。写得多发表得少，而且好些是经于书荣修改推荐发表的。这回她带了几本诗歌专集，也带了些自己的近作让于书荣修正。她打算暑假放多久她就在雷公寨住多久，来之前她想了好多才下定决心，觉得这种方式最适合她，既体现了她对丈夫工作的支持，又表达了她对丈夫的真爱。上回她来雷公寨时，见丈夫独立门户的单身生活怪可怜的，她内心酸酸的有些过意不去，感觉自己没尽到作为妻子的义务。再说现在她的肚子已经隆起，一天天地也只会更加隆起。在没有学生吵闹的暑假里，校园是清冷的，特别是在漫长的夜里，这种清冷的感觉让她更加寂寞、更加害怕，总盼着能有人陪，盼着能天天和丈夫在一起，她照顾他，他照顾她。现在就要见到他了，第一句话该怎么说呢？

然而，三位专家的到来，让于书荣喜出望外，忙上忙下，接待同车来的周玲玲的氛围就淡了些。按村两委事先安排好的，专家们落住在王秋叶家，杀鸡宰羊按当地最高标准招待。来的当天吃夜饭，于书荣、王远高、王秋叶作陪，还把周玲玲请去了。这三位专家满脸沧桑，开口一笑，细纹都爬满了眼角，每人胸前都挂着副高度老花镜，看上去好像都有些年纪和阅历了。他们是带着任务来的，他们是带着责任来的。后来于书荣了解到，这三位专家都是本省专家中的翘楚，分别在农业、水利、旅游等资源开发领域作出过突出贡献。这回派他们来，是要给常人认为土地贫瘠难以脱贫的雷公寨正个名，是要给雷公寨的父老乡亲找一条致富之路。

为此，于书荣邀请专家来重点考察的头一个大项目是"旅游开发"。他决定跟正在和雷公寨贫困户结对子的马副局长一起带专家游便江。

这条江，马副局长已记不清自己游过多少回了。他原是县旅游局常务副局长，县旅游局和县文化局合并后，他又继任该县文化和旅游局第一副局长，前后一干就是十五年，且因拼布绣项目要时常联系雷公寨，算算也已有六年了。他闭着眼都能说出江水哪急哪缓、哪深哪浅、哪滩哪潭，能指出沿江两岸的一山一石、一树一竹。他们乘坐的船是一条顶脱了漆、生了锈，不知修了几回的老船，马副局长和这条江的交情，仿佛比这条老船还老。

在船上，马副局长激动地对三位专家说："方案都报过好几回了，早就想把这段江连同雷公寨的奇山怪树，作为雷公寨脱贫致富的重要资源之一。一旦把这个资源开发利用好了，对当地的拼布绣传承和发展有着不可估量的作用！"马副局长在船上手舞足蹈、比比画画，他说："专家老师你们看，这清澈见底的水，这怪的石，这奇的洞，这翠的竹和洁的雾多秀美呀！据史志记载，这里曾吸引过远古炎帝神农氏，汉朝三侯王陵、周勃、樊哙，飞将军李广，唐朝大文豪韩愈、柳宗元，宋朝宰相寇准、尚书罗汝楫，明朝旅行家徐霞客，明清思想家王船山，清朝戏曲家杨恩寿，太平天国领袖洪秀全，以及当代名人等到此游览，他们曾留下过不朽的诗文！"

于书荣一面聆听马副局长激情昂扬的介绍，一面招呼船手减速或暂停，饶有兴致地引导专家阅览两岸陡壁奇岩上刻写的名诗绝句。其中有韩愈触景生情：

　　　　山作剑攒江写镜，扁舟斗转疾于飞。
　　　　回头笑向张公子，终日思归此日归。

有徐霞客描述奇石：

　　　　重岩若剖，夹立江之两涯，
　　　　俱纯石盘亘，倏左倏右，
　　　　　　……

余揽山水之胜，过午不觉其馁。

还有王船山叹其逝水流波的无限感慨：

十月寒潭改，三年客艇过。
画橺星影近，鹜草夜霜多。
急难迷原隰，飘零废蓼莪。
郴江无限水，不与挽流波。

马副局长还介绍说，尽管历代文人骚客极赞其自然景色，但在古代，便江并非仅以其风光秀丽著称于世，而是以其交通便利闻名遐迩。

便江者，乃交通便利之江也。《便县志》载清朝肖开元《便江考》曰："江云便，便舟楫也。"据《郴州志》记载，便江早在两千三百年前的东周就通航了，直到清朝的光绪年间，出入便江的船舶还常达千艘以上。因此，便江被誉为"黄金水道"，这就难怪文人骚客群贤毕至了。当年项羽杀义帝于郴州后，刘邦派往郴州凭吊义帝的三侯经过的是这条水道，后来唐朝文学家韩愈被贬为阳山县令，经过的也是这条水道。郴州和便县一带的丰富物产运往异国他乡，经过的还是这条水道……正因如此，古老的便江给后人留下了许多人文景观：上游有韩愈到过的侍郎坦、文公滩；中游有依洞而建于盛唐，飞檐翘角、雕梁画栋的湘南名胜观音岩、龙华寺、大明寺，以及号称"天下第十八福地"的苏仙的外婆家——潘家园；下游有汉三侯泊过舟的西河口、三侯祠……在那些地方，你可以听到一个个美丽动人的传说故事，得到种种真善美的民间艺术享受，还可以大发思古之幽情。

"这叫什么地方啊！？"其中一位专家摘下朱红色眼镜兴致勃勃地问。马副局长即兴回说："青布滩！"

这里有一个河中小岛，岛中橘林里栖息着数百只白鹭，一听到船声就"唰唰"振翅飞向天空,盘旋一阵后,有的落在远处竹林中;有的驻足于江畔村庄的奇砖黑瓦墙头或丹崖顶;有的则栖息于一排排参天古树枝梢间,或昂首眺望,或徘徊小憩,或窃窃私语,或交颈拥抱……自在得妙趣横生。原中华诗词学会副会长、《中华诗词》杂志社社长梁东游经此处时,曾即兴颂吟七绝一首:

一川烟雨漫清江,两岸丹青沐早霜。
白鹭凌霄浑不见,诗情破雾任飞扬。

青布滩附近河岸上有一棵千年古樟,树冠像把巨大的绿伞,覆盖荫翳着三亩土地,树干粗得要八人才能合抱。游人爬上古树,会发现树枝间睡着一条条鲜活的泥鳅。怎么树上还长泥鳅呢?当地村民会告诉你,这些泥鳅是鸟儿们从江中叼到树上,准备美餐一顿,只因你们这些不速之客到了,才来不及享受,不得不弃之远走高飞的。

从青布滩往上游走不远,一只长百多米、高六十多米的巨大石象,正在大口大口地"吸吮"着甘美的便江水。来自台湾师范大学的教授、著名诗人文幸福见状,曾放声吟道:

天教巨象饮江流,便水清清碧绿浮。
秀色不同三峡险,桂林阳朔孰云优。

当你来到三石矶,那三块各有一百米高的临江赤壁,有千多米长的,有几百米长的,甚是雄伟壮观。凡到此一游者,都认为这里赤壁的气派远胜于武昌的赤矶山和黄冈的赤鼻矶,因而很自然地想起三国时期的赤壁之战,想起统率千军万马的年轻将领周瑜的风姿,想起唐朝诗人杜牧的《赤壁》,或宋朝词人苏轼的《赤壁赋》及其《赤壁怀古》中的佳句。

从三石矶再往上游，便是侍郎坦、文公滩、程江口、擎天柱、飞来石、七仙松、八仙石，然后就到了"一线天"。

就在快到便江与郴江相接的地方，有两块宽一百多米、长二十多米的巨石紧紧挨在一起，形成一条夹缝，像是要把仙界和人间决然分开。夹缝靠江的喇叭口越到里边越窄，最窄处只有二十厘米。缝底游客朝天仰望，便见绝妙的"一线天"。北京某大报名记者见了这一景观，禁不住惊叹道：我跑遍了全国很多地方，还从未见过这么窄、这么长的"一线天"，这一定是"天下第一"的一线天。

听说有几位戴眼镜的专家在雷公寨游览考察好多天了，寨子里这些不值钱的穷山恶水马上就会变成"金山银水"了。寨里寨外沸腾了：有心花怒放早就盼着这一天的，有远方务工辞职回村的，有按捺不住申请投入某个项目的，也有脖颈发硬满腹牢骚心慌意乱的。

刚从外头打工回寨的王小勇，听他常年卧床的父亲说寨里来了驻点的新书记，这位新书记不同往常的驻点干部，为人正直公道，他正在摸底重新核定寨里的建档立卡贫困户。这天夜里，王小勇丢下吃过夜饭的碗，匆匆来找新书记，强烈要求恢复他家的建档立卡贫困户。王小勇路过罗赖奎家门口时，远远看见罗番贵、罗赖奎出门前往老支书罗满福家，他灵机一动随后跟踪。果然，罗满福把罗赖贵、罗赖奎、罗番贵、罗广金等人招到他家开酒会，说是酒会又不推销酒，而是因为他们几个一聚集就要喝点酒，一喝酒就有事商量，等于开酒会。这次酒会照例由村会计罗广金主持，罗满福主讲。罗广金说："三叔每回请各位来必定有要事，今天也是如此。一家人不说两家话，今天三叔找几位弟兄来主要是了解和商量两件事。一是村学校问题；二是专家进寨以后提出土地流转等问题。"

"好了、好了！我来说！"罗满福早就牙帮咬得咯吱响，急得额上青筋暴得有筷子嘴那么粗了，他按捺不住，打断了罗广金的开场白，用那皱巴巴、粗糙的老手握起酒杯喝下一大口说："我倒要先问问我的侄儿赖贵，你最近在忙些什么啊？"

罗赖贵脸色和悦，带点尊重长辈的口气回说："叔，这几天我给村校帮忙！没时间向叔汇报！"

"村校在哪里呀？"罗满福故意问。

"在我的老屋场！"说到自己的老屋场，罗赖贵有点脸红。

"是谁把学校安排在你的老屋场啊？"

"是我自己愿意的！"

"岂有此理！"罗满福一巴掌重重地打在桌面上，桌上的酒杯和菜碗咣当一声晃跳，筛满的酒和尚没动手吃的菜汤都随"咣当"溢出来了。罗满福牙关一咬，横眉竖眼地说："如果我要租你的屋，你会愿意吗？你的堂弟赖奎一家五口挤在三间豆腐箱一样的破房里，苦于没地方搬迁，你愿租给他吗？番贵那间仰头见天的危房早就不是住人的地方了，你愿意租给他吗？"

"三叔你别动气，你们又没谁向我提出过租房。"

"自家几个人有没有房你又不是不知道！租给对你没有半点好处的村里，你又主动了？"

"那是公益事业啊！"

"别说了，公益私益，老子在村上干了几十年还不懂吗？赖贵侄儿呀，你千万别让王秋叶那个女的几句好话给蒙住了，恕我直言，她嫁不嫁给你得打个问号，人家和肖小铜搞拼布绣早就搞到一起了！"

"他们搞不搞到一起我不在乎！我相信秋叶不是那种人！三叔，不管你怎样说，不管你说秋叶怎么样，我依然会像从前那样真诚地对待她！"

"那好！赖贵，再问你一句，老叔的话你愿不愿听！"罗满福瞪眼竖眉瞟了赖贵一眼，脸色更不好看了。

"愿听！"赖贵在这张惯常威严的老脸面前只得乖乖顺从，勉强低声应答。

"愿听就好！"罗满福脸上有了点阴转晴的趋势，但仍没好气地说："我问你，你能走到今天这一步，是谁帮了你？你现在租给村校的宅基地当初是谁亲自为你批下的？"

"是你儿子赖军、赖辉哥俩帮了我，我才有今天。宅基地是你亲自批下的！"

"那就别多说了，往后你知道感恩就行，当初三叔帮了你，三叔的儿子也帮了你，既然帮了你，就肯定不会害你！再说你现在是有钱、有势、有地位的人了，比秋叶更优秀的女人任你挑、任你选，你为什么要在一棵树上'吊死'呢？再说为了让秋叶死心塌地跟你，三叔也曾做出努力，不让她当这个屁村主任。这些你都知道，也就别多说了。现在三叔倒要说点别的事，不知你爱不爱听！"

"三叔你说吧，我听！"

王小勇缩着身子耳朵紧贴窗户听了一会儿，觉得有意思。抬头瞧了瞧四周，很静，又小心翼翼把耳朵紧贴窗。

屋内传出了罗满福的声音："我感觉自从于书荣来到雷公寨就有点不对劲，这人真的不愧是个作家，真把一个没'文章'可做的雷公寨做起'文章'来了。他整天摇头晃脑的，今天这明天那的满村嚷嚷，嚷什么啊？嚷他那满肚子的歪点子！嚷寨子里从前这也不是那也不是，把雷公寨嚷得跟他的脑袋一样摇摇晃晃。你看，他发神经似的今天嚷着种玉米，明天嚷着种冰糖橙，后天又嚷着养猪、养狗，人家饭都没得吃，还喂得起猪狗吗？他既不像从前驻寨的那个'张大炮'，又不像那年镇里派驻的'李阴毒'。张大炮直来直去，一碰就响，李阴毒诡计多端，三棍子打不出一个屁。而于书荣呢，既不'直来直去，一碰就响'，也不'诡计多端，三棍子打不出一个屁'，而是脑袋摇一下、晃一下，就有一个让人难料而深得民心的主意。把雷公寨搞得乌烟瘴气，搞成了王姓寨子呢！你看，村支书姓王，村主任也姓王，入党积极分子也姓王（王小勇），连那个懒汉（肖小铜）也拜到王姓裙下，成了后备村干。满村成了王姓的王国。在他们眼中根本没有姓罗的。再拿最近几件大事来说吧，租用学校没找姓罗的商量（只利用王秋叶和罗赖贵的关系），请来专家没找姓罗的商量，新农村规划没找姓罗的商量，土地流转没让姓罗的参加。不仅如此，连镇上派来个经验丰富的罗姓老干部（罗江海）来帮助寨里扶贫，也遭到于书荣拒绝。好像姓罗的挖了他们的祖坟得罪了他们，老子干了几十年被晾到一边，雷公寨从没出现过这种混乱局面，看来他于书荣这个死书呆子要反天了，罗家很快在寨子里站不住脚了，大家说该怎么办？"

"我们听三叔的！三叔说该怎么办就怎么办！"罗广金气愤地说。

"是啊，我们听三叔的！"罗赖奎和罗番贵拍拍胸脯大声附和着。

"我倒要当面和于书荣他们说说！"听三叔这么一说，罗赖贵也感觉情况有点异常。

"好吧，既然你们都感觉三叔说得有道理，都愿意听三叔的，三叔也就不客气了。来，先把酒倒满，按罗家的规矩一起喝下！"罗满福话音刚落就头一仰，"咕咚咕咚"喝起来……接着说："我觉得这个于书荣啊，没丁点儿农村工作经验，又听不进老辈的经验，他不像来搞扶贫的，倒像个来搞宗派、搞分裂、搞小圈子的。你们看看吧，好些事情让我们靠边站没关系，把在职在位的村会计罗广金、妇女主任郝小柳都弄得靠边站，就有点不正常了。这不是故意欺负罗姓搞分裂吗？"

"是啊，明显是欺负罗姓搞分裂！"在座的几位相视一下，连连点头。

罗满福继续说："依我看，前面的事过去了也就过去了，但后面的事非让他们好好见识见识罗家人的厉害不可！"

"是啊，让他们好好见识一下罗家人的厉害，三叔有话尽管说！"

"第一，赖贵的房屋已经免费租给村里又免费修缮作了村学校，算是我们罗家给村里工作最大的支持。而往后村里的系列扶贫工程应该全由赖贵的工程队承包。也就是说，赖贵支持了村里的工作，村里也应该支持赖贵！不然赖贵白赞助村里钱了，名誉村主任也白当了。"

"是啊！应该这样！"

"第二，据说马上就要搞土地流转啦。专家考察认定我们罗家的几百亩祖山适宜开发种植冰糖橙，不管他种什么橙，坚决不能乱动祖山！"

"是啊，让他们上别的地方种去！"

"第三，据说专家已经测量，规划在村下游建一个小型水电站。罗家有二十来户要搬迁，坚决不搬！"

"对，坚决不搬！"

"第四，再过几天开学时，省文化厅就要下来慰问贫困户和孩子们了，这事赖贵比我更清楚，省干部下寨必有好事。听说他们带了一大车物资，还有一大笔访贫问苦慰问金。他们为了摸清真实情况，不让村干部带路，而是由慰问的干部临场抽查，每抽查一户，给两千块红包，还上电视。我看一定要抓住这个机会，让我们罗家人也上上电视风光风光，为了有把握拿到红包，今天我们至少内定两户，这事就由赖贵负责。因为你不是村干部，完全可以把慰问团引荐到他们家去！"

"那现在可以确定哪两户吧？到时心中有数！"罗赖贵说。

"可以！"罗满福说："一户是罗赖奎！因为你家三个女孩常年打着赤脚，连双鞋都没得穿，光着脚丫上电视有看头！"

"我家原本不缺吃穿，我帮镇里收水电管理费有工资，我老婆又是村干部。到时我该怎么说呢？"罗赖奎通红着脸难为情地说。

"你就说孩子们没人管吧！"

"孩子有我老婆管啊！"

"你就把老婆关起来，哭着说老婆死了！"

"可老婆不从呢？"

"你就说敢不从揍死她，平常她都怕你揍，关键时刻你下不了手啦！"

罗赖奎咬咬牙，耷拉着脑袋喝了口闷酒。

"那另一户呢？"罗赖贵问。

罗满福眯着眼，掰着手指头蛮有底气地说："另一户吗？我看就轮到番贵了！"

"三叔我就算了吧！"

"为什么？"

"我年富力强、不聋不哑、有手有脚，怎么好意思说自己是特困户呢？"

"你就说你有个残儿嘛！"

罗番贵面带难色地说："我连老婆都没有，哪来的残儿呀？"

"你这猪脑袋，就不晓得把田寡妇和她的残儿招到你那破屋住两天啊！"

"她愿意吗？"

"你偷偷摸摸和她好几年了她都愿意，还差这两夜吗？死猪脑袋！"

罗番贵歪着嘴摸摸脑袋，仰头喝光了杯底的酒，一脸的哭相。可窗外的王小勇想笑，转而又紧握双拳咬牙切齿，恨不得立刻闯进去一拳砸开罗满福的脑袋……

初秋，雷公寨学校顺利开学了。一连下了几天的雨，可开学那天秋高气爽。于书荣和周玲玲起了个大早，探头四望，屋外弥漫着朦朦胧胧的浓雾，什么都看不清楚。而等他们吃完早餐到了村校，浓雾却"沙沙沙"地在空中翻滚，一阵一阵地慢慢飘散了。群山、田野、房屋、篱笆、果树在浓雾中渐渐清晰起来。此时，秋阳从红色的山嘴露出红润润的嫩脸，映照着山谷里的一切。于书荣和周玲玲头一回享受山里的秋晨，头一回亲临山里的秋雾和秋阳。他们感觉山里的秋天比城里的秋天更灿烂绚丽，山里的秋阳比城里的秋阳更光亮明净。

上午十点三十分，国旗升起来，音乐响起来，八十六名"小红领巾"揩净了往日的清鼻涕，洗净了脏兮兮的小手，列队国旗下，举起右手，宣誓敬礼，等待发新书。

远方来了三辆车，车身渐渐放大。打头的原是一辆来自省文化厅的挂着红彩、贴着红标语送温暖的大型汽车，后面还跟着两辆坐满领导的高级小轿车，汽车老远就放慢"脚步"，车厢右侧挂着的"全力以赴，打赢精准脱贫攻坚战"横幅标语渐渐清晰起来。

近了，更近了！锣鼓响起来，喇叭吹起来，山歌唱起来，"红领巾"拍着巴掌夹道欢迎……一种山里才有的新奇而鲜活独特的接待方式让来客大开眼界。

从车上下来的人和车下迎接的人相互握手，记者们的镜头一律随着领导们活动的方向转移，整个场面沉浸在热烈的欢乐之中。唯有三位司机嘟囔着嘴，一下车就迫不及待地弯着腰、伸着头，各自仔细检查车身、底盘和轮胎，生怕刮烂了底盘油箱。河面和山中雾气缭绕，司机开车视线不太清晰，路况不熟，加上前些日子淅淅沥沥地下起了小雨，路面泥泞湿滑，一不小心就会滑到坡下河里。在这条宽度不足两米的小道上，走走停停、停停走走，路上的岩石把车子的底盘刮得山响，心也跟着这个响声揪紧了。原本三公里多的山路走起来似乎有十公里那般遥远。尽管小心谨慎，泥巴还是把车窗溅得看都看不见外面了，车头呢，眼不是眼、鼻不是鼻的嘀嘀嗒嗒滴着泥水，像在滴泪。司机们相互眨眨眼，斜歪着嘴"啧啧啧"地抱怨道。

此刻满村满寨男女老少都来看热闹了，把学堂小操场挤得水泄不通。没有场面热烈的开学典礼，没有兴师动众的捐赠仪式，没有各级领导的重要讲话。只是把捐赠的助学金、书包、文具及相关配套课本资料，发给了每位"小红领巾"。还有交给村两委代发的捐赠给建档立卡贫困户的现金、衣物、棉被，以及用来制作拼布绣的精品原料。

这回送温暖领头的是省文化厅一位分管非物质文化遗产的女副厅长，也就是于书荣的母亲谢茵茵。谢茵茵忙完一阵后，学生和村民都恋恋不舍地各自回屋了。她们准备走访几家重点户，然后到镇里去吃中午饭，不再麻烦村里了。谢茵茵就安排省里来的同志到村中转转，并临时抽查确定名额，有代表性地看望几家重点贫困户，由于书荣带领处理刚捐赠的物资。

谢茵茵把工作安排妥帖后，就借此机会在村校找周玲玲说事。谢茵茵迫不及待地把正在人群中忙碌的周玲玲拉至一旁，瞟了瞟周玲玲高高隆起的肚子低声说："玲玲，回吧，快要生了！"

"我不回了，就生在这儿！"

"那怎么行啊，把孩子生在这儿，缺医少药的多不安全？"

"我已经和书荣商量好了！妈你就别担心啦！"

"玲玲，你别太固执了，妈不担心能行吗！你知道吗？当初书荣要下乡时妈担心过，反对过。妈怕他熬不住这份清苦。而现在他一错再错，又把你拉下来了，怎能不让妈担心啊！"

"妈，不是书荣拉我来，是我自己愿意来这里的！"

"开学了，你那边的工作怎么办？"

"妈，你放心，我已经辞职了！"

"唉，坏大事了，眼下马上就有几个月的产假待遇，人家想有都没有这种待遇，你却傻里傻气辞职了，什么事都不跟妈说一声，气死妈了！"谢茵茵气急得脸色铁青、嘴唇发紫。

"妈，你别气呀，气急伤身。我和书荣都三四十岁的人了，该独立了。现在孩子已经怀上了，生孩子的事您老人家就别操心了，保重身体好吗！"

"还要妈保重身体呢！那妈问你，你一个孕妇的身体谁保重，不在城里，来这里能帮助书荣多少？"

"能帮他多少算多少，我觉得再苦再累只要能和书荣在一起，我就有了安全感，他也有人照顾了！真的，我已经和书荣商量好了，决定把孩子生在村里！"

"别说什么商量商量好吧！我问你，你们的婚礼，从去年商量到今年，又从'五一'商量到'七一'，就信了你们商量，妈把糖果、烟酒都找人弄了好几次，都是内销指标，而你们商量来商量去，一直没把糖果、烟酒提回来。你跟妈说句实话，你们到底商量到猴年马月才能商量好啊？"

"妈，请您老人家放心吧！既然我和书荣结婚证都扯了，孩子也有了，婚礼是肯定要办的。不过我和书荣已经商量好了，等雷公寨摘掉了贫困帽，我们再花心思办婚礼。书荣说到那时破旧立新搞个集体婚礼，我们一同参加完成我们的终身大事，既热闹、体面，又有意义！"

"你们鬼名堂真是太多了！我这个当妈的实在是搞不懂啊！"谢茵茵说话有些哽咽了！

"妈，你真的别担心！我来一个多月了，感觉乡下一切都蛮好！"

"好好好，好什么呀？这个到处都是牛粪狗屎的山谷谷有什么好的呀？你这个傻孩子！只是你们爸死得太早了点，妈架不住你们了！"说着，谢茵茵鼻子一酸，嘴唇抖动几下，止不住地落泪。

十三

于书荣与几个村干部为村民补办救济款从镇里回村后，一脸扫兴。一路上，几个对罗镇长知根知底的村干部，你一言我一语，把罗镇长个人、家庭和从政的情况一一说给了于书荣。他想这回不仅没把村民救济款补办好，还白白让罗镇长数落了一顿，实在有点不那么心甘情愿，内心老不舒服。于书荣觉得罗镇长没给他面子，让他在村干部面前丢了脸，失了威！就按村干部所说的情况分析，论年龄，你罗镇长同我于书荣相差无几，大小不出五岁；论文凭，你是普通高中，我是大学本科；论职务，你是小小乡科，我要是下来，至少有个县处。即使什么都不是，什么也没有，我还是个作家啊！你有什么资格数落我，你有什么理由不给我面子，何况你还是雷公寨土生土长的苗苗呢！何况你还是老支书的亲儿呢！好歹讲点老乡情谊吧！我于书荣不算老乡，王远高、王秋叶、罗广金算吧！我于书荣从省里下来也不容易呀，你以为你是谁，你以为我是来镀金的啊，你以为我是想当官啊，你想错了。要不是为了认认真真地体验生活，要不是为了扎扎实实地完成创作项目，要不是为了实实在在地为老百姓办点实事，你这个穷旮旯，鬼才愿来呢！

不过这点小问题拦不住于书荣，他与几个村干部对寨里的扶贫工作充满信心，在回村的路上定好了召开村民大会的内容和时间。罗广金却一回到家就把路上商议好的内容向罗满福"汇报"去了。

罗满福听完"汇报"，喜得满脸皱纹夹得死苍蝇，他说："赖辉真的把雷公寨救济款给取消了？"

罗广金神神秘秘地眨眨眼说："我敢哄骗三叔吗！赖辉不仅代表镇政府取消了雷公寨全年的救济款，还把我们包括于书荣数落了一顿呢！"

罗满福哈哈大笑一声说："那好！不过赖辉这娃子胆子太大了点，取消救济款是村里没按要求上报，还有点道理，也是他分内的事，没过分，批评你们几个也没错。但批评于书荣就有点出格了，人家毕竟是省里来的干部啊！"

"管他省干部县干部，来了乱石镇工作就得服从乱石镇政府！"

"那不同，吃饭的筷子都分个大小倒顺呢！就不怕人家有上层关系？"

"那就让赖辉哥往后当心点就是！"

"是啊，你给我传个话，要赖辉明里向于书荣赔个不是，暗里按原计划行事！这个于书荣啊，今天走访这个，明天调查那个，把雷公寨盘古开天地以来的陈芝麻烂谷子都翻出来啦,不把他弄走,寨子里难得安宁!"

"他说要在雷公寨干三年!想想三年后寨子会乱成什么样子啊!"

"会乱成一锅粥,老百姓遭殃!看来必须得把他弄走,越快越好!"

"那怎么弄呢?"

"你不是说他们准备开村民大会还定好了日子吗?"

"是啊!一定会开!"

"那好,就利用开会之机,鼓动村民向于书荣要救济款,不发救济款,当会就打!"

"对,把他打得没脸面在这儿工作!"

"不过会前得串通一下我们的人,要赖奎、番贵多出面,发动群众,好好和他干一场!"

"是啊!还是三叔英明,我这就去安排安排!"

盛夏的早晨,雷公寨仍笼罩着薄薄的微雾,日头还躲在山背,便江吹来的暖风带着潮湿的凉意。于书荣从困顿中睁开疲惫的双眼时,天已大亮。昨天已下好了通知,今天上午九点准时召开全村村民大会,得赶紧和王秋叶几个村干部先碰碰头,做好会前相关准备。于书荣跳下床,狼吞虎咽吃了一碗方便面,便匆匆前往王秋叶家。不料刚出门几步就听见外面吵吵嚷嚷,远处一群人急匆匆地正朝着他的住处走来,他下意识猛然一惊,打了个冷战,立刻又稳住了自己。

"于书记,你瞧瞧,这就是王小勇干的好事!"罗满福把手里提着的一捆绿油油的冰糖橙树苗,气愤地朝于书荣身边使力一甩。

"你什么时候干出这种事来的呀?"于书荣稳定了一下情绪,指着王小勇质问。

"这不是我干的,是他们诬陷我!"王小勇浑身打着战。

一左一右押着王小勇的罗赖奎和罗番贵早已虎着脸竖起了眉毛。

"哎呀,你个臭光棍,还倒打一耙啊!让老子再来好好诬陷你一下吧！"罗赖奎阴阳怪气地说着，用怪异的目光斜视一下王小勇，冷笑一声，转而脸一横，啪啪啪啪地朝王小勇的脸打下去！

"于书记，救救我啊，别听这帮王八蛋的！"

"别打了，别打了！"于书荣拦住了罗赖奎举在半空的手，罗满福也假意帮着于书荣。

"是你干的吗？"于书荣愤怒地朝王小勇吼。

"我也不是无缘无故啊！"

"那你为什么要这样做？"

"冰糖橙是扶贫的，罗满福家没资格种！"

"为什么？"

"因为他家不贫困，他反对扶贫！"

"可他种冰糖橙是支持村里工作啊！"

"那是套取冰糖橙种植补贴做样子，其实他们前些日子还在开黑会！"

"开什么黑会啊？"

"这帮坏人要害你！"

"看老子害谁！"罗赖奎又凶狠地举起了巴掌。

"别别别！我来说几句！"罗满福拦住罗赖奎说："于书记啊，小勇说的开黑会你也信吗？管他黑会、白会，小勇不拿出证据，我们不会放过他！于书记号召种冰糖橙刚开头，王小勇就在我的地里搞破坏，一共夭折冰糖橙四十八株。今天凌晨正好在现场被我们逮着，刚才小勇也招认了，人证物证俱在。按从前的老规矩，要捆在村前那棵老银杏树下叩头认错，然后当众打五十耳光。现在你是书记，今天又逢开大会，你很忙，我们先把他捆在老银杏树下，会后等你处理！"

"好啦！你们先去，我们村委商量一下再说！"

"于书记呀，你千万别被他们蒙了！罗满福要害你，我妈就是他害死的，我要报仇！……"

远处传来了于书荣不愿听到的无助而凄惨的喊声和"啪啪啪"的耳光声……

　　村民大会依然是在村前的古银杏树下举行。

　　农历七月初，这对"老夫老妻"，仿佛一对身披嫩绿的新郎和新娘。春末夏初萌动的嫩芽已伸展出了鲜活的新叶，新叶有杯口大小，颜色较从前更绿了。一阵阵微风吹来，一片片嫩绿的新叶"沙沙"作响，如同一只只小蝴蝶，点缀在细枝末梢上翩翩欲飞。它们被微风吹得暂时零零散散，不时有几片老黄叶飘落下来，仿佛几只孤傲的黄蝴蝶在空中飞舞一阵后，慢慢投入了大地母亲的怀抱。多少年来，寨里的人一代又一代烧香、进贡、占卜、叩拜、许愿都在这里。树上挂满了红色和黄色的布条，布条上写着各种各样的大吉大利的言语。树根周围还垒上一圈小洞穴，用砖瓦石块临时搭成简陋小屋，屋里置入各自供奉的神像，或神仙、或菩萨、或佛爷，以求神树显灵，消灾弭祸，保佑百姓，赐福于民。现在村民又把这里作为集中活动的主要场所，给这里增添了崇敬、庄严、正义的气氛，生意盎然中又有些意境幽深的感觉。

　　这天鸡鸣两遍天未明，寨子沉睡寂静。罗满福和罗广金等人来到古银杏树下，虔诚地插上三炷香，双手合十跪拜古银杏树，祈求驱走外人于书荣，保佑寨人安然无恙。返回时恰与手提一把绿油油冰糖橙苗的王小勇迎面相逢。罗满福问其天还未亮到哪弄来的冰糖橙，王小勇支支吾吾答不上来，且慌慌张张拔腿欲逃。罗满福一伙儿立马将其逮住，迫于夜间和罗满福一伙儿的邪威，王小勇对自己趁夜偷窃和破坏罗满福自留地的冰糖橙的事供认不讳，于是有了上述一幕。

　　罗赖奎等人早早来到会场，等待着村委会对王小勇破坏扶贫产业冰糖橙和肖小铜乱收填表费的处理意见，等待着村委会对发放救济款的处理结果。罗赖奎对先到会的村民说，这回如果处理不公，老子要当着大伙儿的面数落那个摇头晃脑的于书荣。其中一位说，你敢？人家是堂堂省里干部呢！来扶贫的呢！罗赖奎竖起脖子瞪起眼珠说，什么扶贫扶个屁呀，他成事不足败事有余，把现成的扶贫救济款都弄丢了！你说他像个诚心的扶贫干部吗？一副书呆子架势！这儿指指，那儿画画，把挺好的寨子搞得鸡犬不宁！另一位说，就算不是省里的扶贫干部，人家也是雷公寨的第一书记呀，县官不如现管嘛！罗赖奎"呸"的一声，说："你敢当着银杏树打赌吗？老子就不服他管！你看他来几个月了，不见一分钱，不见一两粮，做了什么？做好了什么？只会东溜西转摇头晃脑说大话，汇假报！你们还以为他是大救星呢。"见罗赖奎越说越动气了，人群里就再也没谁敢站出来说话了。不一会儿，参会的人陆陆续续到了。

台上坐着五个人，从左到右依次是：郝小柳、王秋叶、于书荣、王远高和罗广金。五人中需要补充介绍的是极少出场的郝小柳。郝小柳是村妇女主任兼计划生育专干，是罗赖奎的老婆，老支书罗满福的堂侄媳，她是老支书任期内最后一个由老支书亲自"培养"提拔的。

会议由王远高主持。王远高还没开腔就一阵咳嗽。这是他的惯例，因为他除了高血压、心脏病，肺结核也一直没断根，一边在会上讲话，一边咳嗽，大家都已经习以为常了。现在咳嗽完的王远高伸伸脖子，挺挺腰，好像这种姿势能使喉管里的浓痰立刻化解，能使声调一路畅通。王远高抬起嗓门说："各位共产党员，各位革命干部，各位父老乡亲，现在正式开会了！今天大会内容主要有四项。一是向各位宣讲我们脱贫攻坚的工作思路；二是研究讨论今年救济款发放办法；三是宣布对肖小铜乱收填表费和罗赖奎等人打人致伤的处理决定；四是公布王小勇破坏扶贫产业冰糖橙处置结果。首先请各位鼓掌欢迎于书记讲话！"

于书荣清了清喉咙，摇头晃脑说："各位父老乡亲，大家好！时间过得真快，我来雷公寨已四个月零八天了。作为扶贫干部，我今天想讲讲我们寨子里脱贫攻坚的事。通过几个月的调查了解，寨子里的情况我基本熟悉了。我觉得,我们要脱贫致富,首先要认识两个问题。一是思想观念要转变,变被动脱贫为主动脱贫,变政府要你脱贫为你自己要脱贫。不是政府代替你脱贫,是政府引导、帮助你脱贫;不是扶贫干部带多少钱、送多少物资来就算帮助了你脱贫,而是你自己主动创造多少钱,自己给自己脱贫;不是等待国家有多少优惠政策、多少救济,而是要变被动为主动,自己救济自己。也就是说,只有思想上脱贫,才有物质上的脱贫。只有精神上和物质上全面脱贫,才算真正的脱贫。二是一定要找准适合自己的脱贫路子。我经过深入走访调查,反复研究论证,认为适合我们雷公寨脱贫的路子是:传承发展拼布绣和旅游产业。这两个项目是雷公寨得天独厚的自然优势。我们完全有能力、有实力开发好这个自然优势。我敢保证如果开发利用好这个自然优势,雷公寨的'穷'很快会去掉。"

于书荣停了停,端起茶杯喝了两大口,伸出舌头在两唇间扫了两下,吞咽口中的余茶时,喉结就像算盘珠似的上下拨了一回。然后蛮有底气地继续摇头晃脑:"前段时间,我在省里跑,为的就是这两个项目。我把切实可行的具体方案向领导汇报,已经引起相关单位领导的重视和支持。不过领导重视是重视,支持是支持,关键还靠我们共同努力,克服眼下困难,做好具体工作。

"这回的救济款出了点问题,这是我工作的失误,责任在我。我知道大家在怨我,在恨我,对我有意见,可以理解。但想来想去,我觉得罗镇长批评我们是对的。因为我们村在填报贫困户摸底调查表时,确实存在不真实、工作马虎、把关不严的问题。这里有必要向父老乡亲解释的是,镇里要求填表上报期间,远高支书重病住院,我在省里忙于跑项目、跑资金,秋叶主任电话同我商量过,我认同了她的想法和做法,但由于我们刚上任情况不熟,造成填表有虚假又错过了时间。但不论哪种情况,都是我的错,我绝不会让大伙儿吃亏。即使镇里不能补办今年的救济款,按往年镇政府救济贫困户的数额,这笔钱暂由我个人想办法垫付，与镇里无关，大家也不要问这笔钱从哪儿来的。反正一个月之内会发到贫困户手中，请大家放心。我在走访调查时，群众反映最强烈的是建档立卡贫困户评定不公平，接下来我一定会下决心清理一下建档立卡贫困户，把那些虚假贫困户、关系户清出来，还大家一个清白。对不起，今后工作中可能还会有失误，还会有触犯某些人利益的时候，我做得不够的地方，请大家多多指教与帮助，我一定会铁面无私、公正处事，请大家多些谅解与支持。我的话讲完了。谢谢大家！"

"下面请村主任王秋叶同志，宣布村支委对肖小铜乱收填表费和罗赖奎等人打人致伤的处理决定。"

紧接着，王秋叶礼貌地站起身弯腰鞠躬，拿起文件照本宣科起来："中共雷公寨党支部委员会，雷公寨村民委员会文件——关于对肖小铜乱收填表费和罗赖奎聚众打人致伤的处理决定。"

今年六月十二日上午十点多钟，罗赖奎带罗番贵等人突然冲到本村村民肖小铜家，不分青红皂白就对肖小铜殴打，造成肖小铜多处受伤。其起因是肖小铜为人代填本村贫困户摸底调查表，擅自收取了每户十元的代劳费。殴打过程中肖小铜被逼迫同意马上退还代劳费，趁机冲到村主任王秋叶家求保护，罗赖奎随即追打肖小铜，被正在家中的王秋叶当场制止，才使肖小铜免遭一难。

经调查核实，肖小铜以代填调查表为名，变相收取本村王发驼、罗金真等六十八户村民的代劳费六百二十五元是实。而罗赖奎等人得知此事后，不报告村支委，擅自私下处理此事，其方法简单粗暴，已造成不良后果，影响全村安定团结。打伤肖小铜所付医药费三百五十二元是实。鉴于经村干部教育后，双方认错态度较好，之后也没发生纠纷。为严肃法纪，伸张正义，吸取教训，教育村民。经村两委研究，对肖小铜乱收填表费和罗赖奎等人打人致伤作出如下处理决定：

肖小铜所收取的六百二十五元代劳费，自宣布之日起，两天之内如数退给村民。

罗赖奎擅自带人闯入民宅打人，严重违反了社会治安管理条例，罚款两百元，并赔偿肖小铜医药费三百五十二元。自宣布之日起，两天内兑现。

肖小铜和罗赖奎分别写出书面检讨，各打印十份，张贴全村。

决定宣读完毕，会场轰动起来。原本憋满一肚子气准备向于书荣发泄的村民，此刻仿佛泄了气的皮球。唯有罗赖奎不服气地大吼："肖小铜，我跟你没完！"吼着就冲到了于书荣面前指指点点想要打人，坐在台上的郝小柳立起身，鼓起勇气用江苏话高喊："罗赖奎，你别乱来！这是于书记啊！"说着就冲上去用手臂死死抱住了罗赖奎，此刻罗赖奎被激怒得如脱缰的野马，狠狠啃咬着郝小柳的手臂，郝小柳"哎哟"一声触电似的松开了双臂，罗赖奎重重地连甩郝小柳几个耳光，顺势将其推倒在地，一手叉腰，一手指点着趴在地上嚎啕大哭的郝小柳，凶巴巴吼道："他妈的，你这吃里爬外的！姓于的和你什么关系呀！看老子怎么收拾你！要晓得你是这种人，老子早就不该救你这条烂命！"

见局势发展不受控制，主持人王远高宣布散会。

十四

"不错，赖奎是救过小柳的命，要不他俩就不会成为夫妻了。"

"是啊，既然救过人家，又成了夫妻，就应该好事做到底，好好过日子。这样打人家，太歹毒了！"

尽管宣布了散会，可人群散而不散。三五成群仍在会场周边或回家的路上，挤眉弄眼，手舞足蹈，议论纷纷。

"我看这不是赖奎歹毒，而是小柳自作自受，人家赖奎本想打于书荣，你小柳插到中间逞什么能，该打！"

"于书荣就该打吗？人家吃得苦耐得烦，人正影正，办事公道！"

"吃何苦耐何烦啊，大半年了东跑西跑，跑资金不见资金，反把村民该得的资金弄丢了！"

"那是初来乍到没经验，年轻人有点小过没关系！"

"你别护着他了好吗？我看这人不宜做农村工作！"

"为什么？"

"你看从前来寨里驻点的，哪个不巴结罗满福，哪个敢不听罗满福的！唯独于书荣来反的！"

"他（罗满福）没当村支书了，谁还听他的！"

"他没当了但余威在，他两个儿子在上头掌着权势！"

"你是说于书荣和罗满福在唱对台戏？"

"神仙下凡问土地呢，我看今天只是个开头，这戏会越唱越糟。"

在村前屋角拐弯处，一群妇女挤眉弄眼、叽叽喳喳，忘了回家做中午饭。

"其实小柳变瞎子都不会摸着赖奎，你瞧本地人谁敢嫁给他赖奎！"

"是啊，人家还小赖奎十二岁呢，年龄差距不说，单说那出水芙蓉般水灵灵的容貌就让人亮眼。"

"据说娘家死活不肯认这门亲事，为了感恩，这傻妹子就私下和赖奎成了！"

"难怪从没见过她娘家人来雷公寨！"

"小柳命苦，要是嫁了我家罗老二，就不会白挨了！"

"你说什么？"

"我是说十年前的那个夜晚，也就是小柳出事的那个夜晚，我家罗老二、罗老三和赖奎一块在东莞市郊区'做生意'。做完生意正想找家旅店休息时，突然听到郊区马路上有女人的呼救声。他们立刻拿了随身带的家伙冲过去，一看是三个男人将一个女子按倒在地正欲实施轮奸，眼见那高个子胖男人裤子都褪下了半截。罗赖奎快速一铁棍打下去，不偏不倚打在那高个子胖男人的光屁股上，高个子胖男'哎哟'一声惨叫，提起刚褪了一半的裤子逃命了。当罗老二、罗老三等人抽出白晃晃的尖刀时，另两个脸都没看清的家伙见势不妙拼命各奔东西了。那个被按倒在地的女人就是郝小柳。郝小柳衣衫不整，头发散乱，鼻孔、口腔满是血，坐在地上双手抱着胸脯伤心地嚎啕大哭起来。说她刚拿到初中毕业证书，听说东莞厂子多，就独自一人来到东莞找事做，不料那几个遭雷劈的先是花言巧语，借口帮她找工作，还好酒好菜将她灌满一肚子，然后把她骗到这儿就凶相毕露，她拼命抵抗，那几个畜生二话不说就轮流打她耳光，毒打一顿后见她再也无力反抗，就把她按倒在地。"

"这事从没听你说过啊！"

"那是我家罗老二叫我守口，说小柳原本喜欢他，因他比赖奎小六岁且标致，赖奎也答应为他俩牵线，谁料赖奎这线一牵，就牵到自己怀里去了。"

……

原来，郝小柳是个名副其实的江苏婆，娘家住在苏州某郊区。她十七岁那年就"嫁"给了罗赖奎，一晃十二年过去了，现在只要一想起当初，郝小柳就浑身打寒战、露鸡皮疙瘩。也正因为有这十二年，郝小柳才觉得罗赖奎是她人生中最好的也是最坏的人。好在好人有好报，善良温柔的郝小柳又遇到了好人，这个好人就是罗赖奎的堂弟罗赖贵。罗赖贵不仅让郝小柳当上了村妇女主任，而且把罗赖奎安排在他的工程队里做工，把郝小柳这个穷得酸溜溜的家狠狠地扶了一把，罗赖奎心里谁都不怕，就怕罗赖贵。郝小柳内心甜得不知怎么谢罗赖贵。她忽然想起罗赖贵和王秋叶正谈恋爱，自己又是村干部，哪怕能通过扎实工作讨好王秋叶，然后在王秋叶面前说几句罗赖贵的好话，促其早日成婚，也算帮了罗赖贵的忙。没料到王秋叶根本不喜欢罗赖贵，让为感恩而帮忙的郝小柳忙没帮上，反而被刚上任的村主任王秋叶瞧不起，丈夫罗赖奎就更加欺负郝小柳了。越是这样，郝小柳就越是同情罗赖贵，报恩之情更加强烈了。

开完村民大会的第二天，罗赖奎就跑到工程队向罗赖贵告状了。罗赖奎气呼呼地跑到罗赖贵工程队，屁股没坐稳就开门见山地对罗赖贵说："王秋叶不是人，没一点儿家族观念，她就要成为我们罗家媳妇了，还要处分罗家人！还在大会上公开宣读处分决定，这不是让罗家人当众丢丑吗！"

罗赖奎突如其来的话，让罗赖贵丈二和尚摸不着头脑，问："她处分罗家哪个人了？"

罗赖奎十分激动地站起胸脯一拍："处分我啊！"

"你惹什么事了？"

"没有啊！"

"那她为什么处分你？"

"她说我带人打了那肖小铜！"

"你为什么打肖小铜？"

"我为的是主持公道啊，因为肖小铜替人填表乱收费！"

"他替人填什么表？"

"替人填镇里发的贫困户调查表啊！"

"这事也轮到你管吗？"

"这事我管定了！"

"为什么？"

"因为他收了罗家人的填表钱！"

"那也不是王秋叶的错啊！"

"肯定是她的错！她抬眼不瞧罗家的人，反而十分同情肖小铜，处处关照肖小铜，帮着肖小铜说话。老弟呀，我是看在你的面子上，要不然她早就吃老子的拳脚了。再说她毕竟是你恋了几年的未婚妻啊，老子就容不得她和肖小铜相好！你说是吗？她不仅不维护我们罗家，反而怂恿肖小铜来欺负我们罗家，你说是不是她的错？你说她这种行为……"

"行了，你今天到底还有没有完，烦死人了！我看要想弄清楚是你错还是她错，我得亲自去村里跑一趟，才有发言权！"

"那你得赶紧去啊！"

"我现在不能去！"

"那为什么呢？你不是常说千重要万重要，王秋叶最重要吗？"

"工地上实在离不开人啊！得等我找人替着再说。"

"别找了，我替你代管几天好吗？"

"那你一定要加强管理，别整天就晓得喝酒、玩牌，这段时间常有人来搞安全检查，是非常时期呀！"

"请放心，有老兄在还不安全吗？从前我又不是没替你代管过！"

罗赖贵正愁着没机会回村去见王秋叶，当然还有一层更深的意思就是想找找郝小柳。现在听罗赖奎这么一说，他心中暗喜，回村的欲望更加强烈了。他赶紧把公司里的事交给了王小桃，把工地里的事交给了罗赖奎，爽快地回雷公寨了。

罗赖贵仍像从前那样，他是故意拖到天黑才独自开着他的车回寨的。因为寨子太大、太集中了，他趁天黑进寨影响小、干扰少。他像个暗访者，第一站没直接去找王秋叶，而是迫不及待地暗中找到郝小柳。因为无论从个人感情还是从这回所要了解的事来论，他深知王秋叶那儿不如郝小柳这儿实在。就说个人感情嘛，虽然王秋叶也像郝小柳那样漂亮，自己也爱她，但目前很难靠近她。要是你有非分之想，十有八九会在尴尴尬尬中落空。而郝小柳不同，只要是他罗赖贵，只要他主动靠近她，她二话不说就马上把罗赖贵当成丈夫罗赖奎了。因此罗赖贵也就把郝小柳当成了自己碗里的菜，想吃就吃，想吃多少就吃多少。再说按照罗赖奎向他"告状"的说法，要了解肖小铜和王秋叶的事儿，也只有先去郝小柳那儿才有真实情况。现在罗赖贵把车藏在寨外，天已黑透了，他借口"问情况"，摸进了郝小柳的屋。

郝小柳家的屋很老旧，近些年有了些积蓄，本想将老屋连着家具都换换新，但因公公婆婆双双病上加病，又相继病去，花光了积蓄，只得依旧。灶屋只有一桌、一椅，还有一个被烟火熏黑的碗柜，另加几条高高矮矮、长短不一的杉木凳，简单得不能再简单。罗赖贵一进屋就一屁股坐在桌边靠墙的竹椅上说："赖奎已到工地告状了，说秋叶又欺负他了，到底是怎么回事，我丈二和尚摸不着头脑，他要我来问问情况！"

郝小柳边将热茶递给罗赖贵边说："他人呢？"

罗赖贵双手接过热茶，皱起眼眉喝了一小口说："他在工地替着我，让我安心回寨摸摸情况！"

郝小柳快速瞥了罗赖贵一眼说："这个情况摸到我这儿打住，你就别再摸了，再摸会惹麻烦的，赖奎提醒过你了吧！"

"谢谢赖奎老兄，自家人到底是自家人！他是提醒了我，不过我估计秋叶只是故意做给老子看，急急我罗赖贵而已。"

"我看这回秋叶不是故意呢！是来真的！"

"来真的又怎么样，老子要钱有钱，要人有人，怎么可能！"

"现在寨子里谁都晓得她和肖小铜打得火热呢！"

"不可能，他肖小铜有什么能耐啊，不就懒汉一个，敢当第三者吗？老子要他圆就圆，要他扁就扁，怎么敢欺负到老子头上！"

"别以为你有两个臭钱，就万能！人家近水楼台先得月，说不清已经发展到了哪一步了！"

"不可能！现在我就去找人把他狠揍一顿！"

"我看你不要太硬了,在王秋叶眼里,你再硬也难硬过肖小铜的大腿呢!"郝小柳的声音忽然变细,走近竹椅,弯下腰,贴着罗赖贵的耳朵说:"前天半夜里我起床上茅房,正撞见肖小铜从王秋叶那边来,我肚子憋得急,没搭理他就冲过去了。"说着郝小柳就像往常一样,边说话边把酒菜端上了桌。罗赖贵说他在镇上吃了饭,郝小柳说我晓得你吃过饭了,但因为开车肯定没喝酒,现在夜里不开车了吧!想喝吗?罗赖贵没作声,只是把竹椅转过来朝向桌面,喉咙里咽着唾沫。其实,罗赖贵每回来了都要喝个似醉非醉,而且每回都像在自家一样,毫不客气地拿起酒盅自斟自饮起来。

郝小柳是雷公寨村妇女主任兼计划生育专干。六年前由罗赖贵推荐提拔的,后来还入了党。开始郝小柳有点不愿干,说她一个外地女人,无依无靠,而搞计划生育又是得罪人的事,怕惹了麻烦遭人报复!郝小柳还记得,也是在这间屋,也是坐在这把竹椅上,罗赖奎也没在家。正喝着酒的罗赖贵立刻端起半杯酒"咕咚咕咚"喝下,猛然站起身,拍拍胸脯说:"嫂子,有我在你怕什么!再说,赖奎兄也是村中有头有脸的人!"

郝小柳泛红着脸说:"村里才一个女干部,成天夹在男人中间下乡开会,只怕赖奎会骂死人!"

罗赖贵说:"赖奎不是成天夹在女人中间吗?今天这里拈花,明天那里惹草,还把女人弄到家里来,就不怕你骂死他!"罗赖贵顿了顿,用怪异的目光瞟了一下郝小柳,又说:"别再犹豫,就这样定了。至于赖奎那边的工作,就包在我赖贵身上行吧!……"

现在看来,罗赖贵当初算做了件好事。这些年来,郝小柳不仅增加了收入,而且过上了安闲日子。一是很少下地干活了,二是不再挨罗赖奎随意打骂了。相反,罗赖奎一听说村里开计划生育工作会,妻子在做报告,或者年终妻子又当了什么先进个人,得了什么奖,心中就像灌了蜜似的。还对村民说,我老婆又是干部又是党员,又做家务又带小孩,够累的呢!罗赖奎从此就把妻子当成了宝贝,不仅不再随意打她,连骂都舍不得骂一声了,好像妻子这党员干部带给了他多少荣光,为他当社会上的小混混遮了多少丑、撑了多少腰似的。

要是从前呀,只要罗赖奎一进屋,这屋里就热闹了。不是说妻子地里庄稼没种好,就是说妻子菜没洗净、饭没蒸熟,或者干脆说妻子身上又脏又臭。如果妻子无意顶句嘴,他马上就拳脚伺候,弄得妻子鬼打鬼喊,村民敢怒不敢言,没谁敢前去劝解。

有一回,罗赖奎大摇大摆将一个不知底细的外地婆娘领回家中,命令式地叫郝小柳烧菜做饭,端水送茶,实在让人看不过去了,郝小柳就忍不住板起面孔,噘起嘴嘟囔了两句。谁知罗赖奎立马暴跳如雷,当着那婆娘的面,用老虎钳掰掉了郝小柳一颗门牙,吓得那婆娘浑身筛糠似的哭了……此后郝小柳对罗赖奎的言行再也不敢吭露半言。郝小柳打断牙齿往肚里吞,几次下狠心欲与这等恶毒男人离婚,好在罗赖贵得知此事后,带了两个街痞,开车冲到罗赖奎家,当着郝小柳的面,扬起巴掌狠狠甩了罗赖奎俩耳光,鼓起眼珠凶巴巴地说:"下回你还敢欺负嫂子丢罗家的脸,老子活埋你!"在财大气粗的包工头罗赖贵面前,罗赖奎只是耷拉着脑袋,抽抽鼻子不停地流泪。罗赖贵紧握拳头咬了咬牙又说:"流猫尿了啊!快准备衣物,随车给老子上工地收材料去!"

此后毫无一技之长的罗赖奎就成了罗赖贵工程队的跑腿工。不久郝小柳就当了村干部,当了村干部的郝小柳想来想去把恩德和安全感记到了罗赖贵身上。至于罗赖奎,毕竟是她的救命恩人,当初要不是罗赖奎见义勇为,那几个亡命之徒不知把郝小柳弄成什么样子。后来只要一想起这事郝小柳就皮肉发麻,心就软下了,就在打着骂着她的罗赖奎面前委曲求全了。如今罗赖奎虽对郝小柳表面上好些了,再也不随意打骂郝小柳了,但拈花惹草的旧毛病仍旧没改,仍旧敢把女人带回家。郝小柳就在尴尴尬尬的生活中认自己命贱、命苦,感觉自己这辈子该认命，感觉自己遇上的男人都是些曾帮过自己，有点本事也有点不是（缺点）的男人。

现在罗赖贵仍坐在竹椅上，架起二郎腿，弓着腰喝酒。郝小柳家的这把让人坐上去摇摇晃晃的旧竹椅，身材魁梧的罗赖贵是第几次坐，坐在这竹椅上喝了多少次酒？郝小柳已经记不清了。此刻她满脸热辣辣地瞟了罗赖贵一眼，想给罗赖贵再添一个醒酒的汤菜，可是来不及了。如果添个汤菜，罗赖贵就不知喝到几时，还要喝多少酒，因为王秋叶和肖小铜的事郝小柳不说倒好，一说就让罗赖贵心烦，心一烦，就得喝。而此刻罗赖贵自斟自饮，痛痛快快地一气喝下了半瓶高度酒，已喝得差不多了。好在罗赖贵酒量大，自己喝酒从来没有醉过，也从来没有醒过。更奇怪的是别人喝了酒就想睡，而他越喝越精神。可当他再次自顾自往酒盅里斟酒时，却被郝小柳一把夺过了伸在空中的酒瓶。

郝小柳说："你还喝，醉死你！"

罗赖贵说："能醉死我？我让你醉！"他看了一眼桌上，一碗干萝卜皮炒猪肉片和一盘花生米都吃得差不多了，又看看郝小柳。郝小柳正用热辣辣的眼光瞧他，目光里好像有种火辣辣、温温柔柔的东西吸住了他，他懂得了她目光里的含义。他有些恍惚地掏出腰上的手机看看时间，已是十一点半了。他就明知故问："赖奎不会回了吧？"她刚收好碗筷后，又弓着腰在一遍又一遍地抹桌子，说："他去了你那儿还舍得回吗？除非日头从西边出，那婆娘还不把他喂个够！"罗赖贵醉眼惺忪，偷眼瞧见郝小柳那脸蛋比喝了酒还红，丰隆的奶脯随着抹桌面的节奏来回摆动，眼看就要从胀满的衣衫里挤了出来。于是他忍不住借起身伸懒腰，双手刚高高一举又利索地横过来，顺势铁臂般猛地抱住她一阵乱亲，喷着急促的带着浓重酒味的粗气说："小郝，那婆娘喂你老公，你喂谁啊！"郝小柳没吱声，一会儿才低声说："等我先去洗个澡吧。"

她和他，已记不得是第几回了，只记得每回事前他都得喝足喝够，仿佛喝足喝够了才有劲儿。就这样来一回是一回，一喝就是几个小时，一睡就是大半夜甚至直到天蒙蒙亮才恋恋不舍地分开。也不知怎么回事，郝小柳渐渐觉得每回和罗赖贵都会有新的感觉和新的收获，都会感觉到和老公一起难以得到的舒爽。

房间的灯雪亮雪亮的。因为县上正在修建的新电站位于雷公寨区域内，施工期间电力部门加大了对这一带的供电力度，期间雷公寨村享受着特优电价。所以村民不惜灯泡瓦数大，用电时间长，有时满村满寨通夜亮晶晶的。此刻，洗完澡穿好了衣裤的郝小柳站在衣柜镜前转动着身子照了照，瞧见镜里的郝小柳依然腿是腿、腰是腰，白嫩丰润，姿色诱人，抿着嘴偷笑。她故意慢悠悠地顺手拿了梳妆台上缝了一半的袜底缝了起来。而罗赖贵一进房间就迫不及待地脱衣裤，脱得精光才发现郝小柳还在不紧不慢地纳袜底，他就凑到她怀里轻声说："睡吧！"他实在等不及了。她说她想趁着这雪亮的电灯多弄几针！他就在她嘴唇上轻轻亲了一下，像抱小孩儿那样立刻把她抱上床，温情地说："你快脱了，那几针就留给我来弄吧！"她会意地"嘻嘻"一笑，娇柔地微闭双眼说："我不脱！"他紧接着说："那我帮你脱！"罗赖贵就温温柔柔地动起手来。

罗赖贵毕竟是个有理想、有情怀的男人，有情怀的男人说话干事与一般男人不一样。郝小柳自己也念过初、高中，也曾想在外闯荡实现自己的理想。她的理想和一般女人的理想一样，简单得出奇，也就是想找到理想的另一半。而这另一半要么有权、有威、有文化，要么有钱、有势、有情怀。可郝小柳最终得到的另一半，是个无所不为的无赖，郝小柳彻底失望了。她觉得自己在农村还算得上一个有文化、有情怀的女人，可没机会利用文化去展示自己的情怀。好在在罗赖贵帮助下当了村干部。她觉得罗赖贵这样的男人，才是她最理想的另一半。只有和罗赖贵在一起，她才能找到感觉。感觉罗赖贵蛮有情趣，蛮有品位，蛮有安全感。村里村外，也曾有熟识的人想打她的主意，有的还拍着胸脯愿意出大钱，都被她一一拒绝了。她其实是很传统、很守信、很要面子的那种。要不是在东莞那次受辱，她肯定不会接受罗赖贵，而现在之所以这样，一是因为他喜欢她，她也愿意接受他的喜欢。二是罗赖贵有能力管住她老公。她老公常说，村里村外他就服罗赖贵，他说干什么他就愿意干什么！

十五

　　村民大会开完了，人散了。可是并没有像罗满福所期待的那样，大会变成大乱，也没像众人所想象的那样会有大热闹看。远在基建工地忙碌的罗赖贵耳朵里早就热闹得不行，这个月的手机话费史无前例猛涨三倍。罗赖贵和王小桃都没有回村看热闹，但他们想象着这段时期寨子里一定会蛮热闹，会热闹得翻天覆地。

　　自从于书荣来到雷公寨的短短几个月，寨子里发生这样那样的事情实在太多了：刘金妹因未评上建档立卡贫困户而服毒身亡；罗、王两姓因丧葬刘金妹差点大动干戈；寨人年年关注的贫困救济款意外地被镇里取消；肖小铜不自量力，厚着脸皮充当第三者；一大批基建民工被罗赖贵辞退回村，造成数对夫妻关系紧张闹矛盾；王秋叶因不懂村务乱发贫困调查表；肖小铜帮人填表趁机乱收费；罗赖奎带人入宅打村民，等等。

　　接二连三的事儿肯定会把这个小小的寨子闹得沸沸扬扬，而接二连三的电话让罗赖贵又惊又喜又心慌。这沸沸扬扬的焦点当然集中在于书荣和王秋叶身上，与他罗赖贵无关。但也不能说全无关，要说能扯上点关系的话，应该是王秋叶和那些被他赶走的民工。而现在电话里全是别的村民的声音，唯独没有他想听到的声音，没有王秋叶和那些被辞退的男人的声音。这就怪了，这就让人弄不明白与他有关无关了。原以为那些穷男人回村后，会舍不得丢工作，会想念工地，会自然而然地有求于罗赖贵重操旧业。因为罗赖贵的本意也是想利用手中的权势来个下马威，暂时整治整治这些不听话的臭男人，让他们尝尝找工作的难处和失业的滋味。原以为王秋叶会在这帮臭男人的施压下，有求于罗赖贵把他们重新招回。而现在出奇的没一点儿想回工地的动静，没一点儿求助的声音，这倒把罗赖贵弄得惶惶不安了。

罗赖贵曾想亲自回村一趟看看热闹，也曾想花钱派王小桃替他回村，或者和王小桃结伴回村，一来看看热闹，二来想刺激一下王秋叶。可因为工程队又新揽来一个预计投资三千多万元的大工程，罗赖贵还有方方面面的关系需要协调，还有大量的前期工作急需做，实在脱不开身。迎来了新工程本该大喜，可罗赖贵眼鼻蹙到了一起。目前让罗赖贵伤透脑筋的是劳力紧缺。罗赖贵后悔自己不该一时冲动，辞退了那批任劳任怨、沾亲带故的兄弟叔伯。他真想找王秋叶，想找那帮兄弟，想在手机里或轻或重说上几句对不起，因为自己当时太冲动了。可他拿起手机又放下，放下了又拿起，嘴巴吃力地嚅动着，却说不出一个字来。这样的动作让罗赖贵延续了好一会儿。好在自从王小桃加入了他的工程队后，招工这一块有了转机，工程用工有些缓解。王小桃善于利用在外闯荡十多年的社交资源，整日整夜地坐镇公司拨拨电话，动动微信聊聊天，轻而易举地就让人气聚过来了。这让同在外面闯荡的罗赖贵顿感惊喜，爽爽快快奖励了王小桃一部名牌手机，说王小桃的人脉真管用。

眼下常常有三五成群找上门来求职的，可因新工程劳力需求量太大，用工仍成问题。所以罗赖贵和王小桃分头忙都忙不过来，哪有空闲回村看热闹呢！他现在要紧的是多揽工程项目，扩大工程队伍，夯实经济实力，成为乱石镇乃至全县最大的富翁。让它热闹吧，越热闹于书荣和王秋叶的日子就越难过。不过王秋叶那家伙，是个不见棺材不掉泪的家伙，这回就让她好好见见"棺材"吧！

嘀哩咚哝……罗赖贵的手机没停几分钟又响了，罗赖贵瞧都懒得瞧来电显示就晓得又是罗赖奎那伙人"告状"了，罗赖贵接都懒得接了，可正欲关机时定睛一看来电显示，是他姐姐打来的。对方声音颤抖而低沉，还抽着鼻子带着哭腔，罗赖贵第一感觉是他刚过八十七岁生日的父亲出事了。

果然，姐姐说了句"爸爸走了"就嚎啕大哭起来。罗赖贵情悲而心急地问到底是怎么回事啊？姐姐说爸爸早上还吃了半碗粥，吃完粥就一声不吭地躺在床上，她以为他睡着了，就没去管他，到吃中午饭时去叫他，才发现他手脚僵硬，直挺挺躺在那儿。罗赖贵回复说："姐，我正在上海出差，最快也要明天下午才能赶到，你先安排人帮助把他老人家收殓入棺！"此刻姐弟都被悲伤和气急搅得满脑子乱糟糟的说不出话来。好一会儿罗赖贵才回过神来，回过神来的罗赖贵才想起此时正是工程队施工的关键时刻。他在电话里临时紧急安排好王小桃和罗赖奎，替他代管好工程队的一切事务。而罗赖贵的姐姐听了罗赖贵电话里的交代，就哭着挨家挨户求寨子里的弟兄帮忙。可是从中午到夜里，谁都没来瞧一下。黑夜把家院笼罩得愈加清冷可怕，姐姐失望地倚在门槛上悲嚎起来。她苦苦在寨子里求人求了整个下午，有的说，有儿有女的老人去世，应由男儿出面，女儿出面不合风俗；有的拐弯抹角借故推诿；有的干脆直来直去说，要罗赖贵亲自打电话，要他亲自来安排……偏偏就没一人怜惜她，连那些向来要好的见她都把脸扭向一边，好像她这个嫁到村外的姐姐得罪了全寨人似的。

其实，寨子里祖上传下风俗陋习蛮多，后来慢慢改变了一些，但有一个永恒不变的重要风俗，就是寨子里一家有难众人帮。譬如谁家起屋修宅，谁家婚丧，都会开开通通不请自到。而唯独这一回，反祖了！

赖贵姐没叫回一个愿意帮忙的村民，回到清冷的家潸然泪下，一口接一口地嚎嚎啕啕，悲悲切切。她觉得可怜的父亲一生本分厚道，热心帮人，连踩死只蚂蚁都痛惜人心，并没做过伤天害理、对不起村民的事啊，而如今得到这种结果，她怎么也没料到，想想问题可能出在弟弟赖贵身上。她父母一辈子只生养她和弟弟赖贵，记得母亲病逝那年，父亲也是在外地搞基建，没让父亲操多少心，村民就七手八脚把丧事办得体体面面。

罗赖贵的父亲走南闯北砌了一辈子的墙，他年轻时就拜罗赖贵的外公为师替人修屋建宅，后来罗赖贵的外公老了，他又成了师父，成了师父的他就领着村民外出揽工程。后来政策渐渐放宽，农村慢慢变活，他就成了寨里第一个小小的包工头，有了乱石镇第一个小小的工程队。

罗赖贵高中没念完就打死不肯跨入学堂门了。他父亲说你实在不愿进学堂摸书，就在家摸锄头算了。罗赖贵说他既不愿摸书也不愿摸锄头。父亲气急地说那你愿摸什么？罗赖贵说摸砖刀，摸起砖刀横心跟着父亲学砌墙。因为罗赖贵觉得砌墙真好，当包工头更好，天天好酒、好烟又有钱，城里还有好看、好玩的。后来父亲慢慢变老，罗赖贵的手艺慢慢变强，父亲就把包工头转交给罗赖贵。罗赖贵他是砌墙当包工头的命，就把父亲的活接下来，让父亲安安然然回寨养老了。父亲回寨后独居家乡老院屋，有个头疼脑热的，全靠罗赖贵的姐姐来照顾，好在罗赖贵的姐姐嫁在只有几里地的邻村，照顾起来也方便。这回父亲病得不轻，罗赖贵的姐姐陪伴父亲已经一个多月了，罗赖贵好几个月没回寨了，父亲病重期间他总是推说忙忙忙，推来推去连父子最后见一面说几句话的机会都没了。真是太痛心、太遗憾了。

罗赖贵是父亲断气的第二天下午才到家的。之前罗赖贵也给村民打过几个电话，不料电话那头不是尖刻的挖苦，就是直来直去、愤愤不平的恶骂。罗赖贵这才明白，这些人真的变脸了。怪不得人家挖苦，怪不得人家恶骂。自己虽然憋了满肚子气，也全是自找的啊！现在他是从上海飞到省城，然后又从省城开车连夜赶回家的。下飞机时还阳光灿烂风平浪静的，突然几阵雷鸣，天就变了脸。一路的瓢泼大雨让心急如焚的罗赖贵差点滑下路基，滑到河里。他警觉地放慢了车速，真是心急吃不得热豆腐啊！他的家就在村前河边，而沿河那条坑坑洼洼的烂泥机耕道，还是最近扶贫工作队到村后才临时修补的毛路呢。路基狭窄得刚好过小车，罗赖贵开车摇摇晃晃行了二十几分钟，车身溅满了泥浆，像个田间劳作完回屋的老农，屁股冒着青烟缓缓拐进路旁的小院子，这个小院子就是他的家。一栋二层小楼，农家习惯叫"四封三间红砖瓦房"，外贴白瓷墙铝合金宽窗，四周高围墙。这是二十年前建的，当时在农村算一流，现在仍不落后。但比起那些现代小别墅，比起罗赖贵的现实身份和财力真有点不相称。罗赖贵在县城和省城都有房产，他把这个留在家乡做纪念的瓦屋，叫作老屋。

罗赖贵父亲的遗体，按当地习俗停放在老屋正中。罗赖贵一下车就直奔老屋，在父亲的遗体前扑通一跪就撕心裂肺潸然泪下——我可怜的爸啊，我是赖贵啊！连个见面的机会都不留给你的崽啊，你实在太狠心了啊！人迟早会有这一天，但是你的这一天来得太快，走得太匆忙！是儿子不孝啊，爸！你真是太可怜了啊爸，孤零零地躺在这里等儿子回，等啊等，等了一天一夜了啊，连个帮你抬棺入殓的人都没有啊！我可怜的爸爸啊，你到底做错了什么？到底得罪了谁？你说呀！寨子里那些没心没肺的狗东西，平常没少沾我的光，如今说变脸就变脸啦，做得太过分了啊！虽然我赖贵得罪你们了，惹恼你们了，可我爸总没得罪你们吧，不看僧面看佛面啊！看在我爸的份儿上，也得赏赏脸吧……姐姐也眼泪横流跪在罗赖贵身旁，伤心地诉说父亲走后的遭遇。

听说罗赖贵刚来就哭得眼睛不是眼睛，鼻子不见鼻子的，几个好奇的村妇抢先看热闹来了。她们踮起脚尖，探着脑袋，隔着茶色玻璃窗把姐弟哭诉的言辞听得一清二楚，把姐弟哭诉的样子看得一清二楚。她们边听边看，边眉来眼去小声地议论着，见村妇女主任郝小柳迎面而来，那几个好奇的村妇的小声议论立刻息了。

郝小柳是来叫罗赖贵和他的姐姐去面对村民的。因为众多村民聚在古银杏树下等候看热闹，他们七嘴八舌，愤愤不平，反把罗赖贵数落起来：

"罗赖贵显摆自己有两个钱，这回让他好好见识见识寨里人不好欺负，尝尝有钱难使鬼推磨的滋味儿！"

"对啊！他在工地吆五喝六，不把我们当人！这回我们也不把他当人！"

"老子早就憋满了一肚子气了，他不辞退，老子也打算走人！"

"总算等到了这一天，让我们也出口气吧！"

"这回轮到我们对他吆五喝六了！"

"是啊，我们也有在他面前指手画脚的时候了！"

"善有善报，恶有恶报！"

"活该，天经地义！"

"这回大伙儿一定要齐心协力，教训教训这小子！"

"是啊，这回决不心慈手软！"

此刻，郝小柳搀扶罗赖贵的姐姐，罗赖贵的姐姐搀扶罗赖贵，他们缓缓向人群走来，来到银杏树下。

罗赖贵没了往日昂首挺胸的风度，没了咄咄逼人的目光，没了呵斥员工的底气。他只是无奈地抬起头，红着脸，友好地向人群扫视一眼。他理着西装头，乌青的头发有些散乱，脸上有泪痕，眼角还有泪珠闪动，腮帮子打着战，一副低三下四的模样。他难为情地向人群有气无力地张了张嘴：

"各位父老乡亲！是我对不住大伙儿，今天我什么都不想说了，只是我可怜的父亲去世了还躺在老屋里，请大伙儿高抬贵手帮我一回吧!"颤抖的声音中有点哽咽,那种命令式的口气此刻不见了踪影。

周围寂静,静得可怕,大伙儿感觉罗赖贵的身子站不稳,打着战。郝小柳赶紧松了罗赖贵姐姐的手去搀扶罗赖贵。被郝小柳搀住的罗赖贵依然打着战,但脸色和善。尽管他脸色和善,可仍没人搭理他,没人同情他,好些人瞧都不瞧他一眼,干脆把头扭向一边吐了口唾沫。此刻,只听见人群中有人从鼻子里"哼"了一声,凭感觉有点像王小勇的声音。

罗赖贵见没人搭理他,再一次发出了哀求声:"我晓得你们在怨我、骂我、恨我,都应该!都怪我不好!不过事情已经过去,乡里乡亲的,兄弟情义还在,仍把我当兄弟吧!"

"你不早就不是乡里乡亲,早就不认我们兄弟了吗!"王小勇再也忍不住站出来大吼一声。他是头一个被罗赖贵从工地上骂走的。骂走那天,罗赖贵因王小勇一块砖没砌好,就气势汹汹地一手叉腰,一手指指点点,差一点挨到王小勇的脑门上,还恶狠狠地叫王小勇立刻滚蛋。王小勇哪里受得了这口窝囊气,背起行李就发誓,即使饿死也不找罗赖贵,然后一路哭到寨子里。还有一个多月的工资,至今被罗赖贵扣押着。

罗赖贵冷笑一声,接着王小勇的话说:"哪能呢,我怎么会舍得你们这帮兄弟呢,我还想你们尽快返回工地呢!现在我又有了新工程,正缺劳力!再说,大伙儿多多少少还有点工钱尾数,我总不能白白扣押吧!"

"那点钱我们不要了,因为你连兄弟都不要了,我们还求你要钱有什么意思呢!"不知谁奋力吼了一句。

"就算一时过激得罪了你们,就算我不要兄弟们了,我父亲总把你们当兄弟吧!总没得罪过你们吧!他一生为人厚道,从没做过伤天害理的事,大伙儿就看在他老人家的面子上行行好吧!"

"活人的面子都没人看,还看死人的面子!"又一愣头青狠狠顶了一句。

罗赖贵依然很耐心地冷笑一下说:"可是家中有事,我总不能拿钱去请外人吧,俗话说肥水不流外人田,靠来靠去,依然得靠兄弟们帮忙!"

"你有本事就去请外人嘛,反正你有的是钱!"又一壮汉尖锐地顶了一句。

"如果兄弟们实在不肯开恩,那就只好叫我姐去邻村请人了,我总不能把生父埋在自己家里吧!"说这话时罗赖贵忍不住气了,他咬咬牙,挺了挺胸,那种盛气凌人的执拗脾气不知不觉凸现了。然而,罗赖贵脸一红,鼻子一酸,两行热泪又止不住地从眼角挤出:"我今天求人求到这一步,你们不领情,我不请外人,怎能对得起我可怜的父亲呢!"

"不能请!谁说请外村民呀!"站在人群外的王秋叶,刚听了几句感觉不对头就来气了,说:"让外人看笑话啊!寨子里没人啦!你罗赖贵有钱就给村里投资修公路吧!"

"对啊,秋叶姐说得好,修路是为大家好!只要你罗赖贵能投资十万元修路钱,你父亲的事就交给我们办吧!"王小勇又顶了一句。

"到底行不行啊,爽快点吧!"人群里又冒出了一句。

"行啊!只要王村长开口,我投资多少都行!"其实罗赖贵一见王秋叶,就来了兴趣,就添了劲儿,这种感觉好像让他把悲伤和怨气立刻抛到九霄云外了,好像让他把父亲的后事忘得一干二净了。只要王秋叶肯开口,别说十万元,就是一百万元,他也敢答应。因为此刻罗赖贵感觉到的不是金钱,而是感觉在这个世界上,还有比金钱更宝贵,更有力量,更能打动人、征服人的东西。

"立个字据吧!"

"不需要立字据!如果真要立字据的话,只要王村长开口,我投资多少都行!我当着大伙儿的面说话算话,比立字据还管用!"

"好啦！"王秋叶向众人使了使眼色，一挥手说："好啊，君子一言，驷马难追，相信赖贵说话算话。请弟兄叔伯们各自分头行动吧，赖贵只管准备好大家的酒饭！"

"好啊，就按村长说的办啊！"众人一哄而散。

十六

这几天学校临时放假，一来因为操办罗赖贵父亲的后事，占了学校的厨房和教室，整个校园通天通夜闹哄哄的。二来因为主教老师周玲玲突然生孩子。说是突然又不突然，周玲玲怀胎已经九个多月啦，可是那天周玲玲努力回忆，算来算去离产期还差六天。过两天就是礼拜天了，周玲玲打算等于书荣从镇上开会回来，利用礼拜天到县医院去检查一下也不迟。当天夜里周玲玲洗了澡，里里外外脱了换了又全部洗了。她深知这几天就要生了，该准备的一定要准备好。她又重新检查了一遍早买好的，宝宝出生后的尿不湿、包巾、急用药物、奶粉……她还拿了部分衣物放进准备去县医院的袋包里，提前准备好，以防万一。

谁料当夜十点多钟，周玲玲肚子痛得要死，她无奈地"哼哼唧唧"拿起手机给于书荣打电话，从镇里开会正在返回路上的于书荣，听到妻子的声音，手脚打战，脸色铁青，不知所措，手机差点抖落在地。他第一反应是调头亲自去叫镇里的医生，可已经返回了一大半路程，离雷公寨越走越近了。于是他没回头去请镇里医生，决定尽快赶回，连夜把妻子送往县医院。

为了赶时间，于书荣索性抄近路走。因为抄近路只花二十分钟横翻那座山，沿河走一小段平路，再坐小船横渡，就到雷公寨了。然而，天上出现了一块连着一块的乌云，月亮时明时暗。山坡蛮陡，山路盖着茅茅草草，只朦朦胧胧看见一点影子，于书荣完全顾不了这些，只顾沿着时明时暗的影子疾步爬山，疾步下山。他脚上穿的是硬底皮鞋，爬山时虽然感觉脚底飘飘滑滑，但攀拉着藤藤树树终于爬到了顶。而下山时鞋底就东溜西滑不听使唤了，于书荣懵懵懂懂急步而下，不慎踩在一块光溜的青石板上，脚猛地一歪，止不住"咔咔嚓嚓"飞速下滑，随即"哗啦啦"身子重重一趔趄，一个仰天摔滚下山坡四五米，一根锄头柄粗的柴挡住了腰身，于书荣下意识地顺手握住了柴，可柴却"啪"的一声立刻拦腰截断！

等于书荣睁开眼时，左手还紧紧握着那根连枝带叶的柴。从惊恐中回过神来，他感觉脚踝骨剧痛，右手手腕上湿润润、黏糊糊的，想看却看不清。伸手拿衣袋里的手机，想借助手机夜灯，可衣袋空空如也，此刻于书荣才知道手机被摔掉了。他咬咬牙，立起身，发现脚上皮鞋少了一只，急了，连蹲带爬在现场摸来摸去，没摸着，看来今夜手机和皮鞋都找不到了。于是，于书荣只得回头摸住那根柴，索性狠心把这根柴的尾部和枝叶去掉当了拐棍，靠它继续赶路。此刻月亮好像被于书荣这一摔吓回了云里似的，再也没敢出来了。于书荣的右脚迈一步，钻心地痛一下，一迈一痛、一瘸一拐的越走越艰难，他多么想坐下歇一会儿有人帮他揉揉脚骨，多么希望天快点亮让妻子搭车去县城啊！

村中的狗一阵又一阵狂叫，忙碌了一天的山里人或因为太辛苦，或为了节约电费，早早上了床，满村黑压压的。有几个打牌困了的后生敲开了王秋叶小卖部的门，说要买烟、酒和方便面。梦中被叫醒的王秋叶亮灯开门，懒腰一伸打了个长长的哈欠，她歪头瞧瞧壁上的挂钟，已是十二点二十分了。此刻外面的狗越叫越厉害，王秋叶半开玩笑地问后生们："这么晚了狗还叫，是不是你们又干了坏事啊！"王秋叶边问边拿东西给他们。其中一个吐了口浓烟答："四周黑灯瞎火的，只是远远看见于书记家的灯通亮通亮的,有他在,我们哪敢干坏事!"又一个歪着脑袋说:"管他通亮不通亮,他家好像夜夜都这样,反正电费他自己出,不关我们的事。"还有一个从王秋叶手上接过"相思鸟",迫不及待地点燃一支说:"不过好像今夜不同,狗在他家窗前转来转去地呜呜叫,好像屋里还有女人在呻吟!"王秋叶忽然停住了手脚,挺身一愣,像猛然想起什么似的,面朝那个抽"相思鸟"的睁大眼睛急问:"是真的吗?听清楚了吗?不对……"

王秋叶话没说完,也等不及那后生回话,赶紧把睡得正香的母亲叫醒,说周玲玲要生了。又叫那几个后生把东西暂放柜台,待会儿来拿,先陪她去于书记家一趟。

果真要生了。周玲玲孤零零地瘫在床上无力地"哼哼唧唧"着,连开门都起不来了。王秋叶只好在屋外果断地安排那几个后生分别去叫村干部和村医生,自己则破门而入。

一会儿,村支书王远高来了,村妇女主任郝小柳来了,村医罗麻子也背着红十字药箱赶来了。田银花还叫来了几个帮得上忙的热心妇女。

好在王秋叶的母亲张群芳,是村里村外久负盛名的接生婆。她虽年纪大但身子硬朗,只不过现在年轻人生孩子动不动就上医院,张群芳也有好些年头没做接生了。而去年她又买了药箱和器械重操旧业,因为上头政策放宽,生二胎的多了,请她接生的人也多了。现在张群芳带了家伙来到周玲玲床前,伸手往周玲玲身上一摸,周玲玲下意识的好像肚子又痛了,她见张群芳来了,仿佛三岁小孩见到娘,嘴巴一歪在床上打起滚来,爹一声娘一声"哎哟哎哟"地叫喊得更厉害了。好在张群芳老到娴熟,在几个村妇七手八脚的配合下,三五两下做好了接生准备,止住了周玲玲的疼痛。张群芳轻轻地在周玲玲相关的地方摸摸揉揉,温情地说:"周老师,用力!"

周玲玲两唇紧闭,憋住气,好像在努力,又好像没力度。

张群芳说:"再用力!再用力!再……"

还是没力度。

"好了好了,别急,暂时休息一下吧!"张群芳说着弄来半杯温开水,一小撮生米,要周玲玲喝完开水,再咀嚼这撮生米。

一会儿,张群芳叫王秋叶坐床头,让周玲玲躺在王秋叶怀里,两手握住王秋叶的手臂,又喊:"周老师用力!再用力!加油!加油……"

喊声中的周玲玲狠咬牙关,两眼紧闭,用尽吃奶的力气两腿直蹬几下——"呜哇呜哇",婴儿眯着眼睛哭闹着来到人间。

外屋的罗麻子等烦了,就扯起嗓门喊:"喂!生了个带把的,还是没把的?"

里屋尖声回:"像你一样,是个带把的!"里屋的女人"咯咯咯"一阵哄笑。

外屋的罗麻子又扯起嗓门喊:"喂!我可以进来打针了吗?"

里屋尖声回:"再等等,死麻子尽想沾女人的光!你先煮好针头吧!"

外屋的罗麻子又扯起嗓门喊:"针头煮好啦!"

里屋尖声回:"死麻子,憋不住啦!""咯咯咯"又一阵哄笑。

于书荣跌跌撞撞摸到家门前的时候鸡已叫过两遍了。来帮忙接生的人也都回屋睡觉去了。他老远看见屋内的灯光很微弱,大概又到枯水季节,下半夜统一关电了,屋里又用起了临时矿灯。于书荣仿佛还沉浸在梦中,兴奋地念叨着:"好了好了,到了到了,真的到了!"他使出最后一点力气蹒跚着奔到门前,用拐棍底端"咚咚咚"敲了几下门,就喘着粗气,腰身靠在门槛上一点儿都不想动了。屋里的人闻声开了门,于书荣跨进门槛,东斜西歪像醉酒的样子差点倒下,好在开门的王秋叶把他扶住。于书荣忙问:"生了吗,玲玲?"瞧都没瞧就一把搂住对方。对方立刻说:"我是秋叶啊,于书记!"于书荣这才松开双臂,感觉自己可笑地问:"玲玲呢?"

王秋叶立刻拿起矿灯领于书荣去里屋，于书荣这才回过神来，走到里屋的床前问："玲玲，生了啊！"玲玲鼻子一酸说："你怎么这时才……"话未说完就落泪了。

此刻于书荣的心酸酸的又甜甜的。他看见妻子怀里搂着宝宝，一切就明白了。他无精打采地一屁股坐在外屋的饭桌旁，忽然有一股浓浓的鸡肉香钻进鼻子，才感觉肚子有些饿了。微弱的矿灯照着于书荣软塌塌的上身，王秋叶感觉有点儿不对劲。

王秋叶说："于书记，看看你满身的泥巴，快换换洗洗吧！"

于书荣说："好呢，锅子里是热水吗？"

王秋叶说："不是热水，是鸡汤！嫂子吃的！等下你也吃一碗！"

于书荣说："哪来的鸡！"

王秋叶说："我家的，仔鸡！"

"太谢谢你了！多少钱！"于书荣赶忙从口袋里拿出一百块递给王秋叶。

"自家养的不要钱！"王秋叶推开了于书荣递钱的手。

"不给！"于书荣坚持再次递钱。

王秋叶顺势一推，于书荣以为王秋叶接受了，手一松，钱就掉在地上。王秋叶举起矿灯让于书荣找钱，才发现于书荣脚上少了一只鞋。

王秋叶说："你的鞋呢？"

"先给我搞点吃的再说吧！"于书荣说话有气无力，头磕在桌面上。

王秋叶此刻想起鸡肉熟了，就快手快脚给于书荣泡了一大碗鸡汤面，又连肉带汤一大碗送到了周玲玲的床前，还给于书荣热上一锅洗澡水。

于书荣吃过了鸡汤面，好像来神了。开始摇头晃脑像讲述小说故事似的给王秋叶讲述这一夜的艰辛，于书荣边讲述边把手上和脚上的伤露出来，最后强调，那只皮鞋和手机就别麻烦人家去找了，那是小事，也肯定找不到了。

王秋叶说:"鞋和手机的事请你放心,一大早我会派人去找!但是你手上和脚上的伤要及时治,赶快洗澡去,我去把罗麻子叫来打针上药!"说着,王秋叶转身走了。

"哎——,不用不用,天快亮了,我自己去!"

十七

罗赖贵离开工程队十天办完了父亲的后事,如释重负地匆匆赶回了工程队。而一见到罗赖贵,王小桃就滔滔不绝地把十天的事当十年的事向罗赖贵汇报了。罗赖贵听完汇报突然感觉一阵轻松。真不错啊,队里运转一切正常,他不在的时候比他在的时候还正常,多亏了王小桃和罗赖奎。想想他离开工程队的十天,是他贸然无情地撵走本村民工之后,头一回预想不到又必须面对和村民正面交锋的十天;也是他在寨子里此生从未有过的,最悲伤、最繁忙、最难过、最受委屈的十天;更重要的是工程队正常运转最关键的十天。在这十天里,招工、揽工程、洽谈业务,反正罗赖贵交办的事王小桃和罗赖奎都主动办了,没交办而必须办的事他们也主动办了,而且都办得让罗赖贵满意。特别是招工这一块,原本让罗赖贵愁眉,现在却让王小桃做顺、做活了,做得很及时,做得很出色、很圆满。不仅弥补了原来辞退的劳力,而且使新工程顺利开工,这一切都让罗赖贵对王小桃满意极了。

相反王小桃听了罗赖贵向她的"汇报",却不那么满意,不是因为丧事办得体不体面、热不热闹,而是她最关心又时刻惦着的事——罗赖贵和王秋叶在这十天里的关系如何处理。这十天虽然是王小桃最繁忙、最能在罗赖贵面前表现出自己能耐的十天,可又是她神经高度紧张、十分难熬的十天。别看她白天奔来奔去忙死了,可每到夜里脑袋仍在忙，莫名其妙地合不上眼，甚至深更半夜把电话打到父亲王远高那儿，询问罗赖贵和王秋叶相关情况，问得比王远高向领导汇报工作还具体、还到位。搅得昏昏欲睡烦透了的王远高一边痛骂王小桃神经病，一边不耐烦地向女儿说了些实情。王远高说："王秋叶这回可帮了罗赖贵的大忙呢，日日夜夜都和罗赖贵在一起忙着，主动得比过了门的媳妇还主动，把本来让人尴尬难堪的丧事办得依乡随俗出奇的热闹。你上回不是专为她和赖贵的事来寨里做过秋叶的工作吗？看来很有成效……"王小桃听着听着"咚"的一声突然关机，把手机甩到一旁自言自语说，让你胡说八道、啰里吧嗦去吧！过了许久王小桃歪在床上仍没半点睡意，脑袋里不由自主"嗡隆嗡隆"像在"放电影"。"电影"的内容也乱七八糟，比如说罗赖贵和王秋叶怎样见面，从上海买了礼物送她吗？是单独见面还是公开见面？又比如说见面时握手了没？拥抱了没？亲过、吻过没？又比如见面时说了多长时间的话？说了些什么话？王秋叶是否打扮得很漂亮？因为王秋叶那漂亮的样子不用看，只要让王小桃一想起就嫉妒得要死。

现在罗赖贵终于回来了，王小桃压抑着一肚子的话要对他说。

王小桃说："你怎么能答应她投资修公路呢？这不是助她更安心做村主任吗？"

罗赖贵顺口说："安心就安心吧！她做她的村主任，我当我的包工头！"

王小桃故作认真地说："那你上回要我回村找王秋叶做工作，要她辞去村主任是什么意思？"

罗赖贵说："哎呀，上回是上回！这回我想到的，就是如何把父亲的丧事办好！所以爽快地答应了她！"

"那你打算怎么收回你的话呢？"

"君子一言，驷马难追。那就看你的了！"

"你被动了是吧？"

"我实在不好再出面了！"

"为什么？"

"出尔反尔，怕影响我和她的关系！再说，关键时刻，人家组织人马帮助我为父亲办好了丧事！算是帮了我的大忙啊！"

"帮助你办丧事是应该的，她是村主任，又是你女朋友！"

"那我帮助她修路也是应该的啊！"

"不对！"

"为什么？"

"她是公事，你是私事！公私不分办了也等于白办！"

"为什么？"

"她不会领情！"

"那就靠你帮我想想办法，反正协调我和秋叶关系的任务我早就交给你了！"

"不过这个任务越来越重，我也一时想不出什么好办法，走一步算一步吧！"

此刻罗赖贵电话响了，工地叫他有事。王小桃也起身忙她的去了。

再说于书荣为了彻底摸清雷公寨真实的贫困户，他把全村建档立卡贫困户逐一作了严格核实。所谓"严格"，不是无凭无据的严格，而是于书荣几个月来摸索了一套科学、准确的评定方法。他根据不同的家庭情况和贫困户档案相关数据分析，结合群众反映强烈的问题和事实，在全村两百一十六户建档立卡贫困户中，核实清出了四十五户不合标准的，还实事求是地把十八户确实困难的村民列入了名单，并张榜公之于众。

名单一公布，罗赖奎和罗番贵见自己榜上无名，大发雷霆，两人气势汹汹地跑到王远高家质问王远高。没想到此刻于书荣也在王远高家，他和王远高刚从那条烂泥机耕道上回来，肚子有点饿，就顺手虚掩着门准备吃中午饭。因为下午的事儿更多、更忙，中午饭越简单越好。王远高见妻子地里做活还没回，他揭开锅盖准备弄中午饭时，发现锅里有红薯，还冒着热气，就问于书记喜不喜欢吃红薯，于书荣说喜欢。就这样一碗稀饭、几个红薯，就着一碗腌菜，算是王远高请于书荣吃中午饭。于书荣吃得津津有味，问王远高这条公路怎样改造，王远高说要改造就按村里长远规划好好改造，至少要按国家二级公路标准改造。

此刻，正在门外竖起耳朵听了一会儿的罗赖奎和罗番贵破门而入，罗赖奎紧接着刚才的话题说："要改造的不是公路，而是你们两个！"王远高突觉气氛不对，赶忙放下手中吃了一半的红薯说："什么事这么急啊，赖奎？"

罗赖奎手指就点到了王远高的鼻子上说："你还装聋作哑问我什么事啊，明明是你当面做人，背后做鬼，把我的建档立卡贫困户取消了！"

"别急，小罗你先别急，你的建档立卡贫困户不是王支书给取消的，是我给取消的！"于书荣冷静而谦和地接着说："我取消是有事实依据的。你应该知道，你家的实际收入远远超过了贫困户收入标准，据了解你家有四份收入，一是你在你堂弟罗赖贵那里打工，虽没天天待在那儿上班，但帮他揽工程、来来去去办事儿，工资和奖金比一般工人还高；二是镇政府聘请你为水电费收管员，每月两千多块；三是你和你老婆种地，也有一份收入；四是你老婆当村妇女主任和计划生育专干每月一千多块。这四份收入都是我认真调查核实过的，不信你自己去算算账。"

"可我家因老父、老母去年相继病逝，欠债四万多块，我又是精神病人，常年离不得药罐子，还供着两个念书的。现在住的老屋早就成了危房，没钱修，实在困难啊！"罗赖奎胡搅蛮缠道。

"因病欠债是暂时的，供儿上学是一般的家庭开支，都不能与家庭收入挂钩。至于你有精神病，到医院核准之后另当别论！"于书荣依然耐着性子解释。

"好吧，老子要到镇上去告你！要是不把我家补上去，我罗赖奎绝不放过你！"罗赖奎手一挥，脚一跺，走人了。随同的罗番贵也夹起尾巴转身紧跟在后，不料被于书荣吼住了。

于书荣说："你的也是我亲自取消的，你不是对我有意见吗？尽管说！"

罗番贵颤颤巍巍地说："我不是有意见，我是有病啊，下不得水，种不得地啊，吃了上餐没下餐，连个婆娘都找不上啊！你看我那屋顶早就漏雨啦，很快会倒啦！"

于书荣严肃地说："你一人吃饱全家不饿，四肢健全，四十好几了连个伴都找不上，还好意思说这说那，你有什么病啊快说说，我愿花钱带你去省医院检查检查！弄好身体找个老婆，远比建档立卡贫困户好！"

"不要！请于书记别浪费钱了！我这病太久了，久病成习惯。夜里睡不着，白天起不来！我也习惯性地具备了抗病能力！你有钱帮我治病，不如给我弄个什么贫困卡，让我也有碗饭吃！"罗番贵死皮赖脸地狡辩。

"我没这个本事，你自己去弄吧！滚蛋！"于书荣生气了，拿起一个红薯抬起两肩狠劲地咬了一口。王远高见状，把罗番贵拉到一旁小声嘀咕，仿佛在做他的工作。于书记在大口大口地吃着中午饭……

夜里，王小勇又来找于书荣了。他不是来找于书记麻烦的，而是来感谢于书记的，因为他是全村新增的十八户建档立卡贫困户之一。现在，他手里提着一只鲜活的肥野兔和十几个土鸡蛋，来到于书记租住的旧民房门前。此刻门闩着，于书记正在里屋洗澡。洗完澡，于书荣并没有马上开门，而是坐在饭桌旁摊开文件和相关资料，专心致志地写着什么，要不是王小勇一面敲门，一面大声喊于书记，他还不知道有人在门外呢。

王小勇把用蛇皮袋套牢的活野兔放在桌下，把鸡蛋放在桌上，激动地说："于书记啊，你给了我一个公平，我一辈子都忘不了你！"

于书记斜眼看看桌子上下，严肃地说："你提东西来干什么？"

"这不算东西，野兔是山上逮的，鸡蛋是自家老母鸡生的，没花一分钱，我家里也实在拿不出什么值钱的东西！只向于书记表达个心意！"说这话时王小勇声音有些颤抖，眼眶都湿润了。

于书荣说："给贫困户建档立卡的意义不是给你们送多少钱多少粮，而是给优惠政策和生产或经营项目，是帮助贫困户利用优惠政策和项目，找到一条适合自己的勤劳致富的路径！"

"我晓得啊，政府给政策、给项目，比给钱、给粮都重要！"

"是啊，我劝你别去外面打工了，因为打工毕竟是暂时的挣钱方式，而在家门前利用优惠政策和项目去发展，才是长久之计，你知道吗？"

"知道，我一定听于书记的话，安心在家创业！往后还希望于书记多帮助！"

"我当然会尽力帮助，只要你能依法依规利用优惠政策和项目诚实劳动，绝对会尽快富起来！回家好好想想行吗！"于书荣想了想，又说："如果你愿意的话，我和你结对子，往后有什么生产上的困难我会帮你！"

"太好了！请于书记有事尽管吩咐！我一定照办！"王小勇生怕于书记不收野兔和鸡蛋，说着匆匆转身就走，却被于书荣一把拉住严肃地说："请你把东西带走！"

"不带，不带走！这不算东西！"

"不带走我就不帮你了！"

被于书记拉回的王小勇，将刚踏出门的一只脚退回屋内，红着脸愣了一下，只好扫兴地把东西带走。

王小勇回到家时，老父亲已经上床睡觉了。王小勇轻手轻脚地把提回来的野兔和鸡蛋放好，又轻手轻脚地来到父亲床前，父亲两眼微闭仿佛熟睡了，其实没睡呢，眼角还挂着混浊的泪珠，父亲一定是又在想王小勇可怜的母亲了。其实这鸡蛋是自家母鸡生的，留给父亲熬配中药吃，每天一个，医生说吃了健体活血，伤病会好得更快些。看着父亲忧伤而凄苦的脸，王小勇忍不住涌出两颗泪珠来，不知怎的内心总有种控制不住的东西缠绕着。他干脆歪在床上睡了，让那种控制不住又挥之不去的东西也睡去吧！然而，歪在床上的王小勇，翻来覆去脑袋里乱糟糟地在打架，那种控制不住的东西仍缠着他不放，把他折磨得通夜合不上眼。

　　还有一个月零九天，也就是还有三十九天就是他三十五岁生日了，三十而立啊，三十又五一晃而过又立了什么呢？连王小勇自己都说不清。这年头，不好又好，说到底还是好。一样的政策，一样的政府，一样的山，一样的水，为什么寨子里别人早就富了，自己这个家至今还摇摇欲坠，老抱着一个"穷"字甩都甩不脱呢？几间仿佛渔网似的四面透风的土墙茅屋，仍孤零零地立在离寨子还有里把路的山肚里。全家四口人，姐姐打工打到四川就再也没回来过，也不知她落到哪一家，嫁了什么人。只听姐姐在电话里说那边比这儿更苦，姐姐逢年过节想回娘家羞于启齿连车费都成问题，别谈提礼孝敬父母了。父亲十年前挖山造林被一颗从山腰滚下的巨石不偏不倚砸在左腿上，差点丢了性命。没钱治伤，只好躺在床上死磨硬拖一年多，后来虽然能勉强下床生活自理，但重活不说轻活也不能常干，几乎成了废人。想着想着，王小勇就不由自主地流泪了。然而，屋漏偏逢连夜雨，船破又遇顶头风。要不是因为前年县民政局那回访贫问苦送温暖，要不是因为评定建档立卡贫困户的事，归根结底要不是因为一个"穷"字，母亲即使日子过得再艰难，起码现在还活着。

　　去年腊月十八，村支书罗满福带县民政局和镇政府领导一行，来到王小勇家访贫问苦送温暖。王小勇的家在山肚里，送温暖的队伍到了雷公寨村还得爬一里多山坳才到。队伍里个个张嘴呼吸，上气不接下气慢慢地爬山，还在门外大老远，罗满福就气喘吁吁、无比兴奋地扯起嗓子喊："刘金妹，快出来接客啊，县里、镇里领导送温暖来啦！有米、有油、有衣、有钱，还有你老公拄的拐棍呢！"可出来的不是刘金妹，而是她的老公王跛子。王跛子本名王根茂，那年挖山造林受伤后，左腿仿佛短了一截，走路一跛一拐的，寨里人就习惯叫他王跛子了。王跛子听到支书的喊声时又喜又忧。喜的是感谢领导年年给他家送温暖，年年对他家这么重视和关怀。忧的是家里年年穷，年年拿不出像样的东西招待领导，连吃餐饭都成问题，怪不好意思。王跛子难为情地拄着拐棍一跛一瘸迎出门来一看，今年的东西好像比往年又多了：一桶十斤装的压榨玉米油，一袋三十斤装的口口香大米，一件半新不旧毛领军大衣，一把座椅，两个顶在腋下的不锈钢支架拐棍，还有两百块钱。来的人员包括罗支书一共九人，他们站在光线暗淡的茅屋中央坐都没地方坐。罗支书朝四周扫了一眼说："你老婆呢？"王跛子说："到后山做活去了！"罗支书说："快叫她回来，先让我来介绍介绍吧！"罗支书指着那个肥胖的中年男子说："这是县民政局攀局长！"王跛子就在攀局长面前双手合十，虔诚地一鞠躬说："贪局长您好！"罗支书立刻纠正道："不是贪局长，是攀局长，攀登高峰的攀！"王跛子满脸通红，立刻改口说："攀局长您好！攀局长您好！"罗支书继续介绍："这是县民政局社会救助办的牛主任，这是县残联康理事长！"还有小李、小马、小唐，包括王跛子认识的镇民政办主任老龚和常年驻村的副镇长罗江海，罗支书都一个不漏地作了热情洋溢的全面介绍。王跛子也随着罗支书的介绍一个不漏地鞠躬问好。

　　鞠躬之后面对领导，王跛子不知所措。才想起这么大的事，一定要叫老婆来处理。于是一跛一拐拐到屋后，朝后山抬起脖颈喊："金妹！金妹！金妹啊！县里领导送油、送米来啦，快下来啊！"

　　刘金妹正在屋后山竹林里挖冬笋，她已经挖了半个多月了，一天也能挖到三五斤，多则六七斤。上回赶集卖了二十几斤，十块钱一斤呢！这回又有二十多斤了，她心里美滋滋地想再凑上一点，明天也好弄到集上去换点年货。尽管浓浓的雾霜冷飕飕的，林子里的柴草滴着水，打湿了双脚和头发。但一想到用冬笋换年货，就来劲了。她心里在盘算，临过年了明天集上的冬笋价会更高，就算上回那样十块钱一斤，二十多斤也有两百多块，两百多块就想买一斤糖粒，要有各种各样的糖粒合成。一斤糖饼，同样是杂合。儿子不回家过年，客也少些，一斤虽然多了点，但一年的喜庆，年是甜的，没糖饼不吉利。再买半斤花生、半斤瓜子，再买三斤猪肉、一斤鱼……如果剩了钱，就给自己买件鲜亮点的衣服。一来过年可以穿，二来领导来看望时也好配合拍个照，上报刊、上电视也有模有样的……刘金妹甜甜地想着，甜甜地挖啊挖！她把唾沫啐在巴掌上，狠狠地一锄挖下去，忽然挖出一个斤把重的黄芽笋，喜得合不拢嘴。猛然听到丈夫的喊声，刘金妹先是一惊，心跳加快，脸就"唰"地红了，好久才平和下来。第一反应是领导们一定会在她家吃中午饭，要是不在她家吃中午饭就谢天谢地。问题是躲都躲不脱啊，贫困户每到这时就麻烦了！不是舍不得，而是家里实在供不起这餐饭。唉！别想那么多了，回家再说吧！

　　罗支书见刘金妹还没回，而这个没用的死跛子呢，身子歪歪斜斜的连筛杯开水都不成，罗支书感觉蛮扫兴，就领着各位领导边等边围着土屋转转。领导们东看看西瞧瞧，最后立在屋前小坪地，个个高高在上，远视雷公寨全貌，俯瞰蓝幽幽的便江。领导们指指点点说，这儿风光真好，适合开发旅游……

　　罗支书见刘金妹散乱着头发进了屋，也随即进屋说："看见了吧，领导既然这样关怀，送来这么多，我们虽然拿不出好的招待，但从感情上也要过得去吧！"罗支书从衣服口袋里掏出手机看了看时间，提示刘金妹说："你看十一点半了，人家在这里连水都没喝上一口！"

　　"你的意思是要弄中午饭了！"刘金妹边说边换了件干净鲜亮一点

的衣服，然后对着半边破镜梳理着散乱的头发。

罗支书说："是啊，人家从县里来，坐了一百多里路的车，又扛米提油地步行了一里多山路，来看望你们，已是天大的恩情了！"

"是啊，莫说送钱、送物，单说能来看望一趟都是天大的恩情！"

"那你还换什么衣，梳什么头啊，还不赶紧弄中午饭！"

"你看我头上身上乱糟糟、脏兮兮的，让他们弄进电视里不是现丑吗？"

"哎呀！你放心吧，这回没来记者，也不会上电视。"

雷公寨作为省级贫困村，省、市、县领导没少来过，记者也没少来过。而雷公寨的贫困户呢，几乎户户上过电视。特别是到了年根岁末，这里就更加热闹了，贫困户们就会习惯地讲究一下衣装。穷人也是人啊，穷人也要面子啊！要穷得有骨气，要穷得有尊严。面对电视观众，也得有个好形象，留个好印象。不过每到这时候，也是贫困户最为难、最紧张、最尴尬的时候。因为这里的贫困户太多了，村里也太穷，穷得连个村支委办公室都没有，根本无力招待这些送温暖的领导。而镇里又不想增加这笔额外的开支。推来推去就把接待访贫问苦的任务推到了贫困户头上，久而久之就有了条不成文的规矩，领导们把钱把物送到谁家，谁家就得管吃管喝。也就是说领导给谁家送温暖，谁家就得回馈一下领导，似乎这样才对得起领导，贫困户脸上才有光，镇里、村里才有面子。现在轮到刘金妹家了，总不能没有任何表示吧，总不能让领导们饿着肚子返回吧！若是这样不仅自己脸上无光，镇里、村里也没面子。

王跛子早就在灶下塞满了柴，把灶眼里的柴火烧得红彤彤的。拿什么弄中午饭呢？刘金妹满脸愁苦地愣在那儿。锅里的水呢，沸了一回又一回，刘金妹叫王跛子把柴火熄了一回又一回。村里过年杀猪呢，至少还得等七八天，自家那头不争气的猪已养十一个月了，瘦得皮包骨，在猪圈里跳芭蕾舞，恨不得宰了它，可时间来不及。鸡倒有一只，是只鸡婆，正在生蛋。王跛子的腿伤又复发了，就靠这几个蛋配草药吃。山里本来好养鸡，可是野物太多，青天白日都敢在家门口把鸡叼走，这只鸡婆还是靠圈在屋里养护的……

罗支书冲到伙房一看，气急地发难了："还愣着干吗？你到底愿不愿意弄中午饭！不愿意拉倒！像什么话啊，老半天了还冷锅冷灶的，人家城里人是按时吃饭的呀，来你这儿饿肚皮啊？没酒是吧，可以从我那儿拿，你要多少拿多少。没菜是吗，人家也没要求山珍海味呀，这些领导都很随便。鸡总有吧，蛋总有吧，刚才我还看见你背篓里有冬笋呢！你瞧，这上面挂的是什么？"罗支书最后一句是边说边昂起头，指着楼顶挂着的那几只肥肥的被烟火熏得乌黑的东西，原来是两只干野兔和一只干狐狸。

罗支书发了一通牢骚，就像为村民当家作主、为领导排忧解难一样，为了吃好这餐饭，主动作了通盘安排：一是电话通知罗广金从他家拿两瓶五粮液迅速赶到王跛子家来。二是招呼领导们中午饭稍迟一点，搞点野味。三是把会炒菜的罗江海副镇长叫到厨房来掌勺。王跛子就专管烧火，罗满福自己则同刘金妹和迟来的罗广金，杀鸡的杀鸡，剥笋的剥笋，洗菜的洗菜，剁干野兔的剁干野兔……不到两个小时，一大盆野兔拌冬笋、一大碗鸡肉、一碗鸡蛋拌青椒，还有一碗老南瓜、一碗大头腌菜、一碗白萝卜、一碗大白菜。十二个人，五斤米，一桌菜，除两瓶五粮液只喝一瓶外，吃得精光。

吃得有点头重脚轻的攀局长问刘金妹："你儿子在哪打工？"

刘金妹说："广东清远！"

攀局长又问："你儿子会回来过年吗？"

刘金妹说："不回，儿说春节假期厂里发双倍工资，来回车费比平常贵，要三百多，不划算！"

攀局长"哈哈"冷笑一声说："这小子，还怪有经济头脑的。"攀局长打了个饱嗝，粗笨的舌头在厚厚唇间横扫两下，又说："哎呀，这冬笋炒野味，美极了！这一餐，吃了还想吃，比高级饭店实惠得多！"

罗支书插嘴说："她家还有，要么村里给您再弄点去？"说着就叫刘金妹把冬笋和野物全部拿出来。刘金妹忽然想了一下，集上是卖，家里也是卖，卖给领导，不仅得了钱，还有份人情！于是她把东西过秤后爽快地拿了出来。

攀局长说："这点小东西不用村里买单，我自己来。"

刘金妹有点不好意思涨红着脸说："都在这里了，冬笋二十三斤半，野兔和狐狸一共六斤八两！"

攀局长二话没说，赶忙从衣服口袋里摸出一叠百元钞，数了四张给刘金妹说："够了吗？"刘金妹接过钱说："多了，我还得补你！"罗支书感觉没面子，就从刘金妹手里霸蛮抢过钱送回攀局长，生气地说："补补补，补什么呀，我说了村里负责就村里负责嘛！"

既然支书说了村里负责，又把钱抢过去退还给了攀局长，刘金妹也没说什么，就按支书说的办吧。不过现在这样把钱弄来弄去，倒弄得刘金妹有点不好意思了。俗话说县官不如现管，她应该和支书站一边，给支书面子才是，可是她已经接了攀局长一次钱，真是太不应该，怪不得惹罗支书生气了。因此当攀局长再次把钱拿给刘金妹时，刘金妹脸都通红了。刘金妹推开攀局长拿着钱的手说："不要，坚决不要！"四百块钱就这样推来推去，推了几个回合，攀局长才勉强把钱收回说："好吧，既然村里负责，我就把钱交给村里吧！好啦，刘嫂子啊，我们走啦，谢谢你们全家对我们的热情招待和工作支持，祝你们全家过一个甜蜜幸福的春节！"

刘金妹和王跛子站在门前目送着这支访贫问苦的大队伍，一脸苦涩，嘴角下垂，像哭。他们对"甜蜜幸福"的概念模模糊糊，以为攀局长说的"甜蜜幸福"是他们吃好喝好了，大家心里甜甜蜜蜜的，下回还来，而且会送更多的东西来。

一眨眼就过年了。年前的两天，有两户杀年猪的专卖本村民，每年都这样,说是趁新鲜。刘金妹想把领导吃剩的那瓶酒退给支书,再结一下账,也趁新鲜剁几斤肉。

刘金妹来到支书家说:"罗支书啊,谢谢你帮忙,两瓶酒只喝了半瓶,那半瓶也就算啦,这瓶原封未动的仍旧退给你!"

罗支书阴沉着脸说:"你怎么这么小气啊,往后不要招待客人啦!别瞧不起这酒,是五粮液啊!批发价都四百八呢!你是嫌贵吗?"

"四百八就四百八,我就要那一瓶!"

"你们这些人怪不得穷啊,真不会享受。好啦,拿回去,按批发价再减八十,来个四四如意(事事如意),总算优惠你吧!"

"拿回去也没用,我家王跛子腿伤反复发作,不能喝酒,儿子没回,过年没什么客人啊!"

"好吧,正月初四我叫几个村干部到你家热闹热闹,一拜年二慰问,来个开门红行吗!"

"那冬笋钱呢?"

"那点钱我会记在心上,正在协调!"

"你不是说村里负责吗?"

"我是说过村里负责又怎么样!当着领导的面,我要面子啊!村里要面子啊!但村里是个什么样子,你又不是今天才嫁过来的!好吧,你先把酒钱结了,也好让我安心去争取冬笋钱!"

"两瓶酒八百块,要我到哪去找?"刘金妹说着就流出泪来。

"哎呀,你这嫂子也真是!就晓得哭,我又没逼你现在付清,你有多少付多少嘛!"

"我手头只有两百块,民政局刚给的。"

"两百就两百吧,还欠六百我记着,你签个字明年春耕前再还上不就行了吗?"

"我买鞭炮、对联的钱都没了!"

"鞭炮我免费送你一挂,对联我会叫村会计无偿送去!"

俗话说：孩子盼过年，大人盼莳田。而穷人怕过年，过年如过关。刘金妹夫妻是跳动着火热的心过完年的。可是过完了年，紧接着就是春耕了，春耕了刘金妹就有些诚惶诚恐：一恐春种的生产投资没着落；二恐那六百块酒钱没法还。因为罗支书说春耕之前要把酒钱还清，不敢得罪他。一旦得罪了他，比得罪皇帝还为难呢，这一点，刘金妹有经验也有教训。因此她就想把那笔冬笋钱凑上，再求儿子寄点钱来先还清这笔钱再说。

现在刘金妹又一次来到罗支书家，低声下气地说："罗支书实在对不起，春耕了酒钱还没还上，我想把那点冬笋钱凑上，也好还给你！"

罗支书黑着脸说："一码归一码吧，莫把芝麻扯到西瓜上！"

刘金妹哭丧着脸说："不管是芝麻扯西瓜还是西瓜扯芝麻，不扯不行啊，我真的除了东拼西凑就没别的法子了！"

罗支书说："你们这些人呀，真是扶不起的稀泥巴！能说领导不关怀你们吗？年前访贫问苦送温暖，年后拜年搞慰问。照理，关键时刻应该你们找领导，现在领导围着你们团团转，你们还这难那难叫苦连天的！"

刘金妹愁眉苦脸地说："支书啊，不是叫苦连天，而是这贫困户真的难当啊！"

罗支书咬咬牙，气急地说："那好吧，难当就不再强迫你当了！恰好明天上午召开村民大会，部署春耕生产，民主测评下一轮建档立卡贫困户，我在会上也一定会把你的'难处'提出来！因为你左一次笋钱，右一次笋钱，找得我烦死了！"

其实这四百块冬笋钱，攀局长在离开村里的当天就拿给罗支书了，要罗支书及时转交给刘金妹。刘金妹还蒙在鼓里，相信支书说的村里会负责。

刘金妹说："你是支书，我不找你找谁？"

罗满福气急得脸都红了，鼓起眼珠说："我当支书犯了法啊！村里那么多事等着我，你以为我就管你这点屁事啊！"

刘金妹说："你忙，那我只好找攀局长去！"

罗满福说："你不是当着攀局长的面说这钱坚决不要了嘛！"

刘金妹说："我也不是坚决不要啊！因为你说村里负责，我就放心了，顾你的面子和你站在一边！"

罗满福说："我的意思是村里负责协调处理你懂吗？"

刘金妹说："那我还得找攀局长去！"

罗满福生气地一咬牙，从衣袋里摸出四百块，"啪"的一声拍在桌子上说："好吧，这四百块算是清了，但酒钱你总该清了吧！你说也说了，贫困户难当，下一轮坚决不强迫你当了！"

刘金妹说："我也没说不当啊！"

罗支书更生气了，愤愤地说："别装模作样了！从去年腊月你不愿给访贫问苦的领导弄饭，到收取领导的冬笋钱，我就感觉面子给你丢光了，就很生气，就对你有看法了！"顿了顿，又说："好了，你上山去吧！什么也别说了，明天会上说！"

村民大会如期召开，台上就座的有：联系贫困户结对子的县文化局马副局长，镇政府驻村干部罗江海副镇长，罗满福支书和村主任王远高。王远高主持会议，罗满福作报告，县镇两位领导最后作重要讲话。

罗满福在报告中说："近年来雷公寨总的来说形势大好，广大贫困户表现很好，为镇里争了面子，为村里争了面子，也为自己脸上争了光。可是也有不想争面子，不想争光的。山上的刘金妹就是典型，从去年腊月起就有些反常，首先是不愿意接待访贫问苦送温暖的领导。腊月十八那天，领导们大老远地来到她家半天了，见不到一张笑脸，喝不上一口热茶，锅冷灶冷的老不愿意弄中午饭。要不是我在场为她做主安排招待，差点坏大事啦。哎，你不要面子，我要面子，村里要面子，镇里要面子！特别不应该的是送领导几斤冬笋还要钱，弄得大家都很不好意思。说实话，人家大老远地爬上山来，给你送米、送油、送衣物，凭良心饭还是要吃的，总不能让人家饿着肚子回去吧！再说你几斤冬笋值多少钱啊！两只野兔值多少钱啊！其实都没花钱，只花了一点力气，山里人的力气花不完、使不完，花了、使了又有。山里人立足优势，花点力气弄点山货送领导，也是人之常情，若是像刘金妹那样要人家的钱，那就把人之常情弄得不正常了。从不愿弄饭到要冬笋钱，刘金妹给人一种自私和小气的形象，不仅自己形象不好，而且搞得村里形象不好，镇里形象不好，影响极坏。刘金妹说自己不想当贫困户了，我看她觉得当贫困户蛮为难，既然不想当大伙儿就别强迫她再当了吧！下一轮就把建档立卡贫困户指标让给别人吧！"报告作到这里稍停，罗支书就扯起嗓子叫了声刘金妹，说："刘金妹你还有什么意见吗？当着大伙儿的面提出来嘛。"刘金妹说："我没面子在这开会了！"说着，一气之下冲出会场上山回屋了……

半月后，雷公寨建档立卡贫困户张榜公布，刘金妹榜上无名。刘金妹仰头摆腰朝天大笑一阵后，躲在家里关门闭窗睡觉了。然而，这一觉她是睁着眼睛不情愿睡去的。一会儿，村民就听见王跛子在屋门前鬼喊鬼叫："救命啊，救命啊！金妹吃农药啦！金妹吃农药啦……"几位正在山上砍柴和摘野茶叶的村民最先赶到，不由分说赶紧把刘金妹背下了山，背到村医罗守业那儿人就差不多没了。罗守业用两只手指放在刘金妹鼻孔一测，然后皱了眼眉给刘金妹摸了把脉，摇摇头说："没了，送镇医院也是白送，不如把她放到王家老厅屋里去。"王家老厅屋是王姓家族红白喜事及祭祀活动的主要阵地，刘金妹就在这个老厅屋里"睡"了几夜后，永远离开了村民。

王小勇是从工地回来为母亲办丧事才了解母亲死因全过程的。母亲死得实在太凄惨、太冤枉，但当时王小勇除了流泪就无能为力了，他从没受过这种突如其来的打击，从没受过这种不明不白的怨气，他几乎绝望地昏过去了，是父亲和乡亲们唤起他坚强生活下去的勇气。父亲说："勇勇啊，你继续打工去吧，我不需要你照顾，我就是在地上爬着也会顽强地睁着两眼看世界。"乡亲们也说:"勇勇啊,你放心吧,你父亲的生活我们时常会照看的!"现在一想起父亲和乡亲们的嘱咐,一想起母亲的死,一想起这个摇摇欲坠的家庭,王小勇就止不住地泪流,就恨死了罗满福。他几次想杀了罗满福,自己也一死了之。可转而又一想,一条少命去换一条老命不划算。再说还有个不争气的跛子父亲啊!他死了谁来照顾呢。王小勇早过了而立之年,他要结婚,要成家,要生儿育女。他要为逝去的娘争口恶气,他要让残疾的父亲晚年生活得更好,他要在他这一代把这个家搞得像模像样,让人刮目相看。

于书记真是个大好人,这回又预想不到地给他家重新恢复了建档立卡贫困户。这一夜,王小勇睡不着觉了,通夜睡不着觉。曾几次爬起又睡下,睡下又爬起,想再次趁夜把这只活野兔和十几个鸡蛋送给于书荣书记。在王小勇来看,这不是送礼,但在于书记看来却是一份厚礼,他不能收这份厚礼,于是当时严肃地批评了王小勇。而王小勇觉得,这回扶贫不同往常,是来真的、动硬的,是送政策、送智慧的那种实打实的精准扶贫。于书记要他不再外出打工,说在家门前也能赚钱致富,还愿意和他交朋友、结对子,他感动得不知所措。他觉得这回完全不是单纯去送"礼"了,而是此刻从心窝子里滚出的话越来越多,憋得实在难受,非得在于书记面前掏个痛快。于是,王小勇再次爬起床,果断地来到于书记门前……

十八

在寨里,像王小勇这样诚心诚意感恩于书荣的人越来越多。比如说周玲玲生了孩子,于书荣家里如同赶集,每天三三两两,或一只鸡、半只鸭，或一斤鱼、两斤肉，或从没吃过的野味山货，或一坛糯米红枣甜酒、一碗酸菜，或米粉糍粑、五谷杂粮，或几样鲜嫩的小菜……都是自生自产的，都是原汁原味、鲜鲜活活的。有的甚至还拿出自家珍藏多年的补血催奶的祖传山药，让周玲玲配合着那些土产吃。不到半年，周玲玲母子吃得通体舒畅，满脸红润，眼眉放光。周玲玲说这些土产在城里别说吃，就是见都没见过。比起在城里医院打针、吃药，去超市买补品、购奶粉强多了。

王秋叶还及时派人替于书荣寻找那天夜里丢的皮鞋和手机，结果没找到。被派的人说，那座山叫老虎笼，老虎笼虽还有活老虎，但老虎不会吃皮鞋和手机。上山做活的人也没这么早，就看哑巴巡山捕猎时见到手机和皮鞋没有。

开始修公路了，雷公寨的公路是在本村原有的机耕道上进行扩修硬化。于书荣请来县交通局、公路局等部门设计和指导施工，同时也从相关部门争取了一笔启动资金。但只是一点材料费，大部分资金缺口和劳力靠村里自筹。而工程队按照修路合同早已进入了工地，就在这关键时刻王远高又生病了。王远高受不得急，为修路急资金、急劳力，没急两下就急出病来了。于书荣和王秋叶一面四处奔忙筹资金，一面夜以继日地做工作，动员村民义务上工，并按原定的筹资方案通知了本村所有在外工作的人，号召全村村民有钱出钱、没钱出力。他们还定下了召开村民大会，举行隆重捐款仪式的日子。

那天，村民大会依然是在古银杏树下召开，依然是村主任王秋叶主持会议，依然是于书荣书记作动员讲话。对口联系雷公寨村的县文化局马副局长主持捐款仪式。

农村搞集资、搞捐款是一件难事，相对贫困村来说就更难。开会之前，村前村后没少议论。有人分析这捐款集资的通知下了也等于白下，这样的会议呢，开也等于白开，有几个人愿意参加啊。再说，那些有正式工作或高收入人群，早已在城里住高楼去了，十年八载见不着踪影。要他们来捐款修路，除非神仙下凡，公鸡下蛋。而那些在城里替人拉板车、当挑夫、修锁、补鞋、擦鞋的，或在街头巷尾找个遮阳避雨角落煎油粑、卖炒粉的，还有那些在街边垃圾箱里翻饮料瓶、捡废品的，他们长期食宿在合租的地下室或某个旮旯厂棚里，你逼他们捐款修路不等于逼他们喝农药？！分析来分析去，捐款的可能性集中到了罗赖军、罗赖辉、罗赖贵三人头上。因为罗赖军、罗赖辉是老支书罗满福的儿子，是堂堂正正吃官饭的，也是雷公寨迄今为止在外最大的官，且正年富力强，前途无量。而罗赖贵呢，虽脑袋上没戴"乌纱帽"，但他身上有钱，而且蛮多钱。他曾经答应过为修路捐款十万元，但好些知根知底的寨里人，认为平常连根葱都舍不得送人的罗赖贵能捐十万元，除非铁树开花、日头从西边出。但在罗赖贵捐款的背后还有个十分微妙的小九九，寨里人同样明白。其实这个小九九仿佛一股强劲而温柔的风，早已把罗赖贵吹拂得舒舒爽爽。按寨里人猜测，罗赖贵这回投不投资修路，就看这股强劲而温柔的风吹拂的力度了，也就是说就等着王秋叶一句话了。罗赖贵捐不捐款，捐多少，怎样捐，关键还在王秋叶。就看王秋叶这句话说不说，怎样说。有人猜测王秋叶会说上一句全力支持罗赖贵捐款。因为她是村主任，新官上任三把火，总想为寨子里办几件大事，而修公路正是她要办的大事之一。也有人猜测王秋叶会对罗赖贵说捐款自愿，概不强迫。还有的料定王秋叶什么都不会说。因为罗赖贵这人心术不正，投资也好、捐款也好，肯定是有条件的，肯定是要对方付出代价的。其实说白了，罗赖贵的条件也就是要王秋叶答应嫁给他，并马上扯张结婚证，跟他到工程队去做帮手，一心做个富太太，别做这个穷村主任了。这就是罗赖贵那个微妙的小九九，而这个小九九早就被王秋叶识破了。

罗赖贵虽然是全县有名的大富翁，已公开追爱王秋叶两年多了，可是在王秋叶心中并没有他，这让穷怕了的寨人有些不解。而单相思越来越强烈的罗赖贵并没有失望，听说村里为发展拼布绣和旅游产业，决定修公路，他依然满怀信心回到了寨子里，此前曾经努力撮合罗赖贵和王秋叶婚姻的王小桃也随同罗赖贵回到了寨子里。王小桃依然是坐罗赖贵的小车回寨的，罗赖贵依旧是开着上回为父亲办丧事那辆车。不同的是他们这回是带着任务来的，这个任务不仅仅是捐款，更重要的是他和王秋叶已经谈了两年多仍没结果的"那件事"。罗赖贵把"那件事"看得很重，把与"那件事"密切相关的这次会议看得更重。在罗赖贵看来，这次会议对他来说不是一般的会议，也不是单纯捐款修路的会议，而是检验他和王秋叶的特殊关系能不能持续的会议，是对他和王秋叶恋爱两年多的一次总结性会议，是决定他和王秋叶能不能成功至关重要的会议。罗赖贵把这些看得比承包新工程还重要。而在王小桃看来，这次会议意味着罗赖贵和王秋叶恋爱关系到此结束，意味着自己和罗赖贵的恋爱关系将会从此萌发。那二十万元有可能轻松进入她的腰包。二十万元是什么意思呢，因为上回为父亲办丧事，正当罗赖贵一筹莫展束手无策时，王秋叶挺身而出帮了罗赖贵的大忙，等于王秋叶在罗赖贵面前锦上添了花，这朵"花"早已开放在罗赖贵的心坎上，罗赖贵将会不惜一切让它结果。这一回罗赖贵信心百倍地带来了现金二十万元，他内心甜甜地想，只要王秋叶开口要他捐十万元，他就爽快地捐十万元。因为他上回已经答应过。还有十万元呢，罗赖贵是准备顺势送给王秋叶做订婚礼的。他觉得只要第一个十万元能成功送出，第二个十万元就顺其自然了。

  罗赖贵和王小桃是按照会议通知时间提前一天回村的。他们还盘算好了具体分工，中午由罗赖贵单独见王秋叶，然后交流进展及下一步对策，晚上再由王小桃单独和王秋叶谈谈。罗赖贵开车按时奔到了雷公寨，一下车罗赖贵就提着一千多块钱礼品直奔王秋叶家，准备在王秋叶家吃中午饭。一来感谢料理他父亲后事时王秋叶对他的帮助与支持；二来想告诉王秋叶他是来开会捐款的；三来想看看心爱的王秋叶，表示一下诚意。而王秋叶死活不肯收罗赖贵的礼品，但热情地留罗赖贵吃中午饭。

王秋叶说："赖贵哥，乡里乡亲的别这么客气，情领了，礼品就不收了，中午饭一定在这儿吃！"

罗赖贵心惊了一下，脸上火辣辣的涨红着说："你不收礼，我怎么好意思在这吃中午饭！"

王秋叶漂亮的脸蛋泛起红晕说："吃饭是常情，和收不收礼没什么关系，再说，我凭什么收你的礼啊！"

"就凭上回你为我父亲操劳！哎，不不不！"罗赖贵紧接着鼓起勇气说："就凭我俩的关系嘛！"

王秋叶说："处理你父亲的后事是村里应该做的，因为你父亲是个很厚道的村民，我是村主任！至于我俩的关系，还没到送礼这一步吧！"

罗赖贵说："那我谢你也是应该的啊，除了谢你，我还得自觉兑现上回的诺言呢！"

王秋叶不解地问："什么诺言？"

罗赖贵说："修路捐款的诺言啊，上回你不是听见了嘛！"

王秋叶说："上回你说的算不算诺言是你自己的事，这款捐不捐，捐多少，也是你自己的事，与我无关！"

罗赖贵说："真的无关吗？那我是听你说这回村里要发动大伙儿捐款修路，我才带头响应作出承诺的！"

王秋叶说："带头响应村里的号召是对的，说明你是热心支持村里事业的好村民。但要说与我有关是因为我是村主任，而捐款修路是村里为民办实事的一项工作！"

罗赖贵说："是啊，既然是村里的工作，我就全力支持你！"

王秋叶说："但我还得告诉你，捐款自由，捐多捐少自愿！"

罗赖贵说："那好，知道了！"说着他兴冲冲地冲出了门。王秋叶急忙提起礼品在门前喊:"赖贵哥,快把东西提走啊!"……

修路开工仪式及捐款大会,是雷公寨近年来规模最大的会议。这天,前来参加会议的有雷公寨村在外的各级领导,三教九流各界人士,还有相关单位领导及兄弟乡村领导。现在,会议主持人王秋叶宣布村民大会正式开始。首先,请雷公寨村第一书记于书荣讲话。

于书荣清了清嗓子,昂首挺胸迈着方步走上台,一上来就声如洪钟地摇头晃脑起来。

尊敬的各位领导、各位父老乡亲、各位来宾:

在这个硕果累累丰收的金秋,我们翘首企盼的村庄道路建设马上就要开工了。借此开工庆典之机,我代表省委驻雷公寨村工作队、雷公寨村两委以及雷公寨全体村民,对各级领导、各位来宾、各位朋友的到来表示热烈的欢迎!对关心、支持该工程建设的各位领导、各位朋友表示衷心的感谢!

多年来,雷公寨村民一直受困于封闭状态。唯一的一条通往外界的公路,崎岖坑洼不平,路面窄得只能通过马车或机动三轮车。每逢雨雪天气,处处积水成池,泥泞不堪,真是晴天一身灰雨天一身泥。人员出行、车辆出入困难,给村民生产、生活带来很大不便,特别是雨天老人、小孩的出行,还存在着诸多的安全隐患。俗话说:"路通财通",道路通畅,是发展经济和提高人民生活质量的基础硬件。"要想富、先修路",这是农民群众多年来总结出的一条经验。改善农村交通条件的确是增加农民收入、帮助农民群众脱贫致富奔小康的有效途径。因为经济条件所限,仅仅依靠村民集资,仍有资金缺口。在几个月的资金筹集过程中,全村广大党员干部、外出乡贤、私营企业老板、社会各界有识之士伸出了援助之手，有钱出钱，有力出力。捐资不论多少，我们感激不尽，哪怕一点力量也是对我们的支持。我们会让人们和子孙后代永远铭记捐资者的功德。

各位领导，各位朋友，各位父老乡亲。修路是功在今天，利在长远的事情，机遇不容错过，责任不容懈怠，我们将振奋精神，坚定信心，竭尽全力做好道路的建设！真诚希望我们团结一心，众志成城，道路一通，万象更新，雷公寨村的明天更加美好。今后，我们村两委将继续抢抓机遇，务实苦干，开拓创新，努力把我们村建成富裕、和谐的新农村。我们诚恳地希望各位领导、各位朋友一如既往地关心、关注、支持雷公寨村的建设和发展。我们坚信，在镇党委、镇政府的正确领导和有关部门的大力帮助下，经过全村上下的不懈努力，雷公寨村的这条公路，将会成为一条脱贫致富之路，充满希望之路！

于书荣铿锵有力的讲话，赢得了一阵阵掌声。紧接着是马副局长主持捐款仪式。马副局长首先宣读了二十几位因事不能参会的捐款人的情况，他们是：市委组织部常务副部长罗赖军（罗满福的大儿子）接通知后捐款五百元，乱石镇政府镇长罗赖辉（罗满福的二儿子）捐款五百元。在东莞拾破烂的王检狗捐款八百元，在县城开四川麻辣烫小吃店的罗满牯捐一千五百元，在县正街屋檐下修锁、补鞋的王发集捐八百元……接着是现场捐款：寡妇田银花一百二十六块，五保户刘奶奶三十一块五角，残疾人王瘸子八十七块六角，还有几个戴红领巾的学生各自从圆珠笔盒里拿出了零钱，排在长长的捐款队伍中。相关单位和各界人士一个接一个地现场举起了捐款数额牌，迎来了一阵阵掌声。

此刻，罗赖贵站出来说话了："我本想捐十万元，是看在王秋叶面子上。如果看在某些村民的面子上，我一分钱都懒得捐。因为村里有些人没心没肺，对我父亲无情无义。现在我父亲没了，家里也没什么人住寨了，我十年八载也难得回寨一次，可以说修不修路与我无关！"

没有掌声、没有羡慕、没有夸奖、没有叹息，唯有怨气！王小勇双拳一捏，气冲冲立马站起身，红了脸，喉脖青筋一鼓，双目怒视着话音刚落的罗赖贵，嘴唇动了动，话就涌到了喉眼上，却被台上的王秋叶横眉瞪眼唬住了……

王秋叶唬住王小勇的意思有两层，一是王小勇对罗赖贵出口没好话，话一出口绝对会伤害罗赖贵。二是财大气粗的罗赖贵因选举村主任和料理父亲的后事，对包括王小勇和肖小铜在内那些村民满腹意见，如果让其公开顶撞，不仅会扰乱会场，而且会使他们的积怨越来越深，而闹不团结对精准脱贫影响极大，会后她得把调解双方关系作为扶贫的重要工作内容。

"你罗赖贵不捐一分钱，公路照样会修成！"肖小铜巴掌一拍大吼一声，气鼓鼓地在人群中跳了起来。

罗赖贵没料到肖小铜居然敢出场，而肖小铜这样一出场就把矛头直指罗赖贵，让罗赖贵有种狗眼看人低，有眼不识泰山的感觉。还让罗赖贵想起上回罗赖奎跟他"汇报"的，肖小铜不自量力充当了他和王秋叶的第三者。此刻这个"汇报"又在罗赖贵眼前闪了一下，罗赖贵怒发冲冠，顿生怨仇，大喊一声："大伙儿，这肖小铜扰乱会场啦，老子今天新账旧账一起算，兄弟们，上！"

此刻罗赖奎、罗番贵等一哄而上，冷拳热打，手抓脚踢，只听肖小铜喊"哎哟"！整个会场大乱，于书荣戴着高度近视眼镜前来劝架，架没劝开，眼镜却被打飞了，裸着双眼在地上摸都摸不着。会议主持人喊散会……

十九

省文化厅传来喜讯,说雷公寨拼布绣已被审定为省级非物质文化遗产。接连省扶贫办也传来喜讯,说雷公寨的旅游和拼布绣项目,省旅游开发公司已决定投资开发,各级政府将以配套政策扶持,但要求因地制宜,突出特色。把生态旅游与民俗旅游结合起来,带动餐饮、住宿、娱乐、观光、购物、种养、手工业等相关产业发展,并特别强调了把拼布绣作为特色产业通过发展旅游推介出去。

接连两个好消息,让于书荣内心像灌了蜜似的激动不已。他疯癫似的找到王秋叶说:"秋叶啊,告诉你一个特大好消息,你已经正式成为省级拼布绣传承人了!雷公寨拼布绣和旅游项目已经得到省里重视,确定由省扶贫办牵头开发,省旅游公司具体实施!"正在精心指导几位村妇做拼布绣的王秋叶,不敢相信自己的耳朵,她被于书荣的话惊喜得满脸通红。她认为她只不过做了点自己喜欢做的祖传事业,拼布绣传承人就传承人,没想到还有什么市级传承人、省级传承人,更没想到政府会这么重视,她感觉是于书荣在帮她,自己这些年来的努力没有白费。

其实,王秋叶所做的祖传事业,是旧时手工艺人运用制作衣物的边角废料,靠心灵手巧用绣针拼绣出七彩图案,弄成牛角帽、口水兜、肚兜、背带、虎头鞋五件套,期望百家护佑平安,寓意小孩牛气冲天、生龙活虎、一生平安、长命百岁。这种手艺耗时、费心。因为拼布绣与别的刺绣风格有很大的不同。一是用料不同,其他刺绣形式都是用一张布刺绣,而雷公寨拼布绣是用多张布拼缝;二是针法不同,刺绣形式一般是用一种回针绣到底,而雷公寨拼布绣是用平针、藏针、回卷针、倒三针、套扣等多种针法拼绣；三是艺术表现形式不同，其他的刺绣大多是带渐变的写意，而拼布绣一般都是轮廓分明的工笔，非常有质感。

成品看上去虽然有质感且精美实用，但在当初却没什么市场价值，因此少有关注。而儿时的王秋叶，就对拼布绣有着一种原始而近乎狂热的痴爱。同龄人都趁闲暇尽情玩耍时，她缠着奶奶要弄拼布绣，奶奶说："你弄吧，奶奶教你！奶奶这辈子没别的本事，就会把几块没用的碎布拼来拼去，绣来绣去。"小秋叶说："那好，我也像奶奶那样拼来拼去，绣来绣去！"就这样奶奶一刀一剪，小秋叶也一刀一剪。奶奶绣一针一线，小秋叶也绣一针一线，弄一些简单的自己喜爱的小香包、小手袋等小物件。从这个角度说，与其说王秋叶钟情拼布绣，不如说拼布绣选择了王秋叶。有人嘲笑她："现在什么时代了啊，还弄那没出息、没奔头的玩意儿。"也有人背地里说："王秋叶可能是打工出了差错，在城里混不下去了。"而王秋叶根本不顾这些，相反想把拼布绣发扬光大的念头却在她身上越涌越烈。王秋叶在深圳时，一个女老板偶然看到她手头上一个半成品拼布绣，惊喜地从她手头上摘下瞧了瞧，就霸蛮给钱向王秋叶要了。那一瞬间点燃了她心中那颗火种："传统的艺术，在任何时候都有价值、有生命力。"很快，她回到家乡，开始做她的拼布绣梦。

正值春夏之交，公路已顺利地通到了雷公寨，随之几十家农家客栈纷纷开业，每一家客栈都有拼布绣专卖柜。寨子里虽然四季分明，但夏季气温相对升得慢，到了四五月才感觉一点点温热，春夏出游的游客渐多。而在旅游的人走进来，拼布绣走出去的过程中，雷公寨就像过年一样热闹。"雷公寨"这几个字也随着"热闹"越走越远。前不久来了一批旅游的德国人，这批高高大大的德国人说着雷公寨人一句也听不懂的德语，买了蛮多款式的拼布绣产品。经翻译解说才知，他们说的是：雷公寨拼布绣，是中国最具代表性的拼布流派。原生态的雷公寨拼布绣制作手法巧妙、构图新颖、针法别致、有古雅之风,蕴含浓郁的地域特色,惹人喜欢。这地方不仅有美的拼布绣,还有美的山、美的水和美的人情味,给他们留下了美的印象,他们下回还来……

谁也没料到雷公寨拼布绣,这"针尖上的传奇"居然还能引来全世界目光,还能亮相巴黎博览会。那一回,在巴黎家居区域展销,当记者到现场时,雷公寨拼布绣的一位客户正在与王秋叶洽谈业务。这位客户拉着王秋叶对记者说,她就是王秋叶,是这个"非遗"项目的传承人。几年前这位客户去湖南考察,雷公寨拼布绣让他惊喜,这些作品既有传统地域文化之精华,又在传统中加入了现代时尚元素,他毫不犹豫地把这些作品引入了欧洲。他表示,这些产品一直被他当作"限量版艺术品"在欧洲出售,但他不在乎销量,主要是向世界介绍这种独特的中国工艺和民间文化。

在巴黎展销现场,王秋叶面对观众巧手翻飞,那些平淡无奇、零零碎碎、五颜六色的布料,在很短时间内就变身成了活灵活现的动物模型,观众纷纷称奇。从事服装贸易的法国女士玛利亚对这些作品爱不释手,她已经有了在法国推介这些独特产品的想法。

原来,在这次博览会上,湖南省特别设立了"湘风楚韵——湖南文化季"展厅,雷公寨拼布绣是湖南唯一参加这次活动的"非遗"项目,富有特色的作品赢得了意想不到的效果。

王秋叶介绍说,拼布做脸谱曾广泛流行于民间,随着社会的发展,这门古老的艺术,逐渐被现代新兴工艺所取代,慢慢地淡出了人们的视线。到二十一世纪初,该民间技艺几乎濒临失传,到如今拼布绣重出江湖,经过艰难的传承与发展,"北有湘绣,南有拼布"的民间文化格局基本形成。

湖南展厅的负责人对记者说,拼布绣在湘南传承和发展取得惊人的成就,传承人王秋叶功不可没,她受祖辈的熏陶,从小就喜欢拼布绣，为了不让这门技艺失传，从2009年开始，王秋叶不计个人得失，全身心地投入雷公寨拼布绣的传承与发展，靠着两千元起家，一个人在十多平方米的拼布小作坊开始创业、研究和发展。刚开始那几年只投入没回报，王秋叶一次又一次咬咬牙拿起自己的存折上银行取钱，直到存折尾数只剩几十元，别的女孩子买各类彩妆，而她连个口红都舍不得买。别的女孩子每天恨不得换三身衣服打扮自己，而她总是穿着几套过了时、褪了色的衣裤风里来雨里去。有点钱就买针、买线、买那种花花绿绿的边角碎布料，买图案设计及相关资料，跑客户，收集信息。当时，人们对"非遗"没有概念，在很多人眼里，王秋叶把大家要扔掉的东西重新拾来做拼布绣，只是个丢人现眼的笑话。但王秋叶不这样认为，她觉得祖辈留下的这些有深深民族文化烙印的东西就是宝贝。为了能扩大影响，王秋叶主动参加全国各类艺术大赛和展览。她把传统的拼布创新出各种现代生活用品，拼布绣这门艺术形式终于得到了市场认可。为了让这传统手工技艺在当下生活中焕发生机，这六年里她付出了太多，王秋叶还组队参加中国和海外展览三十多场，并借助网络宣传推介拼布绣产品，最终迎来了春天，赢得了市场。这位负责人说，王秋叶在开发中保护和创新性发展拼布绣的路子走对了，不但赋予了雷公寨拼布绣新的生命力，也让拼布绣"非遗"文化大放异彩。自此，雷公寨拼布绣先后荣获湖南"最美珍稀老手艺"称号，被评为湖南"最具发展潜力的传统技艺项目"之一。

展销会后王秋叶回到雷公寨，兴冲冲地去找肖小铜了。因为雷公寨拼布绣能热热闹闹地走到今天这一步，背后还有位尽心尽力搞图案设计的肖小铜呢。自从同肖小铜结对子的那位县文化局马副局长推荐肖小铜赴县文化馆参加美术比赛荣获一等奖后，王秋叶就对肖小铜更有好感了，肖小铜也对王秋叶更有吸引力了。于是，她主动邀他合作，让他为拼布绣设计图案。肖小铜喜出望外，他自小爱好绘画，一直爱到高中毕业，美术成了他的特长。而离开学校走上社会，孑然一身穷得连饭都吃了上餐没下餐的肖小铜，发现居然还有人找他画画，真是做梦都没料到。

这回王秋叶是来找肖小铜签订合同的，让他长期为拼布绣设计图案，而刚起床的肖小铜眼见四壁溜光，正愁着没柴火煮饭，灵机一动就闷头举刀劈"柴"，他劈的柴正是那条他父亲打铜时爱坐的松动了一条腿的旧长凳。

王秋叶说："小铜哥，这凳子不是还蛮好的嘛，劈了当柴烧真是太可惜！"

肖小铜抬头瞟了一眼王秋叶，轻松一笑说："有什么可惜的啊，它不仅老旧，还残了一条腿呢！"

早已悄悄跟随在王秋叶身后的母亲张群芳，隔着窗户看急眼了，猛然闯进屋里，气愤地用手指点着肖小铜脑门说："你真是个败家子，豆腐渣不是本钱，好端端的凳子残了一只腿就不修整啦！"

肖小铜一见王秋叶的母亲就心虚，立刻放下了柴刀，颤动着双手脸都红透了。王秋叶深知母亲早已习惯性地跟随在自己身后的意图，也感觉肖小铜此刻没心思与她交流，就把自己准备谈拼布绣而涌到嘴边的话强咽下去了。

王秋叶换了话题说："你吃早饭了吗？"

肖小铜说："还没吃，我就想劈了柴弄早饭！"

王秋叶说："那你先搞饭吃吧，我们走了！"王秋叶亲切地拉着她妈的手欲走。

走时张群芳狠狠地瞥了肖小铜一眼，脚一跺，骂骂咧咧甩下几句："真是个扶不起的败家子，好好的凳子当柴烧，家里来了客人坐哪儿，就顾你自己有一条凳子坐就行了是吗？太不像话了，要是我有你这不中用的孩子，早就把你的腿打成这条凳子的残腿一样劈了当柴烧！"

张群芳气骂肖小铜时，肖小铜把憋得通红的脸埋在胸间，粗气都不敢出,坐在矮凳上久久愣在那儿。

一会儿,王秋叶悄悄送来一捆柴说:"还愣着干什么,十二点多了,人家都吃中午饭了,你还不烧火做早饭!"

肖小铜听见王秋叶的声音,微微抬起埋在胸间的头,见王秋叶送来一捆干柴,激动得鼻子抽动几下流出泪来说:"秋叶妹,雷公寨唯有你是好人,唯有你能关心我!理解我!信任我!我一定要用文化感谢你!"

王秋叶说:"好了,别说这些了,你天天嚷着文化文化,懒成这样子,文化能当饭吃还是能当衣穿?好个有文化的大男人,还像个娃孩哭什么鼻子啊?快起来做饭吧!我们边做饭边聊好吧!"急性子的王秋叶见肖小铜还坐在原地没起身,顿了顿,又说:"要么,我来帮你做饭!"

"不不,不麻烦你!我自己来,自己来!"肖小铜赶忙起身,快手快脚做起"早餐"来。

肖小铜做的所谓"早餐"就是事先浸泡了一夜的苞谷,浸透了的苞谷饱满透亮开了花,在热锅里沸腾两下就成了苞谷粥。王秋叶朝肖小铜温柔地使了一下眉眼,转而忽然板起脸十分严肃地说:"哎呀,小铜哥,你怎么吃苞谷啊,这苞谷不是于书记前几天分给你们做种子的吗?"

"是啊,秋叶好妹妹!"肖小铜用父亲生前亲手精制的,留下的唯一一个外壁刻印着梅花的老铜碗,端出一大碗热气腾腾的苞谷粥放在桌子上,坐在桌边说:"秋叶妹妹啊,要不你也来一碗吧,锅里还有!"说着肖小铜就转身拿碗去给王秋叶盛苞谷粥,王秋叶赶忙截住肖小铜说:"不要,我已经吃过了!"肖小铜这才坐下来边吃边细声说:"你千万别告诉于书记,这苞米是我两天前主动向于书记要的,我开口要十斤,于书记只给五斤。他说这是贵州良种,适应旱地生长,要我不贪多,先种了试试!"

"那你为什么不种了试试，反而把它吃了呢？"王秋叶在屋中东瞧瞧西瞧瞧，瞧了一会儿后站定在桌子边，看着吃得津津有味的肖小铜说："良种苞谷比本地苞谷要贵几倍，吃了太可惜！吃剩的赶快种到地里去！"

"秋叶妹妹啊，种到地里不如'种'到肚子里实在些呢！"肖小铜拿食指当牙签，伸进嘴里剔了剔滞留在牙缝间的玉米渣说："秋叶妹妹啊，你也晓得我们这儿田土少，于书记也说了，这种耐旱的苞谷只能种在荒山上，而种在荒山上先要砍山，再要烧山，然后要挖山土，最后下种，下种后不久又要保苗除草。我哪有这么多时间啊！再说遇个旱灾或野物糟蹋什么的，恐怕连种子都收不回！不如吃到肚里稳妥些！"

"既然不种，那你为什么还要向于书记要苞谷种子呢？"

"我的米桶见底啦，刚好这苞谷能吃上几天！"

"好了，不说了，说来说去就一个'懒'字作怪，什么也别说了！现在我来告诉你一个比种苞谷更好的消息！"王秋叶脸色转而和悦起来，像要发布重大新闻似的翘起嘴唇甜甜地说："小铜哥，告诉你一个好消息，这回我带你设计制作的拼布绣样品，在巴黎参展蛮受欢迎呢！"

正在闷头吃早餐的肖小铜猛地抬头，惊喜地问："是真的吗？"

王秋叶嫣然一笑说："当然是真的啊，其中《待嫁的姑娘》《山野情》还获了大奖呢！"

"是真的吗？"

"谁骗你呀！今天我是特地来找你签订合同的，从今天起，你就是我们拼布绣总公司长期聘请的产品技术设计师了。暂定每月底薪两千，另加绩效奖励！看你是否愿意！"

"愿意！不过工资太高了点！"

"这不是你的心里话吧！恐怕是工资低了？"

"是心里话啊，秋叶妹妹，我不完全是为了钱！"

"不为钱，那你上回替贫困户填表，还每张表收人家十块是什么意思呢？"

"因为那些人既不懂知识又不好好学知识，该收！而对你不同！"

"为什么？"

"因为你懂知识又尊重知识，而且对人好！"

"这就是靠技术、靠知识赚钱的活呀！"

"这活我干定了！谢谢你关心我，谢谢你理解我，谢……"

"好啦，别多说了，快吃吧，马上去签合同！"

"这半生不熟的缺油少葱的苞谷粥真难吃！"肖小铜皱起眉头欲吃厌吃。

"不想吃吧，准备好明天到公司上班，自然有人给你做饭了！"

忽然远处传来王秋叶母亲的叫声，王秋叶无奈地赶紧回去了。而此时肖小铜正为去公司上班而暗喜，一会儿又心惊胆战，坐立不安，是不是王秋叶送他那捆柴，又被她母亲发现了，是不是他吃玉米种的事被人发现了，如果是，不仅于书记那一关过不了，而且合同也签不成……

如今，雷公寨拼布绣公司和旗舰店，培训新的绣娘达上千人。通过"公司＋农户"的模式，带动很多的家庭主妇在家创业，连那些过去靠吃救济的老弱病残都找到了就业的岗位。今年拼布绣还被省里推荐作为唯一代表全省的"非遗"项目赴澳大利亚开展国际文化交流。王秋叶说："当我站在异国的土地上才真正体会到了民族的就是世界的。这些年我一直在想要把湖南的人文历史、自然景观绘制成一幅幅美丽的画卷，打造出'北有湘绣，南有拼布'的湖湘绣女文化格局，打造出郴州旅游文化产业亮丽的文化名片。多亏了肖小铜的配合与支持！"

作为雷公寨拼布绣传承人，王秋叶觉得肩上更多的是一份沉甸甸的责任,除了传承更重要的是如何在传承中发展。她是个非常懂得感恩社会的人,近两年来,王秋叶还在特殊学校设立了"爱心传承基地",定期给聋哑儿童讲授拼布技艺,为特殊人群的就业铺路搭桥,并且结合精准扶贫政策,举办免费培训班,希望能给更多的农家妇女提供家门前就业的机会,尽可能减少病残老人和留守儿童无人照顾的痛苦。

"不忘初心,方得始终。"王秋叶与雷公寨拼布绣的故事还在继续。

她全身心投入拼布绣世界里,在自己简陋的工作室内,伴随着孤独与寂寞,潜心制作出多幅作品。"我经常连续两三天都不下楼的。"王秋叶说。她现在的代表作有《母与子》《蝶女》《乡情》《思》等,她以传统的针法和色彩,掺入当今生活气息的画面,一针一线、一刀一剪,耗时一个多月精心制作了一幅大型版画拼布作品——《新娘和新郎》。该画版面高一百一十厘米、宽七十厘米,突破了传统小饰品、小物件原有的形态。该作品参加了全国年轻人"挑战杯"创业设计大展赛,作品摆放之处,吸引着众多的眼球,该作品最终获得评委的一致赞许,获得该次赛事的银奖。作品处处透露出湘南的风土人情,朴实而典雅。此外,她还制作了一些拼布绣钱包和小手袋等实用物品,这些小物品自己还没来得及欣赏,就已被身边的客户们抢着要了。

由于资金有限,王秋叶首先选择在网上建博客,在网站注册了"爱莲拼布坊",想通过网络这个大平台推介拼布艺术。这一举措还真奏效,王秋叶的拼布绣作品引起了很多网民尤其是一些沿海企业的关注。厦门客商曾老板在与王秋叶取得联系和沟通后,来到雷公寨考察拼布绣,并与王秋叶达成了初步合作意向。如果投资合作一旦成功,历经沧桑岁月的拼布绣将有望再次走出国门,再次走进国际市场。

"我现在最大的想法,就是通过不断提高自己的拼布技艺,为这门古老的艺术在民间艺术领域争得一席之地,使之成为湘南大地的一件民间瑰宝。如果有可能,我还希望在未来,能让这门民间技艺走向与企业的结合，成为摘掉雷公寨贫困帽的长效路径之一，成为郴州旅游市场的一个响亮的品牌，让这门古老的传统手艺得到传承与推广。"展望未来，王秋叶一脸灿烂。

二十

转眼又到端午。雷公寨也不知何时有了这不成文的规矩，端午这天寨里外出的人，不管有钱没钱都会赶回来过节。王小桃提前一个礼拜高兴地欲邀请密友罗小月一同回乡团聚。看看寨里这些年来的变化，看看家乡热闹的赛龙舟，罗小月感觉意外。她和寨里外出的人不同的是，她已好些年头没在寨子里过端午节了，好些年没观看过山寨里如此热闹的场面了。忽然让王小桃这样一邀请，曾经熟悉的山、熟悉的水、熟悉的河岸，本该让她倍感亲切，可此刻在心里忽然变得十分陌生和别扭，面对寨里人有种难以言说的尴尬和难堪。而这回她恰有另邀，没有回寨，没有去看那一年比一年热闹的赛龙舟，正好暂时避开了这种尴尬和难堪。

今年的雷公寨有些独特。且不说有省委工作队、县市各级领导、外来游客参加的高规格赛龙舟，单说自然环境就透露出较之往年的不同非凡。往年那春末夏初变化无常的江风，总是暴起暴落顽逆地徘徊于两岸村寨。而今年好像变得特别和善温柔，它尽情地抚摸着两岸的树木花草和村寨的屋顶房梁，极像母亲抚摸自己的孩子。这天早晨，宽阔的江面上微微碧波，显得格外宁静，船儿很少。浓浓的白雾，像一条厚而洁白的棉絮把江水盖得严严实实。放眼望去，隐隐约约地远远看见对岸东面的山嘴，极像耸立的高塔慢慢清晰起来，一会儿放射出金光。江边的松啊、柳啊、竹啊、杂草怪木啊，渐渐显现出翠绿的身姿！沿江两岸就像两条漫长的绿带，一派郁郁葱葱，生机盎然，跟往年相比，显然挺拔了许多。两岸水田里的禾苗都已经长高、长绿了，叶尖上的水珠随着叶片、叶秆缓缓下滑。远远望去，绿油油一片，恍如一片绿海。微风吹来，如波澜起伏，层层叠叠的全是绿浪！只要静静地看上几分钟，那种心旷神怡、清爽恬静的感觉便油然而生。

自从公路通到雷公寨，旅游的人就一茬接一茬地纷至沓来，雷公寨就渐渐沸腾起来了，寨里人就过上了忙碌又热闹的日子。温热的五月，最繁忙、最紧张的人要数王秋叶了。现在，王秋叶不仅是一寨之主，是雷公寨拼布绣传承人，还是雷公寨脱贫致富领头人。寨里人口袋里的票子是多了还是少了她得管，寨里人风来雨去头疼脑热她得管，寨里人吃喝拉撒悲欢离合她得管。寨子就是她的家，她的家就是寨子，她永远离不开寨子，永远离不开这个家。罗赖贵打定主意好多回想让她动心，让她离开寨子，离开这个家，去他身边过荣华富贵、养尊处优的日子，她能动心吗？在她看来，这个心动不得，好像动了这个心就动了自己的良心，动了这个心就对不起寨里的父老乡亲。而如今寨子里从未有过的繁忙和热闹，反而把王秋叶的心和这个寨子拉得更紧了，反而让王秋叶觉得罗赖贵让她离开寨子的主意越来越离谱了，越来越不合王秋叶的心意了。在这些繁忙而热闹的日子里，常常让王秋叶想起从前的雷公寨。在她的记忆里，寨子里一年中最热闹的日子，莫过于端午和过年了。只有过年和端午节才能听到鞭炮声，才是全寨大人小孩吃鱼、吃肉、穿新衣裤的日子。

就说过年吧，一进入腊月，各家各户就开始晒冬粉、晒浆皮、做切面、做烧酒、蒸米酒，忙得不可开交。特别是到了腊月二十几，更是全家齐上阵；二十四，过小年，通通归家闹团圆；二十五，牵猪斩羊杀牯；二十六，见了岳父母见舅舅；二十七，赶圩赶一日；二十八，杀鸡又杀鸭；二十九，清点年货是否样样有，卫生搞到厕所沟。

如此慎重、庄严和隆重，不知是因为乡村的岁月实在寂寞和单调，还是因为农村贫瘠的日子实在难打发,也许是因为一年一度吧。虽然觉得有些古板和老套,但想来也许有些意味。到了大年三十这天,大人们就早早准备了一餐一年中最丰盛的菜肴,或请三姑四婶,或邀五叔六伯,欢聚一堂。吃饱喝足之后,围坐炭火边,或谈古今中外,或侃社会家庭、商海趣事、五谷收成、男才女貌。等到侃得似完非完之时,长辈们总要兴奋而大方地摸出各自的钱袋,或多或少、或轻或重送给晚辈压岁钱,一边给钱一边说些诸如"一本万利,读书聪明上大学"或"年过岁长,天天向上"之类的赞赏话。晚辈们接了钱,洗了澡,换上新衣,将压岁钱稳稳当当放进口袋里,高兴极了,惬意极了,一年到头就在这时候,大家都有钱。

到了大年三十晚上,长辈们便会开始反复叮嘱起孩子,晚上睡觉时,衣、裤、鞋、帽要放在固定的地方,井然有序,免得大年初一清早起床找这找那到处翻,讨个不吉利。还有大年三十、初一、初二,千万不要惹是生非、打架斗殴;不要乱喊、乱叫、乱串门;不要喊人家的绰号;不要讲痞话、怪话和不吉利的话,否则会使新年太不吉利了。特别是初一开财门时要放好鞭炮,如哪家的鞭炮响了一半就不响了,哪家就肯定要背时了。

为慎重起见,王秋叶还记得她父亲每年大年三十晚上是睡得最迟的那个,因为父亲要像督查某项工作那样认认真真逐一检查:一是看王秋叶睡觉后衣裤是否放得井然有序;二是看鞭炮质量是否过硬,若回潮了尚需焙干,连点放鞭炮的打火机也要试两下,恐怕没气体;三是等王秋叶睡熟了,父亲就悄悄地用稻草扎成一个擦屁股用的把子(以前农村便后擦屁股常用稻草),在王秋叶嘴巴上擦两下,说是擦了"屁股",初一、初二万一说了丑话、怪话也不灵,等于放屁。

到了新年初一规矩就更多。这天不挑水、不洗衣、不扫地、不倒垃圾,就连三餐饭也是前一天安排好的,只管拿来吃。吃完各自彬彬有礼,十分开通地围坐火炉旁,谈谈笑笑、红光满面、一派新气,嗑瓜子、剥花生、抽好烟、品茗茶，商量着大年初二如何走亲访友拜年了。拜年人群中，有热恋中或刚结婚的年轻伴侣，有拖儿带女的中年夫妇，也有尚未相亲的姑娘和后生，他们肩挑箩筐，手提菜篮，大袋小包，放挂长长鞭炮喊拜年了。岳父岳母乐癫癫，三姑六舅笑弯了腰。还有满脸福气的老泰山哟！乡里乡亲好热闹。寨里的过年啊！真的有味道。

寨里的端午节呢，在王秋叶记忆中感觉最有味道的是结伴上山采艾叶，河边割香蒲，还有津津有味吃粽子和热热闹闹赛龙舟。

包粽子已成为寨里家家户户过端午必不可少的重要内容。因为寨里一年四季除了端午就难见粽子，要是谁家不包粽子，谁家孩子就必定在别家门口伸长脖子垂涎三尺，父母会心里痒痒的尴尬得脸红。因此，每年临近端午一个月前，妇女们便开始了包粽子的各项准备：采粽叶、拧粽绳、晒粽米、筹红枣和豆类……

王秋叶小时候常常跟着母亲上山采粽叶，她常懵懵懂懂边采粽叶边问着母亲，端午节是什么节？是哪一天？还要多久才到？端午节可不可以早几天过？粽子可不可以早几天包？母亲每每听了就要发笑，摸着小秋叶的头说："傻乖儿，端午节就是端午节，是五月五，过几天就到，再说祖先定的日子，不能早几天过，也不能迟几天过。到时候妈多包几筒粽米，够你吃的。"

寨里包粽主要用糯米，用蓼叶做粽叶，用苎麻做粽绳，用碱水浸泡粽米。粽子的品种也越来越多，有豆类粽、纯米粽、红枣粽、苞谷粽、碱水粽和羊角粽，等等。包的数量也很多，吃个十天半月吃不厌，王秋叶最喜欢吃豆类粽。寨里吃粽也颇讲究，糖粉、糖水、葱叶、辣汤、豆腐乳拌着吃。保管也很妥帖、科学，个把月之内粽不改色也不变味。由于数量多，每年五月初三各家妇女尽显技艺，差不多包到次日才开火煮粽。母亲很大方，总爱预先细心选好大块粽叶包成大个粽，小秋叶放开肚皮也吃不完两个。母亲包的粽结实饱满，棱角分明，美观大方，技艺精巧，据说是外婆传给她的，三姑六婶还请她当师父哩！

母亲煮粽时，小秋叶常常蹲在土灶边不肯离开半步，主动帮母亲添柴烧火。当粽煮得半熟时，香味扑鼻而来，弄得小秋叶不时地吞吞口水。小秋叶时而喊、时而叫，"妈妈、妈妈，快来呀，粽熟了，锅子里的水熬干啦！"等母亲放下手中的活儿急忙赶来时，小秋叶便一把扯住了她的衣角，逼着母亲揭开锅盖看粽。母亲说，粽不煮熟、煮烂，中间夹着米芯就不好吃，会霉变的……

说起赛龙舟，王秋叶脑海里就浮现出那宽阔的江面上，锣鼓喧天、舟楫争游的精彩场面。随着人们的喝彩声、喧闹声、号子声和欢笑声，《赛龙夺锦》那悠扬的地域花鼓戏乐调，让人心潮澎湃起来！江面上清波荡漾，一排排蓄势待发的龙舟一字排列着，热闹极了。那就是雷公寨一年一度的赛龙舟。

每到赛龙舟日，雷公寨一带都有赛前对山歌的习俗。近些年，寨里人常把王秋叶哄出来唱几首。王秋叶虽跨入大姑娘行列了，而看上去仍如初出的玫瑰，显现出窈窕身材，柔媚婀娜的青春曲线，那两片红唇仿佛两片鲜红的玫瑰花瓣。她天生一副金嗓子，唱起歌来小嘴张张合合娇滴滴的，那清脆铜铃般的歌声中变化出各种动人的表情来，有种让人难以形容的无穷韵味。

现在又到端午日，土生土长的王秋叶当然忘不了主办龙舟赛，而且既是主办者又是参与者，她得把龙舟赛办得有声有色，她得亲自上船和大伙儿对唱山歌。端午这天清早，全寨男女老少就像听到特别号令似的，自觉不自觉地都停了地里的活，家家户户麻利地吃过早饭。妇女们拖儿带女早早地来到江边，长声短唤孩儿们别乱跑、乱窜，小心摔到河里；老人们从家里搬出自制的竹靠椅，在江边柳树下选定一块小坪地，装上一袋自种的旱烟，或怀揣半包葵花籽，激动而有趣地聊着各自年轻时参赛的故事；姑娘们如同参加一次庄重的盛会，各自穿着利落耀眼的新装，叽叽喳喳地探秘着这次龙舟赛谁输谁赢；那些没能参加赛龙舟的青年小伙，也热情不减，歪起嘴，叼着过滤嘴烟，手持鞭炮和手机，满脸的喜悦助阵，赛到动情处，就快手快脚地边放鞭炮，边用手机拍照；小孩子们更是兴奋，在人群中钻来钻去，有一些调皮的男孩爬到河边的高树上或坐到河边沿最危险的地方，任父母千呼万唤仍无济于事。特别有趣的是，孩子妈妈还用雄黄蘸酒在孩子的额中央画了个"王"字，据说是让上天保佑孩子的意思。一会儿沿江两岸黑乎乎地挤满了人，又一会儿周边村寨的人都陆续赶来了，人山人海，彩灯高悬，旌旗飘扬，呈现出一派喜气洋洋的节日气氛。

此刻一帮后生拍着巴掌把王秋叶哄了出来嚷着："打头请王村长露两手，听王村长的歌声比看赛龙舟更够味。"王秋叶就清清嗓子说"好啦、好啦"，然后在蛮有节拍的掌声中唱了起来：

　　　　春季开荒种高粱　草木发芽百花香
　　　　春风春雨好时节　一坑高粱三升粮
　　　　夏季开荒柳叶青　田中禾苗绿茵茵
　　　　旱田旱土勤灌水　起早贪黑农家人

后生们拍着巴掌跳起来，一阵起哄——唱得好，再来一个好不好！唱得妙，再来一个要不要……唯有坐在船上的桨手罗赖贵没拍巴掌也没高喊，好像这歌声是冲他来的，他脸皮热辣辣的，有种难以名状的羞涩感。他时而闷头抽烟，时而伸长脖颈，两块已经长满毛须的厚唇，跟着王秋叶的小嘴节拍一张一合：

　　　　秋季开荒桂花香　麦子种在山坡上
　　　　中秋呷碗红薯酒　全家老少都安康
　　　　冬季开荒雪飘飘　衣食万般靠勤劳
　　　　男耕女织当紧要　人勤地肥收成好

罗赖贵厚唇撇了几下，吞吞口水，又一张一合，那样子很用劲，很投入，似乎由那种难以名状的羞涩立刻转化为悄悄地在心里喊"王秋叶加把油"。

一会儿，对面河岸有人开唱了——

    五月单身过端阳　别的东西都不想
    唯求床头添女人　胜过粽子裹蜜糖

这种声音粗陋，这种节奏迟缓，调子老套，难听死了，好不过瘾。后生们竖起耳朵再仔细一听，原来是老光棍罗番贵抢了先。刚打算趁早将王秋叶哄出来，这边的老婶子接腔了——

    五月五来是端阳　抽丁抽走少年郎
    蠢光棍不趁夜去　害得少妇睡空床

此刻河岸活跃了，热闹了，唱得河涛张口笑，唱得山谷回了音，该王秋叶出场了，大伙儿全票推举罗赖贵与王秋叶对唱——

    什么东西响上天　什么东西水上涟
    什么东西两脚踩　什么东西一身毛

无奈之下罗赖贵凭着平常记忆，仰着头，扯起公鸭嗓子，抢先喊出几句。王秋叶嗓子也不清一下，立即回复——

    雷公阵阵响上天　水流下滩水上涟
    水车响响两脚踩　你家猫公一身毛

王秋叶泉水叮咚般的声音，令现场寂静片刻，后生们耳朵竖得老高，心中却像灌了蜜。先是鼓掌，既而就骂："死赖贵，还当老板呢，不如光棍番贵，少单身不如老单身，现丑。"这一骂，罗赖贵就更慌张了，无奈结结巴巴往下唱——

   你、你的山歌唱得好 问你猫、猫公好多毛
   籼米蒸酒好多酒 糯米蒸酒好多糟

王秋叶笑答——

   莫嫌我山歌唱不好 一条猫公全是毛
   籼米蒸酒尽是酒 糯米蒸酒满缸泡

另一后生不服气，赶忙爬在山嘴上，生怕岸上的王秋叶听不清，放开喉咙唱——

   你唱山歌学得精 问你天上几多星
   问你阴间几多鬼 问你世上几多人

王秋叶答——

   我唱山歌冒学精 除了月光就是星
   除了阎王就是鬼 除了畜生就是人

看来后生们歌太少，沉默好一会儿，无人接唱，老将出场了。四爷拍拍手，紧紧身，又抿了口竹筒里自带的浓茶，昂起头，扯起粗

嗓门——

    什么东西单对单 什么东西双对双
    什么东西一身泡 什么东西溜溜光

王秋叶铜铃般一声嬉笑，十分投入地对唱——

    辣子生来单对单 绿豆生来双对双
    苦瓜生来一身泡 茄子生成溜溜光

……

  于书荣和王远高并排站在高处的一棵大樟树下，王远高指指点点，对于书荣说："这个王秋叶，真有两下，小嘴一张一合的样子活像她妈妈！"说着王远高就咧着厚唇"哈哈哈"地笑了。于书荣也在笑，但他是无声地笑，深沉地笑！他吞了吞口水，感觉眼前的王秋叶特别撩眼：黑亮的眸子像碧蓝水波，闪着光的披肩发，今天变成了马尾辫，发根处还扎着两圈闪亮的红头结。窈窕丰满的身姿，加上泉水叮咚般的声音，令于书荣回想起电影里那个百看不厌的刘三姐，王秋叶真的像当年刘三姐一样惹眼。可想而知她妈当初一定蛮漂亮。

  王远高笑着说："其实，村民发现王秋叶的妈妈张群芳歌唱得好是生产队那阵。我们寨里张群芳，是每年必被大队请去演戏的。她嗓子甜、音质好，往台上一站，亭亭玉立，腿是腿、腰是腰，那样子谁都爱看。张群芳爱唱爱跳，大概与她自幼爱好有关。她大我四岁，跟我是穿开裆裤一起长大的。记得念小学时排队上学的路上，总是张群芳领我们唱，每领唱一句歌词，未等张群芳落音，我们男孩只管张着大嘴仰着头乱喊！把本来好听的歌喊得跑调了。"

  哈哈哈哈，于书荣和王远高笑得前仰后合……

现在,沿河村村寨寨的赛船、赛队,在当地镇政府的统一安排下,已全部各就各位。赛船与普通客船不同的是,两头高高翘起,刻有龙头龙尾,船身又长又窄且统一用朱红颜色油漆,漆上有暗暗的花纹形似蛟龙。每条"蛟龙"坐十六名选手,另加一个领头指挥的人和一个鼓手。此刻"蛟龙"正在江面上蓄势待发,选手们精神抖擞,各自都舒展着健壮的身姿,比赛即将开始了!

上午十一点十八分,总指挥昂着头十分庄重地抬起嗓子喊"三、二、一,开始——"只见周围的观众紧张起来。"啪啪啦啦……"随着鞭炮响起,龙舟赛正式开始了!

选手们个个意气风发,斗志昂扬。头上、腰上各缠着一束红布,在朝阳的照射下熠熠生辉。他们紧握一片短桨,随着鼓声的节拍,声出桨落,边喊口令边齐划。一条条"蛟龙"如箭离弦,群起齐发,飞腾一般欲争群龙之首。此时,站在"龙头"的领头人,伸出两只捏着小令旗的手左右挥动,指挥着"蛟龙"行进。忽然一阵密集的鼓锣擂响,只见各个龙舟队的选手憋足了力气,使劲猛划,奋力冲刺。两岸击掌助阵,叫喊声、欢呼声在江面回荡。有的还把家中的锣鼓都拿出来,重重敲打助威,更有好事的年轻人把事先准备好的"连环响"鞭炮挂到树上点燃。一时间,呐喊声、锣鼓声、鞭炮声交汇一处,在河面上震耳欲聋。

这一回王秋叶看得特别入神,她奋力挤上前去,只见青年桨手们奋勇挥桨,动作整齐划一,壮实的肌肉随着动作一起一伏,额上布满的汗珠反射着太阳的光辉。击鼓的人更是异常兴奋,本就随着鼓声节拍摇头晃脑的,此刻纵身一跃,双槌齐下,恨不得把全身的力气都使上去,让人担心那鼓会不会被敲破。赛到紧张处,两只龙舟齐头并进,争先恐后,岸上的呼喊声一阵盖过一阵。而待到分出胜负,又是一阵的欢呼声夹杂几声懊丧、几声叹息。

接近中午,太阳光逐渐强烈起来。岸上的人们都禁不住太阳光的热情，有的在寻找阴凉的地方，有的就干脆转回家去吃午饭了。河面上的十几只龙舟也都靠岸休息。岸上早搭好了凉棚，摆上了酒席，看来青年桨手们还未尽兴，要在这热烈的阳光下再玩上几个来回，王秋叶实在有点佩服他们的热情了。

如今雷公寨的经济开始起步了，良好的自然环境吸引了众多的国内外投资者和本地打工者，一个新楼林立、各业发达的新农村景象，浮现在王秋叶眼前。她想，这些年雷公寨的变化和寨里人的艰苦努力是分不开的，是寨里人把赛龙舟的精神用到了经济建设上，你追我赶，奋勇向前，才有了今天骄人的业绩。

二十一

正当王秋叶心情格外激动地陶醉在这些年来寨里变化的幸福时刻时，罗小月的妈妈在王小桃的搀扶下，哭哭啼啼来到王秋叶家。小月妈一进王秋叶的屋就双腿下跪，哭得愈加厉害了。王秋叶忙把小月妈拉起急问："什么事这般急呀，婶子你快说！"

"出了大事啊！我女儿……"小月妈哽咽着没法说下去，只顾呜呜大哭。

"到底发生了什么事啊，婶子你快说呀！"王秋叶更急了。

王小桃接着说："秋叶姐，小月被骗了！"

"她能被谁骗呢？"王秋叶抬眼瞟着王小桃，那目光好像在催王小桃往下说。

王小桃脸蛋微红了一下说："香港男人！"

"香港男人为什么骗她呀？"

"网恋！"

"现在那香港男人在哪？"

"失踪了！"

"报案了吗？"

"报了，没用！"

"那找我有什么用？"

"救救小月姐啊！"

"小月现在在哪？"

"正在香港医院抢救，据说已经脱离生命危险！"

"这到底是怎么回事啊？"

"她已经被那男人骗得身无分文，想不开，跳楼了！"

"现在要我做什么？"

"医院来电，要我们去交钱或接人出院！"

王秋叶听王小桃这么一说，大吃一惊，蹙着眉长叹一声。王小桃听出了这"长叹一声"的含义，说："秋叶姐，别犯难！你就尽管发话吧，是让小月继续留在香港医治，还是接她回本地医院！我晓得现在她家一时拿不出钱，村里也一时拿不出钱，可她毕竟是寨里的受害者啊！所以不管哪种情况，我都和罗赖贵商量好了，住院的钱由我们工程队垫付。"

"好啦，接回本地！"王秋叶果断地说："接回本地一是能享受到新农村合作医疗优惠政策，二是照顾病人方便。"

原来，现年三十三岁的罗小月自从十七岁外出打工，被骗入魔掌逃离之后，为实现衣锦还乡报答父母的初衷，妄想嫁个有钱有势的男人撑撑寒门，让自己和家人在寨里有头有脸，不料四处碰壁终难如愿，仍孑然一身。父母犯急了。隔三岔五呢，电话里就会长一声、短一声，催她找个地方落个脚。可父母哪能理解呢，其实她比父母还着急，正为"落个脚"到处撒网，熟人恋不成恋生人，见面恋不成网上恋。七恋八恋最后网恋上了这位香港男人。香港男人网上财大气粗，潇洒过人，说他有车、有房、有钱，网约小月见面，小月如鱼得水要求那男人到她的住处相见。那香港男人长得个高肤白，模样出众，见面时不仅把一样样证件让小月核实，还一手甩给小月五千元。这让小月深信不疑，相见恨晚，感觉这男人不仅长得英俊，还诚实又大方，正是小月心中想要的那种男人，当天夜里就同居了。小月娇柔柔地问男人，往后他俩长居内地还是香港。那男人脱口而出居内地。小月就有些不高兴地说："居香港吧，那边政策活，好发展，好养老。"男人不悦地应许说："好吧，不过我正忙着一笔大生意，没时间在家陪你！"小月说："没关系，你不是说你有房子吗，我就在家安心为你服务，做个全职太太。"那男人说："行，有你这样的全职太太，我心满意足。"小月说："那你就安安心心做生意吧，我支持你！"

没多久，小月就搬居香港，搬到了男人的"家里"。开始一切顺当，日子过得很幸福，只不过男方那仅两室一厅一厨一卫，稍窄了一点，如果他们生儿育女后，再把她老爸老妈接过去养老，去帮他们照顾小孩，明显挤了点。然而那男人好像了解小月的心思，说等他做完这笔大生意有了钱，再买一套四室两厅就方便了，然后把小月的爸妈接过来享受享受，看看小孩、养养老该多好啊！小月听了这些说到她心坎上的话，内心就像灌了蜜似的直点头。不久，小月把自己内地原有的房子卖了，把存款全部取了给男人做生意。直到有一天房东来收房租，男人的电话拨不通，小月才如梦初醒，从她现住的三楼纵身一跳……

事发后，办案人员从罗小月睡房床头发现一份遗书，遗书是这样写的：

> 此时此刻我面对白纸，只字未动泪先流。我心爱的亲朋好友，当你们看到这封信时，我已经不在人世了，请别为我痛惜伤心。因为我是自酿苦酒自饮服，自作自受。我是个胸怀大志但最终失败的傻女子，我的人生虽经历了太多太多

的坎坎坷坷，但我不想在此提及这些坎坎坷坷。单说网恋害人，因为我就是被网恋害死的。所以我奉劝那些梦想通过网恋获取真爱，已陷入痛苦泥沼的善良的姐妹们，立马断了念想吧，千万别像我这样。

　　起初我是从跨越男女友谊，跨越一般网友感情开始的。我"跨越"的原因就是想找一个能懂我、关心体贴我、牵挂我的好网友做男友。可不知不觉中，我很快被男友的甜言蜜语和所谓的真情迷惑，便开始魂不守舍地牵挂着他。每回上网只为见他，每当看见他的QQ头像闪亮跳动的时候，我的心就会喜悦地跟着QQ的闪烁而快乐。而不见他的时候，这种喜悦就跑得无影无踪，就会情绪低落无所适从，就想知道他此刻在做什么？为什么没有上来？此刻是否也像我思念他那样思念着我？他对我的爱是真心的吗？尽管有时等得疲倦了、憔悴了，仍旧痴痴地想、傻傻地等，祈盼他的出现。哪怕只是只言片语的留言，也都会有莫名的感动和安慰。爱情就是如此，它来时你根本无从知道，而当你知道时已把你牢牢捕捉。当你为他心碎落泪的那一刻，当你为他失魂落魄的时候，你才知道什么叫防不胜防，才知道什么是爱的深渊。

　　说句心里话，我也希望能有一个既喜欢又关爱和呵护自己的男人，但没料到无论多么璀璨的情意，终有一天都会失去。现在才明白爱不是从男人嘴巴说出来的，爱是做出来的！爱是要用心去呵护、去感受的！一定要理智地对待感情，理智地看待男人。可是一切太晚，我已在毫无目标的人生路上迷茫痛苦得不能自救，这无度放纵换来的只是一死了之！

　　我真诚地奉劝善良的姐妹们果断放弃吧！放弃一切与你无缘的男人。聪明的女人懂得放弃，成熟的女人懂得超脱，理智的女人善于冷静地面对来自外界男人的各种诱惑！你们

>应该好好珍惜自己身边所拥有的一切，要学会把握幸福！因为幸福就在你身旁……

在村两委的关切下，罗小月由事发地香港某医院顺利转到了当地县人民医院。现初步诊断下体骨盆粉碎性开裂严重，有终身不育的可能，右脚两处骨折已确定终身残疾。每天几百上千元的医疗费，尽管小月母亲东借西拼仍难维持，最后实在没地方借了就抱着小月哭。好在村里早已为小月办理了农村合作医疗，大大降低了巨额医疗费。罗小月的病情刚刚稳定，实在没钱再住了，只好出院回家。村里决定由村医罗麻子观察治疗，每隔一段时间上县人民医院复查一次。

弄来弄去，村里又把这事弄到了罗麻子头上，罗麻子当然也有想法。他虽是祖传中医骨科，擅长跌打损伤，且有二十余年的临床经验了。特别是危难之中经历了几例像小月爸那样的腿足重伤治疗，让他更加丰富和完善了医技。然而虽然医技提高了，他自己赚钱却越来越少了。现在又把这么大的事弄到他头上，不是照顾他生意，反而增加了他的负担。这个鬼穷寨子呢，赔本的生意就送上门了，村里又没把他罗麻子当成贫困户，左一次分救济钱，右一次送温暖，都轮不上他罗麻子的份儿。四十好几仍没谁为他提过伴儿，而有了困难却好像是他罗麻子应该帮的。就说小月家的事吧，小月爸的腿让他精心治疗一年半，七打八扣欠下一万八千元治疗费，拖来拖去，拖到如今还有点尾数没计较了。表面看来这是他从医以来赚得最多的一笔钱，然而实际上他没赚一分钱，顶多算是弄回点材料费、药水钱和微薄的工钱。而现在小月又来了，钱是没得赚，可责任推不脱。小月伤的是右腿，罗麻子记得小月爸伤的也是右腿，罗麻子把眼前两条右腿作比较，只不过一男一女，一老一少，一砸一摔，一重一轻而已。不过有了上回治腿的经验，他这回算是有了点底气。其实也不是什么底气不底气，是没办法的事。寨子里有钱的人生病，大都直接往镇卫生院或更大的医院送钱去了。而来罗麻子这儿投医问药的,大都是些看不起病的穷光蛋。憨厚得不能再憨厚的罗麻子给这些人治病,辛辛苦苦丢了工钱事小,常常连药水钱都收不上,有时患者叫苦连天,把几个鸡蛋或两桶苞米送到罗麻子手上,罗麻子两片厚唇紧紧一闭,勉强点一下头,算是结清了医疗费。现在又碰上罗小月,罗麻子认为是前世欠她家的今世还,每每这样一想,罗麻子嘴一闭头一低,认命。

罗麻子认命,罗小月也认命。她本想一死了之,可阎王偏偏不让她去。现在她长年累月地仰躺在床,背上的皮躺烂了一层又一层。一个活生生尚未出嫁的女子,身边连个说话的人都没有,是多么痛苦啊!实在是生不如死。无奈时只得把自己这辈子受的罪、造的孽回忆了一遍又一遍。

记得十七年前,因为要出远门,她和王小桃一起去镇上买时髦衣裤,王小桃买的是红呢子外套,下身是藏青色裤子,剪裁得体,细腰突现,胸脯高高地耸起,头发用皮筋绑起来,长眉粉鼻,好看得很。把天天见面的她都看呆了,于是她就无比羡慕地说:"王小桃你这身打扮,真是漂亮极了,就像天上的仙女一样!"王小桃就笑着举拳打罗小月,一边打一边说:"我哪有月姐漂亮啊,月姐穿什么都像仙女!"罗小月也换上了红呢子外套,一条白色的长裤,站在长镜前,只见镜里立刻出现了一个美人——大大的眼睛,浓黑的睫毛,尖尖的下巴,再加上修长的双腿,匀称的臀腰和紧身的衣服,简直把罗小月健美的身材映衬得比罗小月还罗小月。王小桃说:"月姐平日不见你显摆,没想到你的胸脯比我的还高!"罗小月羞红着脸说:"你个小妮子,快莫乱说,你不害羞我害羞!"罗小月说完脸红得像映山红似的鲜艳欲滴。卖衣服的老板娘说:"都不要说了,你们两个都是美女,都像山里怒放的映山红一样鲜亮。"

那年刚过完年,寨里人就陆陆续续出门"纳财"了。寨里人习惯把新春头一回出远门或干农活叫"纳财",为的是新年无论干什么都有个好兆头。罗小月和王小桃穿着自己认为最好看的衣裤，袋子里放着邓大嫂的电话号码。出门纳财的那天上午，村口聚集了很多送别的亲人，小月妈和小桃妈早已泪眼婆娑。可王小桃没有哭出来，罗小月却呜呜哭了。想着自己第一次背井离乡离别父母，那泪水夹杂难过和不舍。同时心里有着某种期待，而这种期待模模糊糊，无法言表。

年后出门纳财的人实在太多，火车站乱哄哄的人挤人，挤得连个落脚的地方都没有。罗小月和王小桃从未见过这种场面，她俩买的是晚上九点二十分的车票，可她们下午四点半就到了火车站，等啊等，远方突然传来"呜呜"鸣笛，郴州至广州的火车终于缓缓进站，小月和小桃忽然两眼放光，喜得满脸开花。可是车停稳好一会儿，迟迟不见开车门。怎么办呢？正当她俩彷徨之际，一个身穿正装的年轻人打开了厕所的窗子，朝她俩笑了笑并向她们招手。她们像见到救星似的把手伸向他，穿正装的男人先把罗小月拉了上去，又一把把王小桃拖了上去。罗小月惬意地对王小桃说："还是好人多呀！要不然，我们不知何时才能上车呢！"是啊！这样好的人她们还是第一次碰上呢！虽然车上挤得人叠人，但她们还是很得意，庆幸自己遇上了贵人。尽管一个厕所和那条弄子已挤了十几个人，但谁都不埋怨，因为实在是难得上车。

然而，此刻男子开口了："郴州上车的人每人交五十块钱啊！快点！"

"我有车票，大哥！"罗小月掏出票给他看。

"别废话，我哪有空闲看你的票啊！要是我不拉你，你一个礼拜你都别想上来！"她们诧异极了，一张车票才四十多块钱，他这样拉一下就要这么多。

"交钱！快交钱！每人五十块！"那边又过来三个年轻人。

"我没有钱，我已经两天没吃东西了。可怜可怜我吧！"一个十多岁的乡下妹子说。

"啪啪"两个耳光落在妹子的脸上:"他妈的,想吃我?我吃谁去?"那个年轻人叫道。王小桃反应比罗小月快,立即递给他们一百块。其他人见此情景,争先恐后地将钱拱手送给他们。挨打的妹子伤心地抽泣着,牙一咬,颤抖着粗黑的双手伸进内衣摸出五十块……罗小月数了一下,被他们拉上来十八个人,收钱的过程前后不到十分钟。

在火车上摇摇晃晃六七个小时,罗小月脚都站肿了,王小桃也好不到哪里去。然而,头一回亲临大城市的罗小月和王小桃,仿佛亲临世外桃源,她们目不暇接地贪婪着高楼大厦和车水马龙的街巷。王小桃说:"月姐,你看对面那楼啊!差不多和我们屋后的山一样高!你数数有多少层啊!"此刻她俩完全忘了脚痛。罗小月说:"别数了,赶紧去给邓大嫂打电话吧。"说着她们就在广场边找到一个报刊亭,罗小月拿出纸条对照着拨了邓大嫂的手机号码三次,电话响了许久没人接,那店老板伸手大声说:"给钱,你打了二十分钟共五十块钱。"罗小月顿时呆了,解释说:"我打的电话没有人接啊!"那老板满脸横肉,恶声恶气道:"你个野丫头,哪那么多的理由啊,叫你给钱就给钱。"罗小月哪里受过这样的委屈,眼泪吧嗒地往下掉,那人见状,更是恶狠狠地说:"给钱,在广东没人会可怜你的眼泪。"此刻王小桃忽然想起火车上那男人打女人耳光的情景,吓得不敢吭声了。记得父母常挂嘴上的那句话:在家千日好,出外半时难。现在她们算是真正遇到了父母所说的"难"。没办法,还得等邓大嫂回话呢。王小桃只好从口袋里摸出五十块,恋恋不舍地递给了那老板。她俩又等了大约一个小时,仍没见有电话打过来。此刻肚子不安分地"咕噜咕噜"叫,她俩才想起已有十多个小时没吃东西了。罗小月就不耐烦地推了推王小桃说:"把包拿过来,先吃两个馍馍吧!"王小桃一摸身后却"哇"的一声惊叫,原来她没有摸到包,于是赶紧起身来找,地下空空如也,哪里还有包的影子。罗小月说:"我不是叫你看好包吗,现在怎么办,钱全缝在包的内衬里面,这可怎么办啊!"王小桃忍不住潸然泪下,一边哭一边说："在我们寨子里，就是把包放在门外一夜也没有人偷，这地方怎么这么多的贼啊，这些挨千刀的，不得好死啊！这下真的把我俩逼上绝路了，苍天啊，开开眼，可怜可怜我们吧……"

王小桃的哭声被喧嚣的人群所掩盖，路人行色匆匆，没有一个人注意王小桃的哭泣声。恍惚中好像有个男人站在身旁，她俩没在意，唯有等邓大嫂的电话过来，又等了三个多小时没见电话，她们的心就一点点沉下去了，连最后一点希望也破灭了。

王小桃抓住罗小月的胳膊说："月姐，怎么办啊？""怎么办，这个时候我哪里还有办法，只能听天由命了啊！"肚子被饿得完全没有饿的感觉了，现在已经过了正午，要是在家里早就吃中午饭了，可她们现在连早餐都没吃呢。她们把所有的口袋都翻出来，并没有找到一个子儿，小月说："我们只有饿死算了。"此刻，旁边站着的那个男人好像摸透了她俩的心思，用熟练的湖南话关切地问道："老乡，你们是湖南哪个地方的？"听到了乡音，罗小月赶紧答道："我俩是湖南郴州的，在这里包被人偷了，打了熟人电话也没见回复，真不知道怎么办呢！"那个男人长得挺顺眼的，看起来像个好人，她俩就竹筒倒豆子般地把她们一路上的遭遇全说了。那男人就竖起双耳，两眼一眨不眨的，脸色随她俩讲述的变化而变化，听着听着就兄妹般同情说："真是太可怜了啊，谁叫我们是老乡呢！我也是郴州的，看在老乡份儿上，我无论如何都得帮你们一把！这一块我很熟，如果不嫌工资低，先请你们去吃个饭，再送你们去我们老乡厂里做事吧！"罗小月和王小桃听老乡男人这么一说，仿佛穷苦人见到了神灯，千恩万谢地跟他走了。

在路上，这个好心的老乡告诉她们，他叫雷喜志，让她们往后叫他喜哥就行了。现在喜哥带她们到了一家湘菜馆，点了满桌的家乡菜，有水煮鱼，有回锅肉……罗小月和王小桃受宠若惊，根本不敢动筷子，虽然肚子已经"咕咕"地叫了好几回。喜哥见她俩吞吞口水，小嘴嚅动的那样子，既可爱又可怜，就大大方方地说："老乡，别客气，我晓得你们太饿了，先吃点饭菜垫底再喝点酒吧！乡里乡亲的不要怕，在外面湖南老乡就是一家人，向来抱得很紧（很团结）！一回生二回熟嘛，互帮互助！往后你们就知道了！"见喜哥这么和悦大度，罗小月和王小桃的心才平静下来，端起碗"咕咚咕咚"大口大口地吃了起来。喜哥心里一喜，顺势要了三瓶啤酒，热热情情地给她们一人筛上一杯！可她们从来没有喝过酒，也不敢喝酒。喜哥就堆了满脸的笑说："小妹，难得我们这么有缘，放心吧，喜哥不会灌醉你们，哪怕喝一杯啊，你们不喝就是不给喜哥面子啊！"罗小月和王小桃本来就木讷，在山寨里从没见过这种场面，因此无话可说，只好端起酒杯喝了起来。可喜哥一不做二不休，见她们一喝完又给她们满上，又是一个劲地叫她们喝下，直到罗小月和王小桃喝得头昏脑涨，脸蛋比鸡冠还红，比涂了胭脂还好看。他们吃完饭天已经黑了。她俩恍恍惚惚，觉得广东的夜没有虫鸣声，没有蛙叫鸟鸣，只有灯红酒绿、歌舞升平，还有嘈杂的人流和车流声。怪不得都说城里夜景美，这大概就是城市和农村夜晚的区别吧。喜哥说："吃饱了，喝足了，我马上带你们进厂去！"说着喜哥就拉着她们上了一辆小面包车，这时她俩已经喝得醉乎乎的，迷迷糊糊睡在车上，蒙眬中只觉得小车摇摇晃晃穿过嘈杂的街市，往黑暗的郊区奔驰。

　　当罗小月醒来时，发现她俩躺在一间充满霉味的小黑屋里，而那位热情"帮助"她们的喜哥却早已不见了，只听见屋外有几个男人在闹哄哄地喝酒划拳，顿时罗小月感到恐惧，大声叫着王小桃。王小桃睡得很沉没叫醒，门突然开了，闯进来四个赤裸上身的男人，罗小月惊恐得大叫："你们要干什么，喜哥呢？我老乡呢？你们是谁？"一个"红毛"走过来给了罗小月一巴掌，凶巴巴地说："不要叫，你喜哥把你们俩卖给我们了，每人五千块！现在你俩是我们的人了，请乖顺点好吗？再叫弄死你们！"这一巴掌打得罗小月晕头转向，罗小月这才发现她们上当了，原来她们在饭店喝的啤酒下了药。于是罗小月大声呼喊:"救命啊,救命啊!"她边喊边往门口冲去,却被站在门边的"短平头"拳打脚踢,凶狠地骂道:"叫你跑,敢跑,老子打断你的腿!"

罗小月顿觉全身火辣辣地痛,一个高个找来绳子把她绑了起来,嘴巴也用胶纸封起来了。"短平头"说:"先玩这个,给她来个下马威吧!"那群恶魔就扑向了罗小月,疯狂地撕扯她的衣裤,她痛晕过去了……此刻王小桃也被吓傻了,不敢吭声。在接下来的几天里,那几个人每天只给她们吃两包方便面。有一天一个男人跟她们讲:"今晚去陪两位老板,只要你们帮我们赚够了五千块钱,我们就很快放你们走!"罗小月再也不相信他们的话了,大声喊道:"我不去,打死我都不去!"那"短平头"说:"你想死是吧,我成全你!"说完就一脚踢过来,然后抓住罗小月的头发提起来,猛抽两耳光,一顿拳打脚踢,痛到罗小月骨髓里面去了。王小桃就跪在地上不断地求饶,也惹来一顿拳打脚踢,罗小月身上的肉仿佛被一刀一刀地割开,痛得晕死过去了。蒙眬中罗小月听到王小桃说:"你们别打了,她会死的,我宁愿什么都听你们的,只求你们别打她了!"罗小月张嘴想阻止王小桃,却无力说出话来。王小桃无奈跟他们走了……

罗小月一个人躺在血泊里,月光从小小窗户里照进来,就像家乡小屋的月光一样,罗小月想起妈妈,想起了弟弟、妹妹,想起了可怜的爸爸。好想他们来救她,屈辱的眼泪一次又一次流,心里大声喊"妈妈你在哪里!"王小桃第二天天亮的时候被送回来了,目光呆滞,蓬头垢面,眼角留着泪痕,一进门就抱着罗小月哭,边哭边说:"月姐,他们折磨我一个晚上,我好想死啊!""你怎么样啊,没事吧!"罗小月紧紧地抱着小桃哽咽着说:"我没事,我没事!"

那群人给她们买来了很多菜和各种鸡、鸭、鱼肉。然后说这样才乖、才听话啊,只要你们听话,包你们过上好日子!然而她们一口也吃不下,心里在滴血。王小桃一遍又一遍地洗澡,她每天夜里都会被他们接出去，直到早上才送回来，王小桃每天回来第一件事就是抱着罗小月哭，一边哭一边说："月姐我实在受不了，一晚上要接客五六次，他们有的打我，有的用烟头烫我！"罗小月只能抱着王小桃默默地流泪。

罗小月身上的伤渐渐地好了，那天王小桃来红了，他们硬要拉王小桃出去，王小桃不去他们就打她。罗小月跑过去护着王小桃说："你们不要打了，我去，我替小桃去。"他们这才停了手，淫笑着说："那就好，要是早这么聪明，不就什么事都没有了！"他们给罗小月打扮了一番，用海绵蘸了鸽子的血，塞入罗小月的下体，告诫罗小月，等下要装得很痛的样子，千万不要让那人看出来了。罗小月就像一个木偶一样任他们摆布。他们把罗小月送到了一个叫"小红"的发廊，她躺在那间小屋里，粉红色的灯光照着她的脸。罗小月心中一阵惶恐，比小时候母亲打在她身上还要诚惶诚恐。这不仅仅是羞怯，更多的是挥之不去的噩梦啊！

门开了，进来了一个六十来岁，皮肤松弛的老年人，一进来就迫不及待地趴在小月身上，欲啃小月的嘴。可他满身酒气夹杂着大蒜味，熏得小月晕头转向，她努力把头偏过去，但马上又被他扶正。事后，那男人看着床单上的血迹，心满意足地对着她说："三千块钱值了，这么鲜嫩漂亮的小妹仔！"而罗小月躺在床上就像具死尸一样，对周围的一切都没了感觉……

二十二

由省旅游公司牵头开发的雷公寨拼布绣和旅游项目，已全部落实到位。通过严格的招标投标程序，雷公寨村容村貌整体设计相关项目，包括旧房改造、自来水安装、拼布绣学校、村幼儿园和文体广场等工程的建设，全部由新农村建设指定单位——盛达工程公司负责承建。因为盛达工程公司是一个法定经营手续齐全、经济实力强、技术力量雄厚，有着二十余年乡村建设经验的值得信赖的公司。而当盛达工程公司搬来部分工程施工设备，搭建好临时工棚，准备全面动工时，一夜之间工棚就像被狂风翻倒在地，一片狼藉。此事被村两委安排负责联系和服务工程队的肖小铜和王小勇早起巡查时发现后，立刻报告了刚从外地参观学习回来，正召集村两委开会，传达有关精神的于书荣。于书荣当即举起手机向镇政府和派出所报了案。此刻，罗赖奎带一伙儿人正欲闯进会场，在门外听见于书荣高调报案愤怒的声音时，罗赖奎耐不住一脚踢开了门，不打自招，阴阳怪气地说："我们的于大书记啊，求你们别找政府，别找公安啦！有事就找我们吧！昨晚既没风又没雨，工棚是我们弄翻的！现在我们来投案自首啦！"站在罗赖奎身后的罗番贵等四人同声附和着："是啊，现在我们来投案自首，有事找我们！"

于书荣竖起眼眉严肃地说："谁让你们干的？"

罗赖奎死皮赖脸地说："是我们自己愿意干的呀！"

于书荣不解地说："你们为什么要这样干？"

"嘿嘿，其实也不为什么！"罗赖奎嬉皮笑脸地说："只不过你们把塘里的鱼扔到了江里，反把江里的鱼捉到塘里来了，不分内外！"

"你什么意思啊你，别阴阳怪气的，有话直说吧！"

"于书记，赖奎哥可不是阴阳怪气呢，他的意思是说寨子里的扶贫工程给外人包了，自己人却不让包！"其中一个人替罗赖奎解释。

"谁是自己人啊，谁不让他包啊！"于书荣有些生气了。

"罗赖贵呀，是村里不让他包啊！"罗赖奎突然鼓起两眼怒瞪于书荣。

于书荣强压住火气解释说："我知道罗赖贵是本村民，同样有资格竞标，我们也让他参与了投标，但在竞争中他的经济和技术实力都远远赶不上别的工程队，因此失利了。"

"人家赖贵在城里几百、上千万的高楼大厦都拉得下，轮到乡下这点小工程会没实力吗？分明是村里对他有成见！"

"你说村里对赖贵有何成见？"

"他从前辞退过村里的民工啊！"

"从前归从前，一码归一码。辞退民工的事与此次竞标无关！"

"村里免费租他的房子做学校，总算有关吧！"

"他支持村里的工作是好样的，但作为有条件的村民也应该！"

"他支持村里的工作应该，村里就不应该支持他、照顾他吗？"

"搞工程是百年大计，靠信用、靠实力，与平常一般的支持和照顾无关！"

"好吧，这无关那无关，我不管，反正这个工程队往后会有些麻烦！弟兄们跟我走！"罗赖奎说着手一挥，脚一跺，领着那帮人气冲冲走了。

于书荣昂起头，用手指着罗赖奎的背大吼："你敢，你们破坏工棚的事，非追查到底不可！"

刚从外地参观学习回来的于书荣，又带来了好多新精神、新经验。外地的好经验、好做法和精准脱贫成果让于书荣大开眼界，充满信心。他准备立马召开村两委会议，在传达新精神、新经验的同时，因地制宜研究起草《成立雷公寨村农业合作社》和《可视化生态农业项目》两个方案，并迅速在全村推广。然而，会前又突然遇到建设工地的突发事件，会场也让罗赖奎一伙儿搅得稀烂。于书荣只好把会议的中心议题转移到建设工地上。

于书荣长叹一口气说："好吧，今天的会议主题就研究一下建设工地上的事吧，一定要对罗赖奎等人破坏工棚事件作出严肃处理。先请各位谈谈对工程承包的看法和事件处理意见。"

王远高点燃"相思鸟",随着浓浓烟雾,他低头"咣当咣当"愤愤地吐了一口痰说:"寨子里的扶贫工程项目承包,已经做到了公开、公平、公正,合理、合法,没二话可说。盛达工程公司进驻雷公寨是履行承包合同的合法行为。至于罗赖奎等人故意干扰项目承包,破坏工地设施,理当从严处理。我的意见:一是把案情尽快上报镇政府和派出所;二是强制罗赖奎写出深刻书面检讨张贴全村,赔偿工程队的一切损失。"

王秋叶说:"我同意王支书的意见。罗赖奎做得实在太过分,干扰扶贫项目,影响了寨里对外形象,造成了不必要的损失。工程才刚开始呢,人家连个安全感都没有,怎么能安心在这儿做工程呢!"

罗广金说:"我有个不同意见,不知该不该说。"

于书荣说:"你说吧,相同和不同的意见都可以说!"

罗广金接着说:"罗赖贵为什么没包上寨里的扶贫工程,作为村干部我至今不理解。当然从表面程序上看,做到了公平、公正、公开。当时于书记要我做罗赖贵的工作,我还是做了,罗赖贵表面也服气。但罗赖奎这回为什么会做出这种事来,为什么敢做这种事,我看问题就有点复杂了。"

于书荣说:"那你的意思是……"

罗广金有意瞧了一眼坐在斜对面的郝小柳,继续说:"我的意思是对罗赖奎处分不能过重,做到矛盾不上交,问题不出村,在村内批评教育化解矛盾就行,没必要上报镇里公安和赔什么损失了。因为这事根源不在罗赖奎,而且事情越闹大就越复杂,越复杂矛盾就越尖锐,越尖锐就越麻烦,谁都晓得赖奎是个玩命的人,最好别把他逼急了。"

郝小柳蔑视地瞟了罗广金一眼说:"我不同意广金哥的意见,没谁比我更了解赖奎了。我觉得他这种人不能容忍,比如说在夫妻感情方面,我一次又一次地忍让他,宽恕他,可他不但不悔改,反而变本加厉把情妇带到家里来了。这事谁也不怪，只怪我自己没本事太软弱。现在我终于明白，这种人忍让不得，宽恕不得，唯有从重从严处理，才能让他认识错误。"郝小柳说着眼圈就红湿了，泪水就在红湿的眼皮下闪动着。

于书荣最后说："好啦，少数服从多数。综合大家的意见，罗赖奎等人强行干扰扶贫项目，破坏扶贫工程建设设施，造成了不良影响和损失。为了保证扶贫工作顺利开展，扶贫项目顺利开工，教育全体村民，我认为对罗赖奎等人无视法纪的暴劣行为，应从重从严处理。一是把案情尽快以书面的形式上报镇政府和派出所；二是责成罗赖奎等人写出深刻书面检讨张贴全村，并赔偿因破坏而造成工程队的经济损失。

"目前正是脱贫攻坚时期，要办的事情太多太多，为了提高效率，多而不乱，现在我来大体安排一下村里目前的工作：远高支书和秋叶主任以主要精力督促几个同时开工的工程项目，果断处理好工地突发事件，按合同要求保质保量抓好每一天工程进度。广金秘书主要是完善扶贫建档及相关资料汇总上报，并尽快把罗赖奎事件处理意见梳理成文，以村两委的名义下文上报。郝小柳则多关心村中老妇幼残情况，特别是罗小月那儿……我明天市里有个紧急会，会后可能还要培训两天，学习有关农业供给侧结构性改革和可视化生态农业管理，村里的事就拜托各位！散会。"

罗小月的腿伤比她父亲的腿伤要严重得多，定期赴县医院复查和买贵重药品，开支要大得多。好在寨子里办起了拼布绣公司，罗小月父亲和母亲都在村里的拼布绣公司上班。母亲每月能弄个千把两千，父亲虽瘸了条，腿脑笨手粗的也能弄个千儿八百（初学，腿痛不能久坐）。农历四月初八那天，罗麻子照例去给罗小月打针换药，小月父母照例上班去了。罗麻子弯下腰正要给小月大腿换药时，小月忽然问罗麻子今天是什么日子，罗麻子抬起头眨眨眼，张着厚嘴唇摇摇头，意思是说记不清了。小月说:"今天是四月初八呀,我的生日呢!罗哥你不庆贺庆贺吗?"罗麻子赶紧说"庆贺庆贺,祝你生日快乐!祝你明年过生日能站起来跳生日舞!"罗麻子顺口说了句连自己都没在意的吉利话,没料到把罗小月感动得流出了泪水。可罗麻子没发现罗小月流出了泪水,只是全神贯注瞪着小月的大腿,慢慢解开大腿上的旧药带。小月的右腿骨伤两处,一处在大腿根部,一处在膝盖下。膝盖下治疗还好办,医院当时的接骨手术非常成功。而大腿根部的治疗就有些麻烦了。罗小月的大腿虽采用了骨折钢板内固定术,但因疗效不佳,随后还是选择了中医接骨续疗方案。通过外敷药加速骨痂生长,防止骨不连的情况出现。这样就可以通过外敷中药治疗,直接作用于患处。而使用这种方案,男医生治女患者有些尴尬,特别是尚未结婚的罗麻子去治同样没结婚的罗小月,就显得更尴尬了。

此刻,罗麻子先慢慢拆下罗小月大腿根部外敷的旧药,然后仔细洗净患处再上新药。洗过大腿后要在患处周边轻轻按摩一会儿,才能敷上新药,说是可以增进大腿功能锻炼,帮助通筋活血消肿。这一点,罗小月也曾听大医院的医生说过,她完全能在理解中配合,配合中理解。她觉得医生有职业素养,按摩起来有医技和分寸。更重要的是,她有种被亲人深切关爱的幸福感。这是她从来没有过的。

此时此刻罗麻子偏偏问小月感觉如何?这句医生对病人常用的话,倒把小月问得脸上泛起了红晕。小月心想,罗哥给按摩得很舒服,多亏了罗哥,可她在心里说话罗麻子听不到,罗麻子就想看她脸上的反应,只见她眼微闭,小嘴在微笑,样子怪撩人的。当罗麻子抬头想认认真真地瞧她的脸时,她忽然眼一睁,正好与罗麻子的目光一碰,这一碰,倒把罗麻子"碰"得满脸热辣辣的,麻子都红了。罗麻子赶紧把热辣辣的目光移向患处,他觉得这才是安全地带,这才是他该看的地方。

罗麻子心不在焉地按着,呼吸就加粗了,他吞吞口水不敢吱声,不敢再抬头，怕"碰"到那目光，只是本本分分对着患处微微点头，算是对那目光的回应。而小月把目光这样一碰，反倒"碰"出了精神，"碰"出了感觉，这种感觉不仅仅在腿上，还在心上，在全身。罗麻子仿佛在疗她的腿，又仿佛在疗她的心，弄得她心痒痒的。她忍不住说："罗大哥啊，我想给你讲一个关于我出生的故事可以吗？"罗麻子两片厚唇往嘴角一拉，只是友好地轻轻点点头仍没吱声。小月就两腿轻轻慢慢地伸了一下，开始讲故事了。她说："农历四月初八是浴佛节，传说是佛祖释迦牟尼诞生的日子。这一天出生的人，和其他时间出生的人一样，只是出生时间不同而已。周围有好几个这天出生的人，没见他们哪里与众不同。和他们谈起，他们也没有什么感觉。他们也不知道这天出生有什么说法。如果一定要有个说法，就是和佛祖同一天的生日。我认为自己之所以大难不死，就因为出生在这一天有佛祖保佑，我很幸运地活……

"不好啦，工地打架啦！罗赖奎把基建民工打出血啦，罗医生快去包扎一下！"一阵急促的声音打断了小月讲故事。来人是肖小铜，他跑得上气不接下气，没等罗麻子和罗小月反应过来，肖小铜就把罗麻子的药箱背走了，罗麻子只得急匆匆跟随。

被打的民工是盛大工程公司申老板的侄儿。申老板忙于出差采购和洽谈业务，就把工地上的事交给了侄儿申强。可没等申老板离开两天，工地就出事了，管电员罗赖奎大白天把工地的电停了，理由是施工方必须向罗赖奎交两万元安全用电和工程保护费。见多识广的申强赶紧买了两千多块钱礼品送到罗赖奎家，好说歹说求罗赖奎送电。而正和几个同伙喝着酒、划着拳的罗赖奎，已喝得脸上有点鸡冠红了，罗赖奎粗鲁地揩了一下嘴角放光的油腻，打了个冷笑说："送电可以！钱呢？"申强弓着腰，谦虚地递上一支"大中华"赔笑道："不过现在搞工程越来越难赚钱，我们在外搞工程人生地不熟，很多地方做得不够，求求罗老大高抬贵手吧！工程赚了钱我们会感谢你的！"

"别多嘴，我这几位兄弟都是认钱不认人的，实话告诉你，钱不到位，电不送！看你一个外地牯有多大本事！"罗赖奎仰头喝完了半杯酒，把酒杯往桌上重重一放，眼珠一瞪："你还不拿钱去，讨打啦！"吓得申强颤动着双手轻轻把礼品放到门口地上，慌忙夺门而出，求助村两委去了。

见申强狼狈不堪的样子，酒桌间面面相觑哄然一笑，各自竖起大拇指说："还是老大厉害，真厉害！"赞声中的罗赖奎忙离开桌子，从门边拾起刚送上的礼品提袋打开一看，回到桌边得意忘形地说："好家伙！来，每人给一包'大中华'，有福同享，有难同当嘛！"紧接着，已喝得半醉的罗赖奎又欣喜地打开了"五粮液"瓶盖……

于书荣已外出开会，在家的王远高和王秋叶一同找到罗赖奎打招呼，敲警钟，并对其敲诈行为进行严厉批评。谁料这招呼一打，这警钟一敲，反而把尚没得到钱而压着一肚子火的罗赖奎激怒了。被激怒的罗赖奎不分青红皂白，立刻召集同伙冲到工程队食堂，把锅、盆、碗、瓢横甩竖砸，叫嚣外地的工程队快滚回去，别给雷公寨添麻烦。工程队领头的申强出来阻止，被罗赖奎一伙儿乱拳打得七窍流血……

罗赖奎一伙儿进了派出所，寨子里一时安定下来，村民却像卸下了沉重的包袱似的忽然变得神情舒爽、内心狂喜。感觉这回扶贫是动真的、来硬的了，这回他们离真正脱贫的日子不远了。为什么呢，因为这回上头把罗赖奎一伙儿给震慑住了，村泰民安了。要是从前呢，谁家想在家门前搞点致富门路，都得点头哈腰在罗赖奎面前费口舌，口是心非说好话，以求得他们的同意与支持。甚至谁家有了红白喜事，都得提前十天半月优先恭请，谁家杀猪打狗了都得请他们喝上两杯事情才会顺当。王秋叶小卖部有关罗赖奎一伙儿赊下的烟酒钱，要不是王秋叶当了村主任，要不是把罗赖奎一伙儿弄进派出所，这些赊账恐怕猴年马月才能清底。从来没这样轻松过的田寡妇带着她的宝贝残儿，在寨里拼布绣公司学拼布刚回家，残儿感觉很辛苦，直接钻里屋睡觉去了。田寡妇疼爱地说了句："乖儿，吃了饭再睡吧！"就虚掩着房门有上句没下句地哼着花鼓调《刘海砍樵》做起了夜饭。她想做一碗自己特别喜欢的鲜活泥鳅陪残儿喝一杯，可当田寡妇动情地把茶油从光滑而古旧的瓦油罐里筛到刚洗的锅底时，锅底的茶油却忽然"嗤嗤嗤"爆响着在锅底翻动起来。原来是刚洗过的锅底还残留着生水，生水和茶油在滚热的锅底相遇，才会发出这种嗤爆声。此刻屋门也"嘎吱"一声开了。田寡妇一手捏着乌黑的瓦油罐，一手握着锅铲，歪斜着身子朝门边瞧了瞧，进来的却是穿着整洁的罗番贵。

　　罗番贵热辣的目光与田寡妇温柔的目光近距离迎面一碰，见对方像是有意地穿戴整洁，田寡妇羞涩似的把脸背过去，片刻又把脸扭过来，惊讶地问："你怎么这么快就出来啦？"

　　罗番贵扯扯衣领，拍拍本来就没灰的袖筒不解地反问："什么这么快就出来了啊？你什么意思啊？"

　　田寡妇又"嗤"的一声把一大碗活泥鳅放下了锅，泥鳅拼命在红油中翻动着身子："你别以为我没看见就装聋作哑啊！派出所真的那般自由！"说着，正在锅底拼命蹦跳的泥鳅把一滴热油溅到田寡妇的眼角上，田寡妇"哎哟"一声放下锅铲，一只手仍捏着油罐，另一只手捂着眼睛。罗番贵赶紧熄了锅底的火，扶她坐在桌子边的长松板凳上，快手快脚打了盆清水帮她洗眼睛。

　　田寡妇说："我没事，快说说你为什么要从派出所逃出来？"

　　罗番贵说："我没去派出所啊！"

　　"还装模作样啊，晓得吗？听说这回上头动真格了，你和赖奎他们就成了这锅底的泥鳅！"

　　"可我真的没去派出所啊！"

　　"那你到哪去了？"

　　"我上二舅家去了，二舅六十大寿！所以我没参与昨天的工地事件。"

"喔，让你瞎撞了个黄道吉日，躲过了灾难是吧！"

"什么灾难不灾难啊，老子就是在家也不愿和赖奎干那事！"罗番贵胸脯一拍，顺势挨着田寡妇的身子坐下。

"你敢不愿？"

"我敢！"

"看赖奎不揍死你！"

"老子不揍他才怪呢！"

"你别不知天高地厚，打肿脸充胖子好吧！就算赖奎不揍你，起码会怨你、恨你呢！"

"那我不怕，我不怨他、恨他才怪呢！"

"同穿一条裤子的人，你怨他、恨他干吗？"

"我怨他把我介绍给你！"

"给你介绍老婆是好事，是帮你呀！"

"帮个鬼啊，该帮的没帮，不该帮的却帮了！"

"那你说说什么是该帮的没帮？"

"既然把我介绍给你，就得帮我把你娶回家呀！"

"不该帮的却帮了呢？"

"他不该帮我睡你！"

田寡妇瞥了罗番贵一眼，脸上泛起了红晕："别说人家，你自己呢？"

"我睡你是想娶你，他呢，有家有室的，像什么话！"

"你们这些男人还顾什么家不家，像不像话！猪狗不如！"田寡妇生气了。

"哎呀，田妹你别生气，有话好说有话好说！"罗番贵说着就一把抱住了田寡妇，来不及防备的田寡妇把脸扭向一边低声说："别这样，残儿还在里屋等饭吃呢，我得赶紧炒菜去，一会儿我陪你好好吃一顿泥鳅行吧！"……

二十三

让人意想不到的是，只在乱石镇派出所关了一夜，罗赖奎一伙儿神奇般地被放出来了，而罗番贵却神秘地被"请"进了派出所。寨里人在莫名其妙的惊恐中回过神来什么都没说，好像什么都不明白，什么都搞不懂，又好像什么都明白，什么都弄懂了。他们刚把压抑的心变得轻松，现在又重新压抑起来，如同刚卸下的包袱又重新背起。但他们觉得这种事情发生在雷公寨，发生在罗赖奎身上，实在是太正常了，他们早已适应了这种正常，习惯了这种正常。这一点，在田寡妇那儿体现得更为具体全面。因为在没卸下压抑的包袱之前，全寨田寡妇家早晨开门最迟，夜里关门最早。早上别人背上家伙到田野山岗干活了，田寡妇才提心吊胆地慢慢开门。夜里她要把门关得严严实实的才敢安心做夜饭、吃夜饭。半夜无论谁叫喊、谁敲门，一概不应答、不开门。白日里哪怕出门一时半刻，她同样小心翼翼地在门上加把锁。这些举动在外人看来像特殊时期的特别防范，但在雷公寨，特别是在田寡妇身上，这正常得不能再正常了。现在她刚要出门，罗赖奎就远远地喊着："别关门、别锁门，我有事找你商量。"田寡妇心里第一反应是，你罗赖奎找我有什么好商量的啊，你不欺负我就算好的了。田寡妇黑着脸，老不情愿地停了停，良久才慢慢把门重新打开，让他进了屋。

罗赖奎忽然冷笑一下又马上收回了笑容，瞧了瞧斜倚在门框不愿进屋的田寡妇说："哎呀，几天没见，嫂子变得更撩人眼啦！"那淫邪的目光让田寡妇感觉像把无奈的钩子。

田寡妇不耐烦地把脑袋歪到一边，瞧都不愿瞧罗赖奎，气愤地说：

"有事快说，有屁快放！你别在这儿磨蹭了，我还有急事！"

"他妈的，几天不见就变啦！什么急事啊，你哪有比老子还急的事啊！老子就偏要在这儿磨蹭，你敢把老子撵出去吗？"罗赖奎索性一屁股坐在长凳上，翘起了二郎腿。

"残儿正发着高烧还睡在床上，我还得到罗麻子那儿拿药去！"无助的田寡妇只得忍气吞声地哀求着。

"哎，是这事啊，田嫂子别急，客人来了白开水总得倒一杯吧！酒总得喝一杯吧！"

田寡妇不情愿地给罗赖奎倒了杯开水，罗赖奎接过开水拿淫邪的目光瞟田寡妇一眼说："罗麻子整天抱罗小月的大腿还来不及，哪有时间给你儿开药呀！"

"你别冤枉人家，人家罗麻子是替小月治病！你喝完水该走人了吧！"

"好！治病治病！现在我也来帮你治一治就走人！"罗赖奎说着把水杯往地上狠狠一甩，起身一把揪住了田寡妇的头发，田寡妇每遇这种情况不敢叫喊，因为她深知叫喊没用，反而会吃大亏，所以只得乖乖地丢了魂似的浑身哆嗦着无奈地顺从。

"门忘了关上呢！"她瘫软得有气无力地说。

"有老子在，比关上门还安全！"顿了顿，他又说："今天老子来是想问你一件事！"

她没吱声，她木头似的没兴趣和他说话，这汗臭让她胸闷作呕，她盼他快些结束，可他偏偏不结束。

"昨夜罗番贵来过了吗？"他开门见山地问。

她仍没吱声。

"番贵在你这喝酒了吗？"

她仍没吱声。身子拉不动，霸蛮歪起头朝床边吐了吐口水。

他强压了一下她烂泥般的身子说："番贵这几天压过你的身子吗？"

她仍没吱声，只是闭了双眼把头歪到一边。

"你哑啦你！讨打是吗？"

"你问这些干吗？你说你们哪次来了不喝酒，哪次来了不压我！是你带坏了他呀，昨夜他在这喝了酒还压了我又怎样！"

"是你自愿的？"

"是我自愿的！"

"那你跟我呢？"

"不是自愿的！"

"为什么？"

"因为你有家有室，我对不起你老婆！"

"我老婆算什么，咳！你有什么对不起她啊，应该是她对不起你！因为她早就成了我家的佣人，成了我的挂名老婆，所以她就嫉妒你，怨恨你。你不记得啦，她从前老骂你，有一回还骂到你门前来了，还手舞足蹈要打你，说我睡你比睡她还多，都是你害的。要不是老子打她两耳光杀杀威风，她真的会对你没完。我跟你说，老子外面睡的女人连自己也不记得有好多个，而和她呢，一年半载没一回。她吭都不敢吭一声！"

"既然不把自己的老婆当老婆，那你还讨老婆干嘛！"

"生儿育女，传宗接代啊！儿女生够了，我喜欢和谁就和谁！"

"那你喜欢谁呢！"

"你呀！"

"既然喜欢我，你为什么还要把我介绍给人家呢？"

"我把你介绍给谁了？"

"罗番贵呀！"

"我是开玩笑，拿罗番贵做挡箭牌啊！你真的会嫁给那穷孬种吗？就算你嫁给他了，老子同样可以当他的面玩你！信不信，咳！"

"我会嫁他！自从你不准我外嫁，说要嫁就嫁番贵的那天起，我就有这种想法了。不过你现在这样做，明明是在欺男霸女，夺人之妻！"

"可你现在还不是他的妻子啊！"

"我喜欢他，迟早会和他成为夫妻！"

"告诉你田银花，只要老子在，你俩结不结婚得听老子的！"

"好了，够了吧，该完了吧！门没关，万一让你老婆撞见不好收场！"

"她不敢来找我，就是我把你带回家去，她也不敢吭半字，你要我试试看吗？"

"不要试了，求求你放了我吧赖奎哥，我残儿还高烧着！"

"那你要答应我的条件！我马上放了你！"

"什么条件？"

"不管谁来调查，咬定罗番贵昨夜强奸了你！"

"那……"

"如果你不答应我，总有一天我会把你的残儿卖掉，让他替人上街乞讨去！"

"哎呀呀，使不得赖奎哥，残儿是我的命根，只要你不欺负我的残儿，什么条件我都愿意答……"田寡妇脸一红，颤抖着齿唇哽咽着，话都没说完，就不能自控地嚎啕大哭起来……

罗赖奎脸一板，猛地从她身上爬起说："哭哭哭，哭你家死了人啊！老子的条件还没说完呢！"罗赖奎边说边找自己的衣裤。

看着罗赖奎已愤然爬起穿衣，田寡妇也顺势爬起穿衣，哭声变小了。

罗赖奎转而淫笑着继续说他的条件："还有一个条件呢，就是三天之内听我叫唤，你得亲自去我家一趟。"

田寡妇止住了哭，没点头也不敢摇头。只是头一抖一颤，喉管里还在抽泣。

"你愿不愿去，快说！"

田寡妇打着哭腔说："柳姐向来对我蛮好啊，你在这儿做了还不算数嘛！我真的不忍心去得罪柳姐啊赖奎哥！"

"那你不忍心去得罪柳姐，敢忍心得罪老子吗？"

"不敢不敢，赖奎哥！"

"那你说说不忍心得罪她，她对你好在哪里呢？"

"她多次替我填写贫困表，给我发困难费，还带我给儿子评残，去年还推我评上了镇里的先进妇女！再说我们都是女人，怎么能做这样的事呢！"

"这就对了，既然你俩向来蛮好，又都是女人。可我也不是让你们去打架啊！是让你俩增进感情，像亲姐妹那样好上加好啊！"

田寡妇把红着的脸羞涩地背过去没吱声。

"你这是什么态度啊，你到底愿不愿去啊？哎！"罗赖奎朝床板上猛然踏了一脚，惊醒了同房另一床正迷迷糊糊发着高烧的残儿。残儿今天水都没喝一口，惊醒后正可怜巴巴有气无力地哭着喊着要妈妈！

"我想死！"田寡妇又用衣袖抹着泪水呜呜大哭了。

"好吧！"罗赖奎冲到伙房里拿来一把明晃晃的菜刀甩在床上说："你就自己去死个痛快吧！我带残儿看病去了！"罗赖奎说着就赶紧去抱残儿。

"不要啊！求求赖奎哥！我什么都愿意答应你！"田寡妇一把拽住了快到残儿床边的罗赖奎，残儿哭得更可怜了！

"答应就好！你也不睁眼看看老子是什么人呀，昨天刚进派出所，今天就出来了！反而把那个强奸犯罗番贵弄进去了！你说有没有能耐啊！好了，既然你都答应我这两个条件了，我可以走了！"罗赖奎刚跨出门又被田寡妇叫回。

田寡妇通红着脸低声说："你千万别在白日里叫我！羞死人了！"

"那什么时候叫你？哎！"

"半夜！再说求你也答应我一个条件，上你家后，先让我和柳姐聊一会儿再行事要得吗？！"

"哈哈哈哈，胆小鬼，要得要得！"

从田寡妇家出来，天已全黑了，罗赖奎摸到家时老婆已做好了夜饭。罗赖奎一进屋，屁股朝桌边的凳板一坐，老婆就赶忙上来为他添饭筛酒。吃饱喝足后，罗赖奎就急匆匆邀上几个同伙，带上他们惯用的家伙，趁夜摸到工地，气势汹汹地找到工头申强，强要上回说的那两万块工程保护费。忙里忙外的申强还不知道罗赖奎一伙儿这么快就被放出来了，大吃一惊之后欲搬凳摆椅招呼这伙人坐定，可罗赖奎没半点心思安坐，劈头就说："上回说的那两万呢，该兑现了吧！哎！你以为老子会在派出所关一辈子啊！"

申强说："什么两万呢？我忘了！"说着申强就转身为这伙人去筛茶。罗赖奎突然从背后揪住了申强的耳朵，随即几耳光，那伙人见罗赖奎领头开打，一哄而上，申强脸色苍白，跪地求饶。

罗赖奎恶狠狠地说："老子的事你敢忘了，哎！你这猪脑袋装的什么东西？原来就是你告老子的状，就是你把老子送进派出所。好了，今晚两万块钱不到位，老子就废了你！"

申强被惊吓得浑身筛糠似的，一边抖动着手叫财务人员拿卡去取钱，一边招呼罗赖奎一伙儿在这儿等钱。阴险狡猾的罗赖奎说不在这儿等，一定要亲自和申强一起去取钱。申强无奈同车前往，将两万块钱如数交给了罗赖奎。

罗赖奎接过钱"呵呵"一笑说："是嘛，这回算是变聪明了！"

二十四

这天是寨里老支书罗满福七十大寿的喜庆日子，也是雷公寨有史以来最热闹的日子，小车停了半里路长，因为雷公寨没个停车的地方，小车只能停靠在村前的公路旁。寨子里鞭炮响个不停，村庄上空浓烟滚滚，满村满寨喜气洋洋的像过年。

　　这天清早，罗家领头的就挨家挨户叫醒了乡亲，在村前的银杏树下开了个短会，村民就分头各就各位，全寨男女老少忙开了。随着一阵阵杀猪宰羊声，一阵阵噼里啪啦的鞭炮声，把沉睡了通夜的万物惊醒了。娃儿们用小手背擦了擦刚睁开的睡眼，见大人早已忙活去了，呱呱哇哇地破例自个儿滚下床，衣帽不整、脸都没洗就挂着清鼻涕冲出了家门，去争抢那尚未燃爆，散落在地的鞭炮。连猫狗鸡鸭都不安分、不恋窝地起了个大早凑热闹……

　　寨子里五百余户烟灶都充满了喜气，备喜酒，迎贵客，贴对联，大公厅前的禾坪里架起了几副临时烟灶。饭菜的香味，随着满寨的欢声笑语飘荡在屋顶。德高望重而又通古晓今的三祖爷自告奋勇当礼仙，对联自然是由善写会画的老教师二伯撰写。谁贴对联、谁接礼物、谁陪客，谁谁热茶、谁谁烫酒、谁谁放鞭炮……三祖爷安排得有条不紊，万无一失。饭前三祖爷发给每人每天（做大酒帮忙的一般提前三天入场）一百元和一包"软白沙"作为酬劳后，大伙儿便喜得嘴巴像半边月似的，小心翼翼把钱和烟藏进内衣口袋。因为作为雷公寨村民，在家门前干一天活很难有这个待遇，何况还包吃包喝呢！不过这个待遇一享受，王秋叶那个小卖部就有点为难了，难就难在如何处理这包烟。一包"软白沙"可以换上两包"相思鸟"，或四包"百发"另加一个一次性打火机或几粒水果糖什么的。抽烟的舍不得抽"软白沙"这样"高档"的烟，就到王秋叶那儿以烟换烟，不抽烟的呢，就干脆以烟换钱。不过现在只能原封未动把烟藏好，夜里空闲才去小卖部。此刻他们满脸通红，个个肚皮圆圆的，只等三祖爷一声令下，就各就各位忙去了。

　　帮忙的人刚入场的第一天夜里，王秋叶就把换烟的烦恼打电话告诉了正在镇里开会学习的于书荣，于书荣立刻赶回村里召开村两委会议,研究如何制止罗满福大操大办生日喜宴的行为。因为大操大办红白喜事的攀比行为在农村越演越烈,是造成农村贫困的主要原因之一。雷公寨正在起草下一步实施的村规民约,其中就有一条"移风易俗,反对铺张浪费,红白喜事限定在十桌以下,且不准收取亲属以外的红包"。而罗满福已定下七十岁做七十桌,其规模在雷公寨史无前例,其场面实在惊人,对下一步实施村规民约十分不利。会上有几种不同的意见:一是罗满福寿酒虽然场面太大,但他有"大树"(两个在外当官的儿子)担着,与村两委无关;二是立刻报告县纪委和镇党委,要求立马来人制止;三是罗满福身为老支书、老党员和国家干部家属,应该依规守纪,坚守晚节;四是村两委集体去现场找罗满福谈话,要其认识到这样做,影响了党员干部形象和村里的扶贫工作。

于书荣带村两委干部来到了罗满福家,于书荣开门见山地说:"老支书啊,这场面实在太大了,怎么不提前和村里商量一下啊!"

罗满福斜着眼睛蔑视于书荣一眼说:"我家的私事有什么好商量的啊?现在我退下来了,人家好多公事都没把我姓罗的放在眼里。"

"怎么没把您放在眼里啊,记得刚下村时我就到过您家看望您老,后来又几次向您老汇报了我们的工作思路,了解相关情况!"

"那是做样子,真正有了好事就没我老罗的份儿了!我老罗有自知之明。其实雷公寨哪个角落有丁点儿事,都逃不脱我罗老头的眼睛!"

"老支书您就说说吧,哪些大事没和您商量过!"

"哎呀,算了算了,今天不说那些不高兴的事儿。等下你们尽管多喝两杯给我助助阵、擎擎面子就行了,我保证不影响村里正常工作!"

"可您这样做已经影响了村里工作呀!"

"我怎么影响了村里工作呢?客人都是自愿来,没用村里的广播喊,也没花村里的电话费。再说我没当支书了,也没谁巴结我了,办酒的钱都是我自己出,没借用村里的扶贫款!"

"不是这个意思,我是说您是党员干部家庭,这样做对外影响不好!"

"党员干部就不讲人情世故啦！我看你大老远从省城赶来扶贫，也是让大伙儿吃好穿好，过上好日子！别看我当干部几十年，也有几桌相好的，就你眼红了、嫉妒了。"

"好了老支书，话就说到这份儿上，您两个儿子都是管教他人的人，规矩、条条框框应该比我清楚！您自己掂量掂量吧！"……

没到中午十二点，县乡机关单位和外村来贺喜的客人，都是冲罗满福的儿子罗赖军和罗赖辉来的。他们手捏红包，有以代表单位名义的，也有以个人名义的，有得过好处借此机会来酬谢的，也有借此机会来求帮忙的。他们满脸灿烂，陆陆续续来到酒席间，最想见到的是罗赖军和罗赖辉，要是能直接把红包交到他俩手上该多好啊！一打听到这两兄弟都还没来时，这些重要客人就急忙拨这两兄弟手机。而拨后统一得到对方的信息是："您拨打的电话已关机！"一会儿忽然风传一条让人胆战心惊而又难以置信的消息，说两兄弟已同时被双规接受纪委审查。又过了一会儿，那停靠半里的小车，都纷纷倒车回府，这让人难以置信的消息好像马上得到了证实。此刻那些见风使舵的重要客人不知何时早已溜之大吉。

那七十张粗木做成的四方桌呢，早已按部就班摆好了杯盘糖果。糖果迎客之后，随即上菜上酒。一切似乎中规中矩、有条不紊地顺利进行着。

三祖爷年事高，耳聋目花反应慢，虽有无数次主持喜事的经验，可从没经历过这等大场面。为临场慎重起见，三祖爷得躲在房间预演开席主持的一幕。现在他聚精会神地独自拿着一张大八开红纸——把县乡村领导、重要亲客、一般亲朋按辈分排好的"安席单"，在轻声柔和的声乐中，拖着长长的腔调安排重要客人先入上席——

"罗府罗先成先生请上"紧接着一位老礼先生礼貌地点点头，挽着罗先生的胳膊慢慢引领而上，两旁早已站着四位候客老人点头哈腰，夹道笑迎，示意罗先成先生上座。

"罗府罗启求女士请上！……"

"王府王忠国先生请上！……"

当三祖爷最后叫到"列位先生请上！"时，大家才彬彬有礼十分开通地围满了厅里所有的酒席。

妇女们衣兜里还塞着个小塑料袋，想象着席上的菜肴冒着热气，每隔十分钟左右才出来一碗菜，每碗一定会比平常饱满粗野，猪肉是一坨多斤重的壮实肥肉，肉皮上涂擦了烧酒，蒸得黄黄的，要用菜刀切开加工才能让席上每个客人食用，不过酒席菜多油足，谁也吃不下，像这类上桌菜，在妇女们桌上是舍不得吃的，她们会用一个小塑料袋包回家蒸了煮了给家人尝尝。

罗满福火急火燎地走到房间，对正在预演的三祖爷说："不等了，菜都凉了，开始上席吧！"此刻专管收礼金的村会计罗广金，气喘吁吁跑来，他打着哭腔对罗满福说："赖军、赖辉都被纪委审查啦！你去看看路上的小车都走光了，还有几个单位的礼金都退回去了！"

罗满福一听，脑门"咚"的一声顿觉天旋地转，回过神来惯性地随口说："是真的吗！"随即昏过去了。席间的妇女们被惊吓得纷纷围拢罗满福看热闹，回过神来望见满眼的好菜仍冒着热气，礼金已交，想退没面子，索性掏出兜里事先预备好的塑料袋，选最好的菜装了满一袋，再顺势捎上一两瓶酒大摇大摆地提回家，桌上已摆好的烟和糖果呢，早已被后生和细娃一抢而空。一时间整个场面乱了起来……

罗赖奎是一个礼拜之前被再次"请"进派出所的。那天罗赖奎刚强行拿到两万块钱，半夜里，梦乡中的罗赖奎突然被"请"进了派出所。惯常胡作非为的罗赖奎万万没想到，自己从派出所出来没两天会再次被"请"进去。他也万万没想到，正年富力强、飞黄腾达的罗赖军和罗赖辉兄弟，会双双接受纪委立案审查。现在终于有了答案，案审人员让他亲耳听到了他不愿听到的消息，他垂头丧气、精神崩溃，但模糊中仍不敢相信自己的耳朵。

罗满福住进了镇医院，于书荣带村两委前来看望。医生说："没事儿，只是急火攻心，让老人难以支撑而病倒！再静养几天就可以出院了！"

于书荣深情地说："老支书，你就安心养病吧，你家里的事我们一定会安排好，处理好！"

王秋叶说："罗伯你放心，你家办酒已采购的烟酒，一部分退回了原处，退不了的存在我的小卖部，售完我给你钱。菜呢，一部分给了村里工程队，一部分给了罗赖贵工程队，一部分给了寨里孤寡老人和特困户。到时候村里会收回资金和你统一结账，力争把损失降到最低！"

听王秋叶这么一说，罗满福顿觉病轻三分，他闪动着泪花说："真没想到村两委会对我这么好，让我罗满福怎么说呢！但愿我那两个不争气的东西没事吧！"说着罗满福老泪横流，用粗糙的手背一遍又一遍地揩拭着。

王远高立刻把纸巾递过去说："满福哥啊，我俩在寨子里共事二十多年，你也了解我，我也了解你。让我说呢，你这辈子成也儿子，败也儿子啊！两个儿子虽给你脸上添了光彩，撑了门面，可现在儿子有事没事由不得你，由他们去吧！你别想了，身体要紧。建议你出院后好好安度晚年，支持寨里的工作就成了！"

罗广金也动情地说："罗叔我对不起你，我虽是你一手培养出来的，可好多事没尽职尽责提醒你，任你错上加错，其实我也不想看到你走到今天这一步！"说着罗广金抖动着双唇抽泣着，罗满福又一次涌出了浑浊的老泪。

"好了，过去的事别提了。今天我们看望老支书很高兴，是因为医生说老支书没事，没事我们就放心！但愿老支书早日康复回到寨里，和我们一道齐心协力，让雷公寨早日走出贫困！"于书荣招呼几句结束了此行看望，村干部分头顺便到镇里汇报相关情况去了。罗广金故意留在后头把于书荣拉至一旁，神神秘秘地贴着于书荣的耳朵说："据说是王小勇和肖小铜跑到市里告的状，田寡妇和多名村民都按了手印！"于书荣大声说："那我管不了！"

二十五

这年冬季期末考试，雷公寨村校各年级考试成绩优异，其中周玲玲所任的四年级语文和数学，均名列全镇第一名。与此同时，周玲玲还兼任着该校校长，她和请来的两位退休老师、肖小铜，再加于书荣和王秋叶两位兼职老师组成了该校教学班子。这个班子虽说全是无偿劳动，可比有偿劳动换来了更令人欣喜的成绩。据知情村民和罗满福等老一辈村干部回忆，这是雷公寨分田到户以来头一回取得这样好的成绩，也是雷公寨恢复学校的"开门红"。而谁都明白，在这个"开门红"的背后，于书荣和周玲玲付出了巨大的代价和艰辛。大学本科毕业的周玲玲为支持和帮助丈夫工作，辞去了月薪九千余元的优越工作，放弃了城里舒适的生活环境。于书荣不仅把妻子"请"来无偿教学，还把孩子都生在村里了。而生孩子后的周玲玲只休息四天就上了讲台，把在城里的产假待遇都丢了。

周玲玲要上讲台，婴儿谁照顾呢？这倒是个头痛的问题，于书荣觉得这个问题要和母亲商量商量。开始，于书荣以为自己是母亲唯一的宝贝儿子，而现在宝贝儿子又有了宝贝儿子，母亲一定会高兴，一高兴就什么事都会答应他。谁料当他拿起手机和母亲商量请保姆的事时，母亲不但没答应他，反而把他一顿臭骂："有什么商量的啊！现在你们是长辈我是晚辈了，什么事都是你们说了算，哪能听我的？当初要你不下村你偏要下！你下了也就下了，还把周玲玲也'骗'下去了。

好像全中国没了你俩就脱贫不成，好像全中国没了你俩农村娃娃就读不起书。现在好了，你两个都去了，连孩子都生在乡下了，全家搞扶贫搞得都贫困了！贫困得连保姆都请不起了，想求我啊，没门，自酿苦酒自饮服吧！但我最后强调一句，保姆我可以请，但有个条件，周玲玲母子一定得回城里安心调养身体。否则，再也别给我打电话商量这商量那的！"母亲最后强调的那一句声音提高了一个八度，话音未落，"咚"的一声关了机。虽没视频，但于书荣可以想象此刻母亲的脸色是什么样子。

看来和母亲已经没有商量的余地了。正当于书荣一筹莫展时，老妇女主任兼接生婆张群芳又来到于书荣家，张群芳几乎每天都主动到于书荣家，嘘寒问暖看看宝宝，讲一些女人坐月子吃喝拉撒的注意事项，传授一些带宝宝的经验，顺便送些干菜、鲜菜、蛋类什么的。那天吃夜饭的时候，于书荣和周玲玲又一次吃到了张群芳送的鲜胡萝卜和扁豆。他俩津津有味地边吃边说。

于书荣说："这鲜菜真爽口，群芳婶真是个好人！"

周玲玲说："是啊，从生儿到现在，她每天都像亲长辈一样关心我们！"

于书荣说："可我们没把她当亲长辈啊！"

周玲玲说："是啊，我们也应该把群芳婶当亲长辈！"

于书荣说："那你说应该怎样把她当亲长辈呢？"

周玲玲说："往后群芳婶再拿东西来，我们就付她钱！"

于书荣说："如果她不要钱呢？"

周玲玲说："那我们就不要她的东西！"

于书荣说："对了，这倒是个办法。玲玲，我还想到一个要给她钱的事！"

周玲玲说："什么事你说？"

于书荣说："你猜？"

周玲玲摸摸前额，皱皱眉说："生儿那夜的鸡钱？"

于书荣瞧了周玲玲一眼说："不是！"

周玲玲说："鱼肉钱？"

于书荣说："不是！"

周玲玲又蹙着额说："小卖部赊账的钱？"

于书荣说："也不是！"

周玲玲问："那是什么钱呢？"

于书荣索性把身子移近周玲玲，左手搭在周玲玲腰上，右手握住周玲玲白皙的手，贴着她的耳朵神秘地说："不如让群芳婶给我们宝宝当保姆，不包吃住，也就是把宝宝送到她家里让她带，每月给她两千块，你说行吗？"

周玲玲说："你不是已经叫你妈请好了保姆吗？"

于书荣说："别说了，我妈不但没答应在乡下请保姆，还狠骂了我一顿，叫你只有赶快带宝宝回城，才有可能和她商量请保姆的事。要不，她什么事都不会搭理我们了！"

周玲玲筷子往桌上重重一放，非常生气地说："假若我不愿回城呢？"

于书荣说："不回也得回，要不妈往后不管我们的事了！"

周玲玲昂起头说："不管就不管！她能管我们一辈子吗？你还依赖她管我们一辈子吗？本来就不让她老人家管了，我们的事，我们自己管！"

于书荣说："我不依赖她管我们一辈子，可她就是放心不下，巴不得我们依赖她，正因为我们自己管自己管多了她才有意见，好像我们太自作主张了，她还说我自讨苦吃，下乡活该，更不应该把你骗来！"

周玲玲说："是我自愿来的啊！再说，就算是你骗我来也没骗错啊！也是为了我们早日举行婚礼，早日平安回城啊！"

于书荣温情地看了周玲玲一眼说："那你还是愿意留下？"

周玲玲果断地说:"坚决留下,让你独自待在这里几年我真的不放心!"

于书荣内心窃喜,说:"那我明天就去找王秋叶母女商量让群芳婶当保姆的事!"

周玲玲说:"那好,为了我们那一天早日到来,我支持你!"

……

全省脱贫攻坚表彰大会在长沙召开。于书荣作为扶贫干部,带领省级贫困村雷公寨村艰难脱贫而光荣出席。于书荣不仅受到表彰而且在大会作典型发言,他表示要再接再厉,把物质脱贫和精神脱贫结合起来,建立稳固脱贫的长效机制。开完会的于书荣没在家休息一天就赶回了寨里。他要向村民及时传达会议精神,他要和村两委一道研究和部署下一步工作。为了节省时间,他在路上就拨通了王远高的电话,要王远高召集村干部下午三点开会,他三点以前一定赶到寨里。

村干部早就在村委会临时办公室等着开会,于书荣一到会场,村干部就争着看脱贫证书和获奖证书。来之不易的荣誉,让大家顿感一种从未有过的骄傲和自豪,萌生出一种发自内心的充实感和荣誉感。会议开始了。

于书荣兴奋地说:"这回我们村虽然获了奖,我也作了典型发言,摘掉了长期压在我们头上的贫困帽子。然而,这顶帽子虽然摘掉了,我们肩上的担子依然沉重。一年多来,寨子里虽然把拼布绣产业搞起来了,旅游产业也搞起来了,冰糖橙也种植了上千亩,在利用本地优势开发项目产业上确实有了些成果,但和人家一比,还差一大截。比方说,人家早就搞起了农业合作社,人家早就利用可视化生态农业管理项目了;比方说,人家种植、养殖,长期、短期,见效快、见效慢的项目都有;又比方说,人家建立了物质和精神同时脱贫的长效机制,建立了因地制宜、突出特色,多条腿走路的配套措施。这些都是我们要尽快研究落实的。"

王远高说:"于书记这回满载而归,也等于雷公寨满载而归。说明上级对雷公寨充分肯定和高度重视,我们充满信心。当然我们也感到不足,正如于书记所讲的,与人家相比我们还有很大的差距,还有许多事情要做。我的意见是先开个党员大会统一思想,然后再开村民大会宣传发动,传达上级会议精神,把于书记带来的资料发放给村民,由村民讨论决定是否加入农业合作社和建立可视化生态农业管理的问题。"

王秋叶说:"我同意远高叔的意见。寨里人已尝到了摆脱贫困的甜头,渐渐地思想观念也转变了,眼界也开阔了,接受新鲜事物的能力也比从前强多了……但是……"

"于书记!于书记啊!你救救我的两个儿子吧!"没等王秋叶把话说完,罗满福就上气不接下气地匆匆闯进会场,双腿跪在于书荣面前哽咽起来。

罗满福是被家人搀扶着过来找于书荣的。昨天早上镇里给罗满福打电话,说他两个儿子都由纪委移送到了反贪局。没等对方把话说完,罗满福如五雷轰顶,他颤抖着手,手机"咣当"一声掉在地上,人就昏过去了,家里一时乱了起来……现在罗满福被家人扶着,背上还背了个大包,包里装的全是上回生日收下的红包,不管是不是亲戚的,红包上有名有姓原封没动,罗满福和家人哪里敢动呢!罗满福不仅本人没动,还不准家里人动。他对家人说这些红包是自己不该得的,动不得,怎么处理,等他考虑好了再说。此刻罗满福拿起大包递给于书荣说:"于书记呀,我后悔酒席办大了,礼金收多了,钱全在这里,我现在一分不留地上交,请求宽大处理我的两个儿子吧!"

于书荣双手推开罗满福递过来的大包说:"老支书啊,你两个儿子的问题,不是简单地上交礼金就能解决,上面也没委托我收下你的全部礼金,这也不是我说了算,只有等候处理吧!"

罗满福止不住涌出老泪哽咽着说:"于书记啊!我晓得你省里、市里都有关系，你就看在我干了三十四年村支书的份儿上帮帮我吧！"

"不是不愿帮，是我帮不上你啊老支书！"

"只要你和上头说句话就成，我晓得是我不该大办酒席，是我害了儿子们！这些礼金我死都不该要，于书记你就代我上交吧！"

"我不能代你上交，到时候该怎么上交就怎么上交吧！你老人家暂时把礼金带回去保管好，到时总会有个说法！好了，我们得继续开会，我有空会到你家去坐，你先回吧！"

罗满福仍流着浑浊的老泪，呜呜着不肯离开会场，忽然好像想起什么似的，利索地用皱巴巴的手背朝两眼抹了几下，让陪护他来的家人把另一个小袋子交给他，他迫不及待地紧捏袋口，神秘地把于书荣拉到一旁低声说："这东西你的，你拿去吧！"罗满福说着就匆忙把袋子往于书荣手上推。

于书荣不解地奋力推开罗满福拿袋子的手，十分严厉地说："你到底想搞什么鬼啊罗满福！"

罗满福低三下四地说："于书记！袋里不是钱物，你打开看看就晓得了！"

于书荣打开一看惊呆了，两眼直瞪罗满福说："这些东西怎么会在你那儿呀？"

罗满福十分懊悔地说："于书记呀！都是我的错！皮鞋和手机是你丢失的第二天早上就到了我手里，是一个哑巴亲手送来的。哑巴是雷公寨村民，四十八岁仍光棍一条。他在我的关照下调到千亩风景林场守山已十五年，又在我的关照下入了党，要不是他心高气傲，老伴早就到手啦！为了感恩，哑巴时常给我家送山珍野味。那天早晨我刚吃完早饭，哑巴就提了一只野猫顺便把这两样东西送来了。这是他山上捡的，手机他不会用，铃声一响，他不知所措，紧张又害怕，生怕有人来找他的麻烦，一只皮鞋他留着也没用，就都交给我处理。我让哑巴别乱声张！哑巴点点头利索地走了！"

"那你为什么不及时把手机和皮鞋交给我呢！"于书荣急问。

罗满福颤抖着身子，红着脸说："于书记啊，请你别怪我说句心里话。其实一开始我就有点瞧不起你！因为你一没农村工作经验，二又弄不来钱。我雷公寨就没有人才啦，让你一个不懂农业的人来指挥农业，让你一个不懂农民的人来领导农民。什么第一书记呀，听都没听过，不如说是来抢班夺权。后来看你办事公道、工作霸蛮，干了几件实事。我心里又不舒服、不服气，我干了三十多年都没脱贫，而你不到三年就脱贫了！我就有点想不通，弄不懂，就在背后与你作对，千方百计想把你弄走。刚好哑巴送来了手机，我看里面来电都是找于书荣的，就确认定是你的手机。我如获至宝，偷看了你的全部信息，还有好多功能我不会弄，还有好多看不懂的诗歌，我叫有文化的家人弄，他们说全是谈情说爱的诗歌。我说跟谁谈，他们说不知道，好像对方叫玲玲，又好像不是，仿佛有好几个女人围着你转。此刻我明白了，要赶你走，这就是证据。我随时可以告你作风不正！"

"哈哈哈，那你就去告吧！这手机还拿来干什么？"于书荣讥讽地冷笑一声。

"请于书记原谅我，我现在才知道自己错了，我鼠目寸光、心胸狭窄，眼中容不得他人，做了很多不利于扶贫工作的事。老党员实话实说，知错就改，请于书记大人不计小人过，高抬贵手……"话未说完，罗满福又一次潸然泪下。无奈王远高只得把罗满福叫到一边做工作，会议仍在继续……

罗满福在王远高面前不哭了，他不需要王远高做什么工作。因为他过去一直看不起王远高，觉得王远高能力比自己差远了。从前在村里共事时，总是王远高听他的份儿，而现在王远高还主动做起他的工作来了，等于他得听王远高的，他内心既不服又尴尬。他在王远高面前不哭有不哭的道理，他觉得一个过去在人前发号施令、一言九鼎的人，现在在一个比自己能力低下的人面前可怜巴巴地流泪，实在有点心酸。可自己又毕竟不在位了，要面对现实。于是他来了个折中，语气平和地说："远高啊，看在我俩共事二十余年的份儿上，在这节骨眼上该帮的你得帮帮我！"这句话既不算高傲也不算低调，罗满福觉得既说出了内心所求，又为自己挽回了面子，用在此刻的王远高身上比较恰当。

"是啊，老支书说的我一定照办！"王远高果然还是像从前那样乖乖顺顺地尊重和服从罗满福。

罗满福心中暗喜，再一次印证了自己余威还在，再一次印证了王远高仍是他领导之下的助手。然而，王远高这边算是摆平了吗？罗满福心里仍不踏实，觉得再老实憨厚的王远高，也要加点什么"催化剂"才有力量。于是，罗满福顺藤摸瓜，想把和自己直接或间接的关系全部调动起来。回家后他急忙拨通了罗赖贵的电话，想通过王远高的女儿王小桃再加固一下。

爱情上正打得火热的罗赖贵和王小桃，丢下已堆到脖颈儿上的事赶到雷公寨来了。他们是接到罗满福的电话后才急忙赶来的。他们一来罗满福就给分派了任务，罗满福叮嘱罗赖贵立即到县里、市里找关系，一旦找到坚实可靠的关系，就不惜一切花钱摆平。罗满福还安排王小桃做通她父亲王远高的工作，要王远高以村里的名义汇假报、做假证、写假材料，否决罗赖军和罗赖辉是罗赖奎的保护伞，证实罗赖奎的罪行与罗赖军、罗赖辉无关。据说广东有个人命案与罗赖奎有直接关系，本村刘金妹服毒身亡案也与罗赖奎有密切关系，罗赖奎这辈子有可能回不来了。但罗赖军、罗赖辉均与罗赖奎案脱不了干系，也因此把罗赖军、罗赖辉拉下了水。现在罗满福想通过王远高做好村里相关人员的工作，把不该毁掉的证据毁掉，把应该毁掉的证据保留。也就是说把真弄成假，把假说成真。

罗赖贵呢，带着郝小柳上城里跑关系去了。因为郝小柳早就想上城里去打听打听其丈夫罗赖奎的事儿，正愁着没人陪她去。现在她求之不得，随罗赖贵一块去了。郝小柳把罗赖奎的事儿一五一十告诉了罗赖贵，罗赖贵感觉十分痛心。他痛心不是因为罗赖奎被关押，而是因为自己过去对罗赖奎及其家庭的关照和支持全泡汤了，也是为有几分姿色的郝小柳，嫁个这样劣迹斑斑、毫无人性的男人而惋惜。当然他也知道罗赖奎的部分劣行，但不知晓罗赖奎会是这样一个人。从这个角度看，他既痛惜又庆幸。庆幸罗赖奎终于受到应有的惩罚，庆幸郝小柳及其相关受害者从压抑中得以解脱。

王小桃呢，却天天缠着父亲王远高说这回一定要帮帮罗满福，因为她的命运掌握在罗满福手里。罗满福是罗赖贵向来关系蛮好的堂叔，又是她和罗赖贵的媒人。罗满福对王远高夫妻，也就是对王小桃父母的情况知根知底，只要罗满福肯说几句王小桃或她父母亲的坏话，罗赖贵马上就可以以此为由和王小桃分道扬镳。也不知何因，罗赖贵向来最听罗满福的话，好像罗满福的话比他爹娘的话还管用。王小桃知其厉害而不敢违抗，当然苦了王远高。因为王小桃毕竟是王远高唯一的乖乖女，劳心劳肺也就剩这么根独苗苗。上个月王小桃已过了三十二岁生日，俗话说男过三十一枝花，女过三十豆腐渣。从不低三下四的罗满福到了求人帮忙的关键时刻，为的是他的两个儿子。而从不说假话、办假事的王远高，见自己女儿的婚事也到了要人帮忙的关键时刻呢，老实巴交的王远高内心就矛盾重重，好像是这样又好像不是这样，好像女儿说得有道理又好像没道理。于是，他两眼睁着瞪楼板，通夜睡不着觉了……

王小桃一时做不通父亲的工作，急了。灵机一动，就想把闺密罗小月叫来帮忙做王远高的工作。因为罗小月是罗满福曾信任过的人，从前罗满福曾有过让罗小月来当村干部的打算。可现在罗小月腿残了，走起路来一瘸一拐，摇摇晃晃像筛糠，黄瓜长的路得走老半天，别人看来她是个没用的人了。好在她在家能做拼布绣，而且在王秋叶的耐心指导下越做越好，有望成为优秀绣娘。王小桃还是想霸蛮把罗小月请到自家做父亲的工作。因为只要有罗小月在，罗满福就会认为王小桃是诚心诚意地帮他的忙。王小桃这样想着就不由自主地出了门，朝罗小月家的方向走去。真凑巧，一抬头，就远远地望见一男一女相依相偎在村前马路上散步。定睛一看，正是罗麻子搀扶着罗小月在练习腿部功能。怪不得村里村外关于罗麻子和罗小月的事儿早有风言风语。知情人谁都明白，刚过不惑之年的罗麻子，虽从医二十余年了，而这种职业的操作方式，免不了接触病人的肢体，可这么长时间反反复复去看、去摸一个熟悉的女人的大腿，罗麻子还是头一回。而作为早已跨过而立之年的罗小月，虽自愿或不自愿地让男人摸过自己的大腿，而这样诚心诚意把自己的大腿交给一个男人，也是头一回。这个该死的罗麻子，既然让他瞧也瞧了，摸也摸了，既然村内、村外都知晓了，早有风言风语了，何不把自己这条腿豁出去给罗麻子算了，说不定还能赚个好口碑。何况人家罗麻子除了脸上有几粒不大显眼的麻子外，看上去哪儿哪儿都顺眼。特别是他的内心，比没麻子的人干净得多。王小桃觉得要是罗小月真能这样想，那就是她的好闺密了。而现在自己才后悔，真的太后悔了。十年前寨里有人半真半假地给王小桃开过玩笑，说桃妹子啊，你爸长年抱着个药罐子，罗麻子也没少操心，你干脆嫁给罗麻子算了。平常开口闭口都夸罗麻子是好后生的王远高，听见村民这样议论内心满意极了，但就因罗麻子没经济实力且大王小桃九岁，这地方的人都穷怕了，王小桃当初跳河都不愿意干！后来罗麻子一气之下弃医打工，找来外省妻子安家续医。不知何因结婚四五年了，妻子连屁都没放一个，公爹吹胡子，婆妈瞪眼睛。突然有一天半夜里妻子不见了，寨里人至今不明白，她到底去哪了。他们没有生育，也不知是罗麻子的原因还是他妻子的原因。不过现今罗小月敢豁出去嫁给罗麻子，罗麻子也敢娶罗小月这等无任何保障的残疾女人，也算是缘分。王小桃内心庆幸，可现在去村前马路上当着罗麻子的面找罗小月，好像有点尴尬，有点不妥，怕罗麻子回忆起十年前他俩的事来。但又不能不去，因为她们都是罗家的人了，罗家家大势大说话管用，再说罗小月曾是她的闺密，现在感情依旧，去找她定不会吃亏。此刻罗小月忽然回了一下头，好像看见了王小桃似的。于是，王小桃挺了挺胸，干脆迈步朝他俩走去……

二十六

　　于书荣和周玲玲的小孩取名于寨雷，于寨雷这名字是他的作家父亲于书荣给取的。于书荣逢人便解释说，我妻子在春天刚开雷门的时候就怀上了这孩子，孩子又出生在雷公寨，如同雷雨轰隆轰隆，催生了他。

　　一眨眼周玲玲来雷公寨快一年又十个月了，她比于书荣迟来半年，他们的孩子于寨雷都一岁半了。然而，小寨雷从地上摸摸爬爬到立起蹒跚学步，又到现在白白胖胖、奶声奶气左一声妈、右一声爸的样子，最值得感恩的应该是张群芳。因为是张群芳从周玲玲肚子里把于寨雷迎接出来，然后又一把屎一把尿的把小寨雷拉扯到今天，还凭着多年的育儿经验，时刻关照着周玲玲月子里的吃喝拉撒。

　　自从前不久于书荣上省城开了那个脱贫摘帽会回来后，周玲玲也像头上摘了个沉重的帽子似的，整天笑容可掬，忙里忙外，恨不得夜里不睡觉。因为于书荣从省里开会回来的当天夜里，就憋不住在枕边紧贴周玲玲的耳朵，第一个向周玲玲传达了那次会议的重要精神。

　　于书荣欣喜地说："老婆，这回开的是全省脱贫攻坚表彰大会，真没想到我会作为带领省级贫困村雷公寨村艰难脱贫的扶贫干部而光荣出席。更没想到我和你都评上了先进个人，不仅受到表彰而且还在大会作典型发言。领导说我俩是全省唯一的夫妻扶贫工作队，唯一把孩子生在贫困村里的先进典型，要求我们再接再厉，吸取教训，总结经验，把物质脱贫和精神脱贫结合起来，建立稳固脱贫的长效机制，站好最后一班岗。"

周玲玲激动地说："太好了！我坚信迟早会有这一天，但没想到这一天会来得这么快，现在终于盼到了这一天。不过我只是个编外扶贫工作队员，什么先进个人就不应该评给我了！"

于书荣说："该评！你虽然只是个编外扶贫工作队员，也没有下乡的待遇，给你评上先进个人，说明组织上没忘记你，已经认可了你！因为我的功劳有你的一半。要是你不来雷公寨当老师，不来照顾我，我还能集中精力工作吗？学校还能办成吗？所以我开完会没在家休息一天就赶回了寨里，第一个向你汇……"

没等于书荣把话说完，周玲玲就激动地搂住于书荣娇声娇气地说："老公，玲玲现在可以向你说句心里话，其实我无心来当这个小学教师，更无心来扶贫，倒是诚心诚意想扶你，说到底是我有点自私。因为我深知你这犟脾气，认准了的事，八头牛都拉不回。所以我只有先把你扶好，这里的扶贫才能扶好。而早一天扶好，我俩就可以早一天举行婚礼，早一天回城。"

"这也不算自私啊，我的好宝贝！"于书荣顺势朝周玲玲红嫩的嘴唇轻轻一吻，颤动着喉舌低声说："这就叫顾全大局、公私兼顾、两全其美吧！"然后一面压低声音呼唤着玲玲，一面轻轻抚摸着玲玲细滑的脸蛋，伸开五指将遮住周玲玲半边脸的一摞乌发轻轻往后梳，情不自禁地把身子朝着周玲玲的身子一翻扭，被抚摸得满脸红润的周玲玲立刻温柔地回应，把滚热的身子挤了过来，此刻周围寂静，他和她无言。只有清晰的上气不接下气的呼吸声！尽管他和她都爱好文学，尽管他和她都是做父母亲的人了，可一旦沉浸在这样美好的夜晚，会深感文学的无力，会深感孩子的多余。此刻原本熟睡在中间的孩子，不知几时被弄到了床的边沿……

下半夜，于书荣十分满足地进入了梦乡。然而，周玲玲却兴奋得合不拢眼，她精气越来越足，浮想联翩，睡意早就跑得无影无踪。她索性拉亮了灯，随意翻看着床头几本页面发黄、边角翻卷的书，目光最终落在于书荣一本厚厚的工作日记上。

十一月十五日，天气阴有小雨，气温10～16℃。

昨夜十一点多，村民王小勇打来电话，说他家一万八千斤冰糖橙销不出去，要我帮忙联系销路。王小勇是建档立卡贫困户，他家的冰糖橙基地是我今年引进的一个产业项目，本意是通过发展水果种植带动全村产业发展，特别是与贫困户形成利益联结机制，保证贫困户有稳定的收入来源。虽然之前与亿园农业公司签了包销合同，冰糖橙长势、品质、产量都还行，但是因产品宣传力度不大导致市场冷淡。这几天公司宣布不收购冰糖橙了，这可急坏了种植户。怎么办呢？产业是我们引进的，如果撒手不管，种植户到时肯定会把怨气发到工作队身上来。

雷公寨的冰糖橙产量大，而且周边乡村也连片开发了同类果品，都进入了盛果期，在当地县市范围内根本就销不了，必须另求销路。于是我想通过发微信朋友圈来试试。信息发出后，引起了湖南电视台《乡村发现》栏目主持人、我妻子的同学王夏的关注。她要我把信息核准并配发一些图片，愿意帮忙在朋友圈转发，再做专题采访。

十一月十六日，天气中雨，气温12～15℃。

通过王夏的转发，不断有人打王小勇和我的电话，说愿意帮忙销售冰糖橙。其中通过省文化厅一位领导转发，一位很有实力的果商愿意帮忙把冰糖橙全部销售出去。要求全部纸箱打包，送到长沙某果业批发市场，价格每斤六块。王夏还在微信里告诉我,湖南广播电视台经视频道(简称:湖南经视)会到村里来调查实情,芒果V基金已答应帮助我们。当时我很高兴,通过王夏的帮助,王小勇家一万八千斤冰糖橙已找到买家,而且全村的冰糖橙都不愁销路了。今天县电视台有两位记者来采访,我得马上去准备现场。

十一月十八日,天气阴有小雨,气温8～11℃。

老想着冰糖橙销售的事儿,通夜没合眼。今天清早爬起床,我就赶到王小勇家看他的冰糖橙全部运走了没。可能昨夜打包太累,门没开,我从窗户往里看,冰糖橙还在,有的装在纸箱里,绝大部分仍整齐地码着。我打电话给王小勇问情况,他说,纸箱就要两百多个,每个五元,还要交档口费,又不能付现钱,划不来。我很是着急,立即打电话给之前给我来电的湖南某大学采购员,他答应要一万两千斤。我立马调来大卡车,下午五点我和王小勇随车前往长沙。冷空气袭来,小勇忘了添衣,行程需要四五个小时,小勇说他忙得中午饭只吃了两个冰糖橙,又冻又饿。我从路边买了几个热包子,陪他边吃边赶路,农民兄弟不容易呀!我鼻子酸酸的。

十一月二十日,阴天有小雨,气温7～10℃。

早晨七点,我接到电话,是湖南经视记者打来的,说他们一行三人已从长沙出发到村里来。大约下午一点,记者会到雷公寨来进行调查采访。

晚饭后,记者说有个果品公司,答应过两天派人过来,签订三十万斤冰糖橙销售合同,我内心甜甜的一觉睡到大天亮,似乎一下把近几天的睡眠补过来了。

十一月二十四日,阴转晴,气温12～18℃。

夜里九点,记者打电话给我,说明天万达果品有限公司有人来村里商洽冰糖橙销售事宜。此时我正在外省找收益更好的销路。我接着打电话给记者问要不要我过去，他说没必要了，事情已初步谈妥，安排负责人接待并签订合同就行了，有望全村所有的冰糖橙包销。此刻，我嘴里轻轻哼着"只有爱，世界才充满阳光……"

读到这里，她嘴角荡起了微笑，扭过头来看了看沉睡中老公的样子，也像在微笑，两张微笑的脸嘴对嘴轻轻吻了一下，又轻轻吻了一下。在家的时候他写作到深夜，她眯起眼似睡非睡，他也是这样吻她的。她想，还有两个多月学校就要放暑假了，还有三个月就要举行集体婚礼了。雷公寨的整个扶贫工作终于进入了尾声，到了紧张的复查、验收和总结阶段。而老公说集体婚礼是雷公寨整个扶贫工作的最后一个深得民意的重要活动，也是雷公寨有史以来移风易俗、别开生面的伟大创举。尚未举行婚礼的他和她想借此机会带个好头。据说已有五六对相亲相爱者早已主动报名参加，届时他和她将和那些农民夫妻一起坚定地步入婚姻的殿堂，实现久盼的梦想。周玲玲早就在想，婚礼是大事，人生一辈子才一次，再忙再累也要抽时间和老公商量商量，婚礼那天他俩一定要穿上一套体体面面的服装……

那天，于书荣回家刚吃完中午饭又要忙着出去。周玲玲灵机一动拉住了他的手，让他和自己并排坐在桌前的板凳上说："老公，你说我俩在婚礼上穿什么衣裤合适啊！"

于书荣顺势抱住她深吻一下意味深长地说："哎呀！我的好宝贝考虑得真周到！但是这事不用你管，我们已经成立了集体婚礼组委会，他们会按当地习俗统一制作服装，届时会根据你的体型量体裁衣。哦，你不说我差点忘了，他们还要求你作为新婚新人代表发言，发言的内容是发挥你的特长，写一首我们从恋爱到相爱的长诗，一定要准备好哦！"

"羞死啦！孩子都这么大了还恋爱相爱，爱什么啊！真是羞死啦！"说着她仍紧紧握住他的手不放，顺势歪在他的怀里……

下个学期雷公寨将要启用崭新的学校了，学校的一切工作将由当地教育部门统一安排。也就是说原班人马要换新了，周玲玲在雷公寨的教育教学工作将画上句号。但周玲玲暗下决心扎扎实实地干，干一天是一天，一定要在这儿画上一个圆满的句号，就像她老公说的要"站好最后一班岗"。于是她每天早上四点半（比以前提前半小时）就起了床，依旧是先做好早餐，然后洗衣服搞卫生，把喂饱的宝宝送给张群芳或让张群芳去喂，最后比从前提前半小时去学校。在学校除了上课，她还得包揽一切杂务，比如为师生烧开水，搞卫生，购买教学用品，连学生打架都得找她处理。因此她每天必须上班最早，下班最迟。

这一年多来，看起来很辛苦，可又感觉不辛苦，感觉时间过得太快。周玲玲的精神状态比来之前好多了。起码夜里不孤单、不多梦、不失眠、不害怕了。从前怕天黑，如今盼天黑；从前怕夜长，如今嫌夜短；从前老嫌时间过得太慢，如今感觉时间不够用。前两天周玲玲因事回过一次城，虽早出晚归只在城里待了两三个小时，但熟人见了都说她又漂亮又年轻了，都问她在乡下吃了些什么，过些什么日子。

既然熟人这样评价她，肯定不会虚假，她得证实证实。于是，她利用学生中午饭后午休抽空回家，像要做一件很神秘的事似的，关上门，立在高衣柜的长镜前，认认真真照了照自己，不料大吃一惊。忽觉镜里的周玲玲风姿秀逸多了——不描眉，不施粉，不着妆，一对大大的眼睛仍是那么乌黑光亮，流露出温柔而热情的火焰。再瞧瞧自己嫩滑白皙的脸蛋，口角眉间微笑中的那对浅浅的酒窝，有种迷人耀眼的风度。至于那近一米七丰满窈窕的身姿，就更不可挑剔了。难怪有人拿她与"村花"王秋叶相比，其实她比秋叶还秋叶，比村花还村花。难怪人说女大十八变，不料自己生了孩子还在变。周玲玲从没在镜前这样认认真真地审视和想象过自己的容貌。而这样一审视一想象，好像忽然生出一种莫名的骄傲和自豪，内心舒坦多了。正当周玲玲换上一件自己更喜欢、最合身的桃红色外衣，再看看镜里的样子时，门被人敲响了……

"周老师，周老师！王雄病了！"四年级班长丽丽打起飞脚来到周玲玲门前。

"什么病？"周玲玲桃红色外衣都来不及脱就利索地开了门。

丽丽气喘吁吁地说："周老师，你去了就知道了，他不肯吃中午饭，趴在课桌上只顾哭！"

"快去！"周玲玲带上门迫不及待地来到教室。

教室里其他同学都在吃中午饭，近些的同学都回家去吃了。王雄的家在本村王家组，离学校四里多路，只有早出晚归自带中午饭。早些年因父亲打工失联，前年母亲又因挺不住艰辛的日子而被迫改嫁他乡，十一岁的王雄只能投靠断了一只手的爷爷，而七十六岁的爷爷早已失去劳动能力，只能靠为村里村外红白喜事主主喜，写写贺词，唱唱寿歌弄点小钱补贴生活。爷孙俩成了当地贫困户中的贫困户。自从村里没了学校，小王雄已在家辍学一年多了，是于书荣包了学费又做了好几次工作才返校的。现在中午饭放在课桌上一口都没吃，见周老师来，王雄哭得更急了。

"什么事啊王雄，能告诉老师吗？"周玲玲摸摸王雄的额头。

"周老师！我头疼怕冷，早餐没吃就来上学了！"王雄抬了抬头，见周老师站在自己身旁，小嘴一歪抽抽鼻子，揩了揩眼泪，用幼稚而无助的目光望着周老师。

"那你快吃了这碗饭，老师马上带你去看医生！"周玲玲把课桌上的饭端到王雄手上。

王雄鼻子又抽动几下哭出了声："我吃不下！"

周玲玲耐心地说："那就到我家去吃吧，我也没吃，煮几个鸡蛋，我俩一块吃！"

王雄苦着脸说："什么都不想吃！周老师，你先去吃吧！"

周玲玲温情地说："那我先带你到村医罗麻子那儿看看！"

罗麻子门上四两铁，邻居说罗麻子上县城办事采药去了，明天才回。

周玲玲摸摸王雄的前额，好像越来越热了，还烫手。她想了想，就果断决定领王雄上镇医院。她急忙跑到保姆张群芳家，向张群芳和小宝宝打了个招呼便问王秋叶的摩托在家吗？张群芳说："在家。秋叶和书荣几个村干部到山上搞土地流转去了，摸黑才回！你要摩托上哪去啊？"

"送学生上镇医院看病！"周玲玲说着就急匆匆地从厂棚里把摩托推了出来。张群芳抱着宝宝于寨雷向周玲玲凑了过来说："骑慢点啊！宝宝向妈妈再见！"

周玲玲贴着于寨雷的小嫩脸蛋轻轻一吻，"啵"地响了一下，于寨雷"呜哇呜哇"地伸出小手要妈妈抱。周玲玲摇摇手说："宝宝乖，妈妈出门一趟，一会儿就回来。"宝宝好像听懂了妈妈的话，又好像没听懂，见妈妈转身上了摩托，小嘴一撇，"哇"的一声哭了。周玲玲一边说着"好了好了，宝宝不哭，妈妈一会儿就来"，一边油门一捏，摩托吐出一口浓烟，她腰身癫簸两下，箭一般地离去……

初夏的山寨，天气变化无常，清早下了场不大不小的雷雨，虽到午时日头却仍躲着不肯出来。对于雷公寨，好像又进入了满眼浓绿的梅雨季节。山谷里浓雾尚未散尽，能见度比山外差多了。这里没有一望无际的葱茏田畴，也没有宽敞平坦的行车路道。只有山叠着山、林挨着林，一浪高过一浪，苍苍翠翠、青青欲滴好些叫不上名字的奇木怪树，笼罩在薄薄的微雾中，偶有便江河上吹来的几阵带着潮湿的凉风，路边的草丛、枝叶才鲜活生动地随风摇曳。

山路像一条蚯蚓绕山而去，周玲玲的摩托如脱缰的野马肆虐狂奔。

那件自以为最合身的桃红色外衣随风飘荡。坐在后座的小王雄颤颤抖抖的身子顿生鸡皮疙瘩，紧闭双眼缩成一团，把头紧紧埋在周玲玲腰上……

"坐稳，准备上陡坡！"周玲玲向后座的王雄打了个招呼，随即机灵地加足了油门，摩托在坡上蹒跚地爬着，突然，"突突突突"连喷几口淡烟没声响了。

"坐……稳……"周玲玲受惊的腰身不可控地向后倾倒，喊声中摩托开始急速倒退！后座的王雄"哇"的一声本能地紧抱着周玲玲的腰身。

此刻离坡顶只有丈把高，而离坡底峡谷足有十把丈高。摩托控制不住地继续倒退，情况万分危急！

"下去！"周玲玲奋力将她腰上的小手掰开，顺势猛一推，王雄"哎哟"一声摔跌路边的草丛上，厚实的草丛仿佛弹被，把小王雄的身子向上弹了两下。而周玲玲则"哎呀"一声连人带车"哗哗啦啦"翻滚谷底。

小王雄从昏迷中惊醒后，大哭大喊："周老师！周老师……"天旋地转，只有山的回音……

二十七

于书荣急成了疯人。当乡亲们七手八脚把周玲玲抬到公路边，临时包扎后准备急送县医院抢救时，周玲玲已是生命垂危。此刻于书荣双手紧紧握住周玲玲带血的双手，撕心裂肺地喊："玲玲！玲玲！我是书荣啊，你醒醒吧！我有话对你说！"声音凄凉在山谷里回响。

周玲玲奇迹般地醒来了！被鲜血染红了的头发把包扎的纱布都渗

透了。周玲玲吃力地睁开眼,可眼睛只睁得半开,没声没气地说:"别送了,别送医院了,我要走了!"说着就安然地"睡"去了。于书荣的耳朵几乎贴在周玲玲嘴唇上,虽听清了周玲玲的言辞,但他仍不肯相信自己的耳朵。

于书荣忽然暴出两粒豆大的泪珠喊:"玲玲,你别哄我,千万别哄我啊!你会好的,我马上陪你去医院!"当于书荣命令似的大呼抢救时,周玲玲的嘴又在嚅动了。

周玲玲惨白的脸上露出一丝笑意,依然吃力地半睁着无神的眼睛说:"书荣,我真的不行了!你是好样的,下辈子我还愿嫁你。我舍不得你,舍不得寨雷!我死后,请你把我安葬在张婶(张群芳)的自留山里,这辈子我没欠别人的,就欠张婶的。别的干不了,我就帮她守守山吧!"说着,周玲玲的眼睛就闭上了。此刻,于书荣奋力抱住血淋淋的周玲玲哭喊,王远高、王秋叶也凑近呼唤着:"玲玲!玲姐!"周玲玲再次吃力地抬了抬眼皮,嚅动着红肿的嘴唇说:"书……荣,你也别娶了,要娶就娶秋……叶,在这世上,只有把你和寨雷交……交给秋叶,我……我才放……"话未说完,周玲玲猛地头一歪,嘴一闭,眼睛再没睁开……

"周玲玲,周老师,周大嫂,周姐……"妇女们几声悲凄的呼唤后潸然泪下,男人们哽咽地呼唤着,嘴唇颤动欲哭无泪!

天在旋,地在转,山谷在悲泣中回音。于书荣眼前一黑,昏软在地,颤动着紧握的双拳,死死咬住牙关,脸上肌肉在抽搐。王秋叶双手掩面,嘤嘤啜泣……

"呜哇呜哇……"救护车飞驰而来,可一切都晚了。乡亲们痛不欲生,破例把周玲玲安放在雷公寨王姓祖公厅,把于书荣送往县医院治疗。

当天下午于书荣在医院醒来后第一件事是告诉王远高和王秋叶:第一,周玲玲的丧事从快从简,免除当地陋习,雷公寨的殡葬改革从他妻做起；第二，所有费用由他承担，不准动用村里一分钱；第三，按照周玲玲遗嘱，把她安葬在张群芳的自留山里；第四，不因丧事影响当前工作，必须按计划按时或提前完成每天的工作任务。

当天夜里王远高召集并主持了村两委会议，对周玲玲后事作了专题研究和具体安排。王远高说："上级领导对周玲玲的后事和于书荣的身体高度重视，下午已经把于书荣接到了省干部休养医院调理身体，为了他的安全，不准他参加此次丧事办理，并征求和尊重了于书记的意见。对周玲玲的后事要求隆重、尽快、从简、稳妥。隆重就是丧事规格要高，人气要旺，场面要热闹，届时各级各界都有相关领导和代表参加。尽快就是要求六天之内一切安妥，因为扶贫工作已进入非常时期，任务压头。从简就是免除当地繁琐而不必要的习俗，不请客，不收礼，不铺张浪费。至于正当开支，上级会按有关规定支助。稳妥就是做好有关家属工作，不节外生枝，不发生安全事故。根据上级指示和于书记意见，具体分工如下：我本人负责死者家属工作安排这一块，秋叶、小柳负责所有接待和后勤工作，广金负责往坟地送葬安墓，肖小铜负责灵堂布设和悼词对联等书写。各自选配好得力助手，做到既分工又合作，如有困难或其他情况，向我报告，我会统一协助调配……"

周玲玲去世的第二天一大早，老支书罗满福带一群村民来到王远高家门前，他们得知上级和于书荣对丧事的处理意见后，有不同意见。提出要按当地最高规格布设周玲玲灵堂，要按当地最高礼俗迎客、待客、送客，一切要按当地习俗办事，别破了雷公寨祖祖辈辈留下的风俗民情。

王远高说："这样可能不行！因为既然政府插了手，就得听政府的，也就是说必须按规定公事公办。再说按当地习俗程序多，礼节繁杂，耗时间，开支又大，工作量也大，领导会批评我们大操大办，搞铺张浪费！"

"乡下狮子乡下舞，办个丧事要什么政府，要什么领导啊！现在村里不是有钱了吗？去年年底单拼布绣公司就上交了村里十万块，还有其他的收入呢！这些钱是于书记来了才有的，现在在于书记妻子身上花一点，算什么铺张浪费呀！"罗满福理直气壮地站出来说。

"是啊，老支书说得好！不算什么铺张浪费！"众人附和着。

王远高说："老支书没说错，现在村里是有钱了！可是于书记几次来电打招呼说不准动用村里一分钱，说这是他的私事，一切费用由他个人负责。于书记还说村集体经济才刚刚起步，还要继续发展生产，用钱的地方还多着呢！请大伙儿理解。而且上级领导打了招呼，这次事故政府会支助。所以我们得尊重于书记意见，不动用村里的钱！"

"那你的意见是想要于书记个人出钱吗？"人群站出一个村民鼓起青筋扯着嗓子喊！

王远高细声细语说："大家别误解我了。其实我根本没要于书记个人出钱的意思，我是听上级政府的啊！请你站在我这个位子上想想！"

"好哇，我们也晓得你有些难处！既然如此，我们不要政府的钱了！也不要村里的钱了！我们自己捐款也要把丧事办得体体面面，绝不在上级领导和外人面前丢雷公寨的脸！"罗满福见看热闹的人越来越多，时机已到，就双拳一捏，手一挥说："马上开会捐款！"

"是啊，马上开会捐款！"众人呼应。

"不！我来说两句！"张群芳早就抱着宝宝于寨雷在一旁看热闹，她用小纸巾揩了揩宝宝流出的清鼻涕，把纸巾一甩说："我看大伙儿就不用捐款了，捐款多难听！我嫁到寨里几十年就穷几十年，我觉得没有于书荣两口子你们哪来的款捐？没有他两口子哪有雷公寨的今天？自从他两口子来了之后，我家受益最多。你看，我女儿秋叶现在不仅是省级拼布绣传承人了，还当了村主任。而且收入翻了好多倍，连我那小卖部都比从前的销量多了四五倍，而且日清月结没谁赊账了。所以为感恩于书记，这丧事该由我家来承办！"

"不行！应该由我们王家组来承办！"王家村民小组组长王满根高声叫了起来，从人群中把一个缺一只左手哭得眼睛像烂桃的老头拉了出来说："要不是我三叔读四年级的孙子王雄有病，周老师就不会出事。都是王雄惹的祸啊，请领导和乡亲们原谅王雄！请领导和乡亲们放心，我们王家组已经开好会了，请求把这事交给王家组吧，王家组一定会尽心尽力办好这事！"

此刻人群中你争我夺互不相让，手舞足蹈，议论纷纷。王远高站在门槛上招了招手说："好了，别争了！我看还是这样，在村两委的领导下，还是由老支书牵头，群众自发组织把事情办好行吗？千万不能出乱子！我得马上向上级领导汇报！"

"好好好！就按王支书说的办！"罗满福激动地手一挥说："到老地方开会去！"

一会儿，村前的古银杏树下聚满了黑压压、闹哄哄一片。原来村民们眉飞色舞在私下交头接耳，你捐多少？他捐多少？罗满福像从前那样双脚稳稳地站在古银杏树下，这是他退岗后头一回在乡亲们面前显示出当年的威风，现在他一手叉腰，一手向一片黑压压的村民们挥了挥，抬起嗓门喊：

"各位父老乡亲，今天召集大家来没别的事，也不是开别的会，就是为周老师的后事问题。我虽不是村支书了，但还是党员，还是群众。我今天就作为群众代表，想对大伙儿说句话。于书记来雷公寨搞扶贫，开始我和大伙儿一样有点冷落他，有点小瞧他，不理解他，甚至为难他。因为他不是农村民，又没在农村生活和工作过，又年轻。而比他更有经验的干部一茬又一茬，都没在雷公寨搞出个名堂，所以我们信不过他。后来亲眼看他办了一件又一件好事和实事，才慢慢认识他，了解他，尊重他。

"大伙儿有目共睹吧！如今的雷公寨不是从前的雷公寨了，新学校有了，拼布绣成了人人能挣钱的手艺，我当了三十四年村支书，从没想到这些穷山恶水会变成旅游资源,从没想到这些荒山僻岭和早已抛荒的耕地,会被什么农业合作社统一收购变成金钱。从前我们靠政府的救济款过日子,如今反而向政府交营业税了。从前村里光棍、寡妇授受不亲,如今成双结对有说有笑……这些都应该感谢于书记!

"于书记不仅自己来到这个艰苦的地方,还把全家都带到了这个地方。不幸的是周玲玲老师为了送学生治病献出了年轻而宝贵的生命。我作为一名共产党员,作为雷公寨群众中的一员,和大伙儿一样十分痛心!现在召集各位来,就是想商量如何团结一心,把周老师的后事办得热热闹闹、体体面面。好让周老师的家属满意,好让周老师安然入土,让外人都知道雷公寨的人也知道感恩。而现在上头和于书记都要求节俭办事,于书荣又是村里的第一书记,村两委感觉十分为难。现在就想听听各位的意见,有些事官方为难,群众不为难,请求官方让我们群众按当地习俗来办行不行?"

"行行行!"

"现在我们都有钱了,大伙儿凑钱吧!"

"对,凑钱也要办得体体面面!"

"……"

"好了!既然大家都说到这份儿上了,我也就不瞒大家了,其实今天一大早就有山崽、牛古、贱狗等十二位你两百块我三百块地凑了款,罗赖贵来电说他凑五千块,是他们的行动感动了我,我现在当着大伙儿的面凑一千块。还要告诉大伙儿,这次活动我只是牵牵头而已,管钱的是肖小铜,管数的是王小勇,两个都是大伙儿信得过的入党积极分子,请大伙儿放心!据说还有很多要凑的,现在开始!"

紧接着全村男女老少争先恐后凑款,还有少部分在外打工的听说已回村创业的同行比在外打工更合算,纷纷来电说已辞工或请假准备回村参加丧事。此次丧事以村两委为核心,完全由村民自发操办,秩序良好,已得到了上级有关领导的默许。

张群芳虽然没争取到承办丧事的机会，但她除了捐凑两千块外，还把自己待用的、坚实而漆黑反光的杉木棺材献给了周玲玲。而同样没争取到承办丧事的王家组也不甘示弱，王家组匠人多，还有"专业乐队"。王满根组长早已安排好了老裁缝连夜为周玲玲赶做全套寿衣、寿被、寿鞋、寿帽，安排好了剃头佬为周玲玲梳剪整容，还安排了精干的乐队为其全程服务。

在雷公寨众多的旧俗中，有一项不成文而流传至今的重要礼俗，是家中老人或生有子女的长辈去世后，从入殓盖棺至出殡前夜，孝家要请"歌郎"唱孝歌来举行追悼陪灵活动。王家组王雄的爷爷就是当地有名的歌郎。而请歌郎"唱孝歌"是表达晚辈向去世的长辈尽孝特有的方式，所以孝家请歌郎一般都比较庄重。先得用鲜红纸写成请帖，还要准备个大红包，然后孝子带上请帖和红包郑重其事地在歌郎面前鞠躬下跪才算请了。

而周玲玲的孝子在哪？谁去送请帖和红包？现在唯一真正的孝子于寨雷才一岁半，没法"亲自"去请歌郎，怎么办？张群芳正打算抱起小寨雷"亲自"去请王雄的爷爷时，不料王雄的爷爷早就带着王雄在灵堂守灵了。王雄的爷爷把王雄当孝子，让王雄垂头跪于灵前，然后在灵前的高桌上，给事先布设好的东南西北中五方神位各点上一炷香，然后边点烧纸钱边唱起孝歌来：

> 天上金鸡叫，地下凤凰啼，弟子就把歌堂起。
> 起歌堂，歌堂起，先从后栋起发起。
> 金砖打脚金砖起，墙壁起了三丈又九尺。
> 架起栋梁订橡皮，订成橡皮盖成瓦。
> 后栋歌堂算起成，起好后栋起中栋。
> 银砖打脚银砖起……

孝歌还没唱完就被匆匆而来的张群芳打断了，张群芳抱着于寨雷上气不接下气地说："请都没去请就来啦！"

王雄的爷爷停下来说："还用请吗？王雄就是晚辈！"

张群芳扬扬怀中的小寨雷说："还有个正宗的小晚辈呢！"

王雄的爷爷看了看乖巧的小寨雷，难过地叹了一口气说："是啊，这乖孩才是正宗的小晚辈呢！实在太可怜了！"

"来，让这乖孩子和王雄一块跪着吧！你就接着唱吧！"张群芳说着就让小寨雷去跪，小寨雷站都不肯站，只顾"妈妈、妈妈"地哭闹。歌郎哽咽着喉舌唱：

> 银砖打脚银砖起，墙壁起了三丈又六尺。
> 架起栋梁订橡皮，订成橡皮盖成瓦。
> 铜砖打脚铜砖起，墙壁起了三丈又三尺。
> 架起栋梁订橡皮，订成橡皮盖成瓦。
> 前后三栋都起成。
> 起歌堂，造歌堂，起成歌堂接歌郎。
> ……

唱着唱着，悲切的歌声、小孩的哭声和大人的哭声混作了一团……

哀送周玲玲上路那天，周边村村寨寨的村民纷纷前往雷公寨村，不计任何条件，不分村内村外，吊唁、帮忙，都把故去的人当成了亲人，送上坟地入土为安。有的还自愿送来了花圈、纸钱、香烛、挽联、鞭炮。镇政府送来了大横幅，上面写着"志愿扶贫周玲玲女士永垂不朽"……

出殡了。周玲玲灵堂焚起了高香，点亮了长明灯。村民痛彻心扉，泣不成声，下跪叩头。整个村庄天低云垂，悲声大恸。起殡时间一到，只见司号员手臂一挥，乐队立刻发鼓鸣金，唢呐竹笙齐动，伴随着喊声、哭声、鞭炮声，震惊山谷。送葬的队伍一步三拜地慢慢向村外蠕动……

　　乡村讲究哭丧。哭丧不仅是乡村一种文化，一种习俗，而且是一门学问。好像没有哭丧就没有悲伤的气氛，好像一定要哭得让人在悲切的环境中领略到一种特有的感受，直哭得所有在此吊唁的人都心里难受或者潸然泪下，这才算哭出了成效。

　　依然是女人充当了哭丧的主力军。当出殡时间一到，女人就像戏台上的悲剧演员，鼻子抽动两下，嘴巴一歪，"呜呜呜"地哭了，一直要哭到棺材落井。哭的队伍呢，一般分前后两部分。棺材前的部分是亲人，当抬棺的人停歇的时候，亲人们就会跪下哭一阵子。而跟在棺材后面的部分是陪哭的百客，不必跪下。而此刻哭丧周玲玲的队伍有些特别，有些破例。里把路的长队不分男女，不分前后，亲人无数，哭客无数……

　　女人哭的时候会边哭边诉，往往把亲人的去世怪罪天地不公，阎王冤人。拜天骂地怨阎王，口气一律辛辣、刮毒、刺耳。就像雨打芭蕉，长短句，四六体，生动形象。发音高低适度，情感跌宕起伏。无论从哪个角度哭诉，都能开门见山紧扣主题，中心突出，节奏感十分强烈。

　　明知人已经故去而无法还生，却仍然在不停地呼唤着，就像在和亡人做一场安慰性的聊天。因此，女人的哭是真心的、动情的，就像哭自己的亲人那般，悲伤由心底生发，哭得眼不是眼、鼻不是鼻的，令人心酸，催人泪下……

　　周玲玲的后事刚办毕，扶贫办一位领导陪送于书荣来到雷公寨。然而，乡亲们这回见到的于书荣像换了个人似的，他头呆脑笨，成天寡言少语好像心不在焉，又好像成天在想什么，一到黄昏就自言自语，眼泪横流，拨打着周玲玲的手机。一会儿向对方说，天黑了，怎么还不来啊，孩子在哭闹！一会儿向对方说，你的诗歌我看完了，写得还不错！此刻于书荣会脸带笑意。因为这才是两个文学爱好者的共同心愿,也是引领他和她迈入婚姻殿堂的真谛。

有两个下午,于书荣还抱起于寨雷到周玲玲的坟墓上,父子俩边哭边读周玲玲准备在集体婚礼上朗读的长诗。长诗是这样写的:

> 一场特殊的婚礼
> 让我俩情牵一世
> 为了不再分开的梦
> 我俩等到了这一天走到了一起
> 一场难得的婚礼
> 并不只是一个形式
> 因为从此时此刻起
> 我俩真正地拥有了彼此
> 那美丽的同心结
> 已牢牢拴住了我们
> 无论富贵贫贱
> 无论生老病死
> 我们的心将永远贴在一起
> 如果可以
> 我愿用我的整个世界
> 换你冰山一角
> 如果可以
> 让我的舞台搭在你的心里
> 与你的心脏共舞一辈子
> 如果可以
> 我把我的心都给你
> 不会留一瓣来疼自己
> 如果可以

你用绝世演技

演到我一世失忆

如果可以

你用爱情谎言把我痴迷

直至我变成一个傻子

无法把你想起

如果可以

让回忆永远停止

让梦想回归现实

我会用一生去珍惜

然，这些幻想终钻进了我的骨髓里

与我的血液连成一体

永远成了我的专利

我知道从此孤单不在

因为有你

我们情牵一世

  好在王秋叶急忙跟在背后边陪哭边安慰父子俩。不过乡亲们理解于书荣，体贴于书荣，像一股强大的力量给于书荣精神上一种温馨的关怀和莫大的安慰，使于书荣短时期内从悲戚中剥离，投入了紧张的工作。譬如，乡亲们为照顾于书荣的生活起居，就争着为于书荣供餐，再也不让他独自弄饭了。又譬如张群芳把于寨雷当成了自己的亲外孙，养得白白胖胖的人见人爱，让于书荣无牵无挂地安心工作，又慢慢体验到了做父亲的乐趣。对于乡亲们热情无私的举动，雷公寨村两委也作了专题研究：凡为于书荣供餐的，一律按规定给予伙食补助；张群芳代养于寨雷，按保姆每月两千块计工资。

二十八

雷公寨的旧房改造、自来水安装、拼布绣（学校）公司、村两委综合服务大楼（农业合作社、旅游公司、特色生态农业管理有限公司）、村幼儿园和文体广场建设，已全部由盛达工程公司负责承建并圆满竣工。寨里人喜气洋洋全部用上了自来水，办客栈的生意红火，搞特色农业种植的全部由合作社发工资，更可喜的是无论男女老少，没文化的或残疾人都可以在家或拼布绣公司上班了，由公司统一验收产品，统一销售，统一发放相应待遇。全寨人人有事做，个个在忙碌。

拼布绣（学校）公司这天比过年还热闹。北京传来消息，肖小铜独立创作的拼布绣《最美北京》，亮相全国总工会舞台。据说消息源自全国工会女职工风采展示活动组委会，由省市总工会选送的《最美北京》，作为雷公寨拼布绣成果展示节目，从全国各地选送的三百九十二个作品中脱颖而出，向来自全国各地的职工代表展示了湘南古老的拼布绣技艺和精美的拼布绣作品。

肖小铜还独立设计创作了许多主题鲜明、时代气息浓郁的拼布绣图案，按照图案所制作的产品屡获大奖走销国外。肖小铜的女朋友是某大学美术系毕业生，就因为仰慕肖小铜出众的才华而来到雷公寨相识的。而肖小铜又是王秋叶最得意的领头骨干，因此，他们的婚事就由王秋叶出面牵线，一拍即合。

那天肖小铜的女朋友又来到雷公寨。他们久日不见有很多话要说，就利用夜里月下到河边散步。途中几棵粗大的老柳遮挡了皎洁的月光，没想到就在这个被遮挡的阴暗拐弯处，突然与同在散步的罗番贵和田寡妇相向而遇。

原来罗番贵是前两天才从拘留所出来的，刚出来的罗番贵连自家屋门都没进就迫不及待地去了田寡妇那儿。正低着头在灶台炒菜的田寡妇突听屋门"嘎吱"一响，转身抬头一看原来是罗番贵，他满脸堆笑，心情和悦地说他没罪了，刚从"牢房"里出来了。田寡妇先是一惊，菜里差点忘了放盐。然后转过身去低头羞涩一笑，心里在说来了就好，示意罗番贵先坐一会儿，她正忙。而如释重负的罗番贵屁股没坐稳就急匆匆地在田寡妇面前手舞足蹈起来。

田寡妇抬头对着罗番贵翻了个白眼说："像你这样的坏蛋该多关几天才好，怎么就放出来呢？"

罗赖贵反驳说："像你这等心肠不好的女人越少碰越好，怎么又偏偏被我碰上了呢？"说着欲把田寡妇抱起来，田寡妇手握锅铲翻动着锅底的干红辣椒炒干鱼，罗番贵被烧红的干辣椒呛得打了个大喷嚏，唾沫都喷到田寡妇脸上了。

田寡妇顺势用另一只手轻轻推开罗番贵说："辣死你！别把唾沫喷到锅里去了。"说完热辣辣地向罗番贵使了个眼色，又说："也快一个月了，你家那些从没洗过的烂衣烂被，那些锅碗瓢盆恐怕都要发霉了，还不快去打理打理！"

罗番贵说："你这才是我真正的家，我生怕你发霉了，得先打理打理你才行！"

田寡妇说："谁要你这臭懒汉打理啊，快给我滚！"

罗番贵不但没滚，反而趁势一把抱住了田寡妇，锅里的干鱼干辣椒和着茶油在火攻下发出浓烈的香辣味，呛得罗番贵连打喷嚏说："够味够味，香喷喷、热辣辣的味道真好……"

现在肖小铜和他的女朋友正与罗番贵和田寡妇说着话。

肖小铜劈头就问罗番贵："你俩怎么在这儿？"

罗番贵反问："你俩怎么在这儿？"

肖小铜理直气壮地说："我们是在谈恋爱呀！"

罗番贵也不示弱地说："我们也是在谈恋爱呀！"

肖小铜气愤地说："你这辈子也值得谈恋爱吗？也有资格谈恋爱吗？"

罗番贵更不示弱地说："老子也是中国公民，怎么不值得谈恋爱，怎么没资格谈恋爱呢！"

"你就是不值得！你就是没资格！"肖小铜两拳一握，朝罗番贵向前走了一步。

"为什么？"罗番贵双眼直瞪肖小铜。

"谁愿意嫁你个无赖啊！"

"你要田银花说说！"罗番贵双手把田银花拉向前。

"田嫂是好人，完全是被你们这些无赖逼迫的！"

"就算逼迫也是我的本事啊，你能奈我何！"

"我偏要奈何你！"肖小铜指指点点差点点到了罗番贵的鼻梁上。

"你敢！"罗番贵旧病复发，突显邪威，猛地伸手去抓肖小铜的耳朵，却因肖小铜高出罗番贵一截，那刚伸出的手被小他十三岁的肖小铜迅速抓住，反而"啪啪"地回击了罗番贵两耳光。吃了两耳光的罗番贵此刻不得了啦，在地上捡石块欲砸肖小铜。谁知肖小铜眼疾手快，趁对方转身弯腰捡石块时，一脚把对方踢倒在地，两人没命地扭打起来……

两个女人无力"参战"，也无力劝架，情急之下"哇哇哇"地哭喊起来。此刻正在河边谈家庭、谈个人的于书荣和王秋叶，听到哭喊立刻赶到现场。

王秋叶严厉喝道："快放开，你们要干什么？！"

肖小铜和罗番贵停住了扭打，慢慢松开了手。

于书荣说："按照村规民约第八条，你俩罚定了，每人五百元！"

"不仅要罚款，还要在村民大会上公开检讨！"王秋叶气急地说："你们俩是头一例犯规，非得严肃处理不可！"

"于书记,这回可是他先动手的啊!"罗番贵指点着肖小铜说。

"是他先揪我的耳朵!"

"是他先打我的耳光!"

"别说了,都别说了!村规民约出来没两天就出事了,影响极坏。过两天在村民大会上公开检讨,兑现罚款!"……

于书荣和王秋叶虽然严厉批评了肖小铜和罗番贵,但他们好像忽然受到一种难以言说的启发。肖小铜和罗番贵虽然有些冲突,毕竟不是你死我活、争风吃醋的冲突,也不是他们祖宗八代留下了怨仇。仅仅因为过去罗番贵对肖小铜有点过分,但也不是伤筋动骨,隔阂一定会慢慢消失。可喜的是,肖小铜和罗番贵都带着女人,在明月当空的夜里温温情情地"谈心"。恰逢于书荣和王秋叶也在温温情情地"谈心",这就有点难以言说的戏剧性了。好像雷公寨昔日早早关门闭户静得可怕的夜晚,顷刻间变成了情意融融男女吐露心声的夜晚。这样的夜晚多么美好啊!要不是肖小铜和罗番贵打扰,于书荣和王秋叶也会谈个通宵。因为王秋叶有满肚子早就想吐露而又不敢吐露给于书荣的话,昨夜只是刚开了个好头。不过男女之事谁也难说清,难道明,只要有了个开头,就会卿卿我我、情意绵绵没完没了不能自已,王秋叶好像坠入了这种情感里。为此,她越想越不能自已,这种"谈心"得打铁趁热呢!

第二天夜里,王秋叶主动约于书荣"谈心",只是这回的"谈心"方式不同。她早早把自己打理得风风光光,然后把于书荣请到自家吃夜饭,她痛痛快快地杀了土鸡,备了土酒,她借口要好好庆贺,庆贺寨子里好些项目已成功引进。面对冒着热气的菜肴,王秋叶主动举起了酒杯,含情脉脉地对坐在对面的于书荣说:"于书记,我不会喝酒,但这一杯我非得敬您!"

"敬我什么?"于书荣的脸微红了一下。

"敬您帮助我传承拼布绣啊!"王秋叶的脸红晕得不知所措地说:

"要么我先喝了！"说着头一仰，喝了个杯底朝天。于书荣也只好随即喝了。

于书荣在王秋叶面前晃了晃空杯说："好啦！重新满上，下一杯应该是我敬你啦！"于书荣说着就为王秋叶筛酒。

王秋叶用白皙的手拦了拦说："别筛了，我平常滴酒不沾的！"可于书荣仍把酒筛得杯满酒溢。

于书荣说："你平常滴酒不沾，现在沾了就好，而且既然沾了第一杯，就莫怕第二杯了！"于书荣筛满了王秋叶的杯子，又把自己的筛满，端起酒杯说："这一杯我敬你，你喝了就算我帮了拼布绣！"王秋叶没作声，只顾用小勺子往于书荣碗里送鸡汤，于书荣趁热甜甜地喝了两口鸡汤，顿了顿，又说："别客气，我还等着喝你的喜酒呢！到那时你才应该对我客气一点！"

王秋叶顿觉莫名其妙说："什么喜酒啊？！"

于书荣微笑着说："还明知故问呢！我刚进村时就听村会计说你和罗赖贵早就好上啦！"

王秋叶满脸晕红温情地瞟了于书荣一眼，说："哪能呢，那是谣言！"她索性把她为什么不喜欢罗赖贵的真实原因向于书荣和盘托出了。

王秋叶满脸苦楚地说："其实于书记你也晓得啊，我今年三十二岁了，也许城里像我这个年龄的大姑娘都在疯狂恋爱了，因为早些年她们埋头做学问、追文凭去了。可是在乡下到我这个年龄，孩子早就背着背篼，头胎已经上学了。而在罗赖贵之前，我也曾相亲过数次，都因高不成低不就而告终。八年前，我还在外地打工，我妈叫我回来说女孩子到什么年龄做什么事，女大当嫁，该找对象了，不找好对象不准外出了。

"我妈安排我相亲那时，我才二十三四岁，长得皮肤嫩白，个头一米六八，全身上下哪儿哪儿都亮鲜鲜地透出那种浓烈的女人味，寨里婆婆、阿姨个个见了都称羡着说，秋叶，越长越靓了呢！称羡完了，还要回头悄悄瞄上几眼。我妈就整天乐呵呵的心满意足，给女儿谈婚论嫁时水涨船高了，家门踏破仍让对方十求九空。因为她早就策划着托人给我介绍了一个煤矿老板，据说煤矿老板他爸和我爸生前一起下过井，挖过煤，是朋友加兄弟的那种。他虽然大我八岁但蛮有事业心，除了开煤矿还办起了房地产开发公司，成了数百人的老总。各方面条件比我家不知好了多少倍！而我家只是靠种地为生，可以说我是标准的穷村姑，他才是实实在在的富二代。

"他家为了显示地位，让我们在县城一家五星级宾馆见面，从没尝过山珍海味的我狼吞虎咽，几杯红葡萄酒把滴酒不沾的我弄得似醉非醉。我完全被那家五星级宾馆的豪华陶醉得感觉到自己都豪华起来了，双方一见面就愉快地加了微信，双方长辈个个吃喝得面红耳赤、肚圆肠满，才恋恋不舍地离开……

"往后我们就开始了微信闲聊，我说他家条件这么好，怎么不上学？他说：'上学有什么用，大学生还不是老老实实地给我打工！我和你直说，像你们这种村里丫头我见得多了，既然我们长辈介绍的，那我就先约法三章，我们结婚后我去哪你别管，我认识谁你别问，我带朋友回家你要热情招待，你回娘家要向我请假，不准出去工作，每月家用五千，生孩后再加三千。但要和穷亲戚朋友断绝来往！结婚必须马上要孩子！否则退彩礼离婚！'

"他递给我一张纸，让我签字。我笑了一下又递了回去，我狠狠地瞪了他一眼，算是结束了我俩刚开始的感情。

"回村后，我的好朋友小娇来找我玩，我说了自己的经历，没想到她说：'你怎么那么傻啊？像你我这样的穷丫头嫁谁都是过日子，干嘛不找条件好的！'我开玩笑说：'那你嫁给他好吗！'她红脸了，当晚她妈来到我家找我妈说这事，我妈乐得做起了顺水人情……

"后来小娇结婚的时候对方给了二十八万元彩礼，婚礼场面在我们寨里算是盛况空前，我还当了她的伴娘。

"三年后，小娇回娘家了，我和她三年没见面，她还是那么漂亮。不过她说她婚后一直在羡慕我，她说她真后悔，现在老公三天两头不见人影，公婆不让她出门，同学断了来往，回娘家都不能留宿……看着她的样子，我生发出几分可怜。不禁感慨，婚姻就像鞋，平底鞋穿上虽不好看，可是舒服，高跟鞋精致显身材，可是脚疼只有自己才有感觉。人生的路有很多条啊，每个人追求的不同，收获也不同，老天对于每个人都是公平的。对于我而言，天生就不是富贵命，但是我觉得用努力得来的钱花着踏实，用真心换来的感情暖心！

"罗赖贵和我都在这个穷寨子土生土长，他和他家的情况我知根知底。他和我从前谈过，其实他和那个煤矿老板没两样，你说这样的男人能和他白头偕老吗？……"

王秋叶和于书荣的饭局还在进行。

于书荣说："原来是这样啊！"举起酒杯又说："来！庆贺拼布绣的成功，你喝一杯！我连喝两杯行吗！"王秋叶一听说"拼布绣"三个字，眼前一亮，趁着酒劲头一仰，又喝了个杯底朝天。喝后才明白，这是装二两的酒杯呢，两杯四两，对于滴酒不沾的女人，她害怕了。她赶紧喝了很多鸡汤，又吃了很多鸡肉和瓜菜。听人说多喝汤吃菜能醒酒解酒。

一会儿，她忽觉头重脚轻，脸上火辣辣的，朝桌面上一看，仿佛桌面在旋转，杯盘在旋转，自己在旋转，整个屋子在旋转，随即胃里憋得难受。又一会儿，菜和汤在肚里不安分地打起架来，而且越打越烈。王秋叶忽然感觉浑身绵软，脑袋昏昏沉沉，一阵恶心，身子往桌下一歪，就呕吐起来。此刻于书荣慌了神，快手快脚抱住了她，他把她抱到床上，脱了脏衣脏裤，又用温热的毛巾给她洗了脸和手，然后用毛巾浸了冷水，敷在她脑门上。当他双眼落到她白皙的双腿上，准备拿被毯为她遮盖时，他的脸比她的脸还红还火辣，他感觉自己忽然心跳加快，呼吸急促，拿被毯的双手在抖动。因为他和她头一回这样，他头一回这样去抱她，头一回去为她宽衣解带。要是对方是个男的没关系，就陪他睡也无所谓，而现在的情况不同，虽然是特殊情况，可无论什么情况这样做都不妥。特别是作为村里的干部，特别是作为刚死了妻子的青壮男汉，一旦让人瞧见就麻烦了。于是，他赶紧清理好地上的脏物，悄悄离开了她家。

这一夜于书荣虽然喝了三杯六两，可这六两酒对于书荣来说一点醉意都没有，这点酒不仅没把他弄醉，反而把他弄得比没喝酒还精神，更兴奋了。一精神，一兴奋，就满脑子的王秋叶，满脑子的拼布绣，满脑子奇奇怪怪的想法。这些想法就像他在构思小说，时而近，时而远；时而清晰，时而模糊；时而亲切，时而淡漠；时而欣悦，时而惆怅。有种万般无奈，身不由己的感觉。于书荣有个这样的怪习，要么喝得酩酊大醉，要么干脆不喝。因为他除了最初几次醉得蛮痛苦之外，后来就越醉越睡，越醉越舒服了。偶尔喝得半醉不醉，反而等于折磨自己。像今夜这种状态，让他十分后悔自己没多喝几杯，没把自己弄醉，后悔不该把王秋叶弄醉。人家王秋叶说自己滴酒不沾，一定是头一回醉酒，而头一回醉酒是十分痛苦的，他曾有过亲身经历。在市委办工作的那些日子，于书荣头一回陪领导应酬多"代喝"了几杯，当场倒地，急送医院，第二天才醒来，一连几天胃里老不舒服。据说从不沾酒的人被弄醉了，轻则以各种解酒方式缓解，重则立刻上医院甚至有生命危险。他后悔自己当时不该急忙离开王秋叶，急忙离开等于趁人之危、临阵脱逃，趁人之危、临阵脱逃不算人，更不算男人。何况自己还是年轻的公职人员，还是村里第一书记！单从第一书记这个角度，更应该关心和保护百姓呢！何况人家王秋叶还是村里的重要人物呢……此刻，于书荣再也睡不着了。对了，先拨她手机试试，接了，就说明没问题。就问问她现在状况，需不需要送医院，顺势安慰她几句。没接，肯定就有问题了，或者出大事了，得赶紧去看看才放心！

连拨三次，回音都是"您拨的电话无人接听！"此刻于书荣慌了神，越拨越慌神。他拿着手机的手不停地抖动着，再也不敢拨了。立刻爬起来，而失眠之夜忽然爬起，感觉全身疲惫得脑袋有点晕眩，于书荣根本顾不了这些，拿起手电筒悄悄出了门……

这一夜王秋叶也没睡觉，她不晓得自己是怎么睡床上的。大概是呕吐的原因吧，王秋叶感觉吐后格外清爽。她颤颤巍巍扶着床边起了身，然后漱了口，洗了脸，欲打扫一下餐桌现场。发现餐桌被收拾得干干净净，地上的脏物也没了。此刻明白这一切都是于书荣干的，明白只有于书荣才会这样干。其实，这种"明白"在王秋叶心中早就有了，自从于书荣来寨里的那天起就有了。她明白于书荣是个聪明能干、憨实厚道、有文化知识、有同情心和责任感的男人，这种男人才是真实可靠的男人，才是值得信赖的男人，才是她心中想要的那种。因此于书荣刚入村时王秋叶就开始暗中有意探访，她悄悄了解到他四十一岁仍孑然一身，可几个月后忽见于书荣的未婚妻来雷公寨找于书荣时，她才恍然大悟，连自己都感觉好笑，笑自己头脑简单，心太野，不如慢慢和同样有学识的本村懒汉肖小铜建立感情实在得多。

然而，如今于书荣好端端的家庭突遭变故，妻没了，儿才一岁多，面对这一堆家庭困难，于书荣的母亲谢茵茵早就气昏气病了。王秋叶内心顿生同情，而自己觉得这种内心同情有些莫名其妙又不莫名其妙，只是羞于启齿。羞于启齿的原因是，他是博士，她高中肄业，他在城里，她在农村，他是干部，她是农民，她和他太不般配了。而她唯有年龄小他九岁，身子和脸蛋比他好看，就再没别的优势了。可人家在这儿当扶贫第一书记也只是镀镀金，少则两年，多则三年就拜拜了，拜拜了就和这地方没关系了，就和她王秋叶没关系了，哪能扯得上谈情说爱这等事呢？日子像包青天那样铁面无情地溜走，还有两个月工作队就要撤回了，多可怕啊！王秋叶从前是怕没人支持她的拼布绣，而今是怕离开他没法过日子。自从他老婆周玲玲去世后，周玲玲仿佛在她心中很快淡忘了，而他却在她心目中老挥之不去，像对正热恋着的新人老缠在一起，也不知是他缠她还是她缠他，反正"缠"得想分也分不开了。其实她从没想过分开，巴不得他缠，缠得忍不住时她就想试一试，就想单独把那句"羞于启齿"的话向他表白，即使不成功也算了却了心事。

可是一直没找上机会，后来索性借工作关系公开请他喝酒吃饭。而这种方式已用三回了，仍没敢把那句心窝子里的话掏出来，就连那句话的一点点意思都没露出来，"掏"不出"露"不出，她觉得很失望。可细细想来又不失望，前两回请于书荣吃饭是因为太仓促没经验。头一回马副局长还有支书王远高和他一块来了，第二回马副局长又来了，她母亲也在场，而且时间都安排在中午，他们都怕影响下午工作不肯喝酒，她也只好陪喝饮料。没有酒就没了那推杯弄盏的氛围，就少了那亦城亦乡、亦俗亦雅的玩笑，即使有话也没他俩单独说的机会。而这回她是总结经验教训精心谋划好的。首先是把时间安排在夜里，夜里相对事少人静，有足够的时间喝酒聊天；其次是场面单独，有意不请马副局长和王远高支书，就连老母亲都被她变着法儿支开走亲家了；最后是她破例大杯大口喝酒。她活到三十二岁了，也曾和别的男人恋过爱，也曾和恋人单独吃过饭、喝过酒，可从没这样放肆地大吃大喝过。今夜这种喝法是王秋叶有预谋、有目的的，是她触景生情鼓足勇气有意为之的。她巴不得自己醉得一塌糊涂，巴不得把于书荣弄得烂醉如泥回不了宿舍。她甚至努力想象着自己醉酒后的样子，努力想象着于书荣醉酒后的样子，努力想象着他俩醉后是什么状态，会想些什么、说些什么、做些什么？总之只有弄醉了才有"戏"。而今夜这戏没完美弄出来。她喝够了他没喝够，她醉了他没醉，他抱了她她没抱他，戏等于只弄到一半，还有一半呢，怪他也怪她。

"北京有个金太阳，金太阳……"来电歌声打断了王秋叶美好而失望的思绪。她急忙抓起枕边的手机打开来电显示一看，正是于书荣的，她本就醉红的脸更红了。惊喜之余她面对手机露出了惬意而温馨的微笑，本想娇娇滴滴接话回话，即刻又换了种方式。她故意不按接听键，也不关机，而是任他一遍又一遍地"北京有个金太阳"。接连悦耳的歌声让她竖起了双耳，两眼不由自主地盯住屏幕，好像手机里有人在说话。一会儿，隐隐约约好像窗外有脚步声，这声音近了，更近了。她听见隔窗低声咳了一声，又轻轻敲了两下窗棂。睡房的电灯一直亮着，她一点都不害怕，料定是刚才打她手机的那个人，一定是他。紧接着屋门"嘎吱"轻轻一响，又轻轻闩上。这时她才发觉屋门原是虚掩的，忘了上闩。她稍微抬头一看，从房门闪进来的果真是他。她喜出望外，索性把身子缩成一团，紧裹衣被，脸朝里墙。

"秋叶，是我呀！别害怕！"他轻轻朝床头走来，温柔地唤她。

见对方没反应，他又压低声音耐心地唤："秋叶，难受吗？把你弄醉，是我的错！要不然我背你上医院！"他来到床头，边唤边伸手去拉她故意紧裹的被毯，想把她面朝里墙的身子掰过来，看看她的脸。

她再也憋不住了，顺势慢慢转过身来娇声娇气地说了句"我要喝水！"于书荣赶紧从暖瓶里倒了一杯热水，王秋叶接过水杯感觉蛮烫，摇摇头说她要凉的。于书荣又从她的小卖部货架上拿来一瓶矿泉水让她喝，说："喝水没用，要么我叫人送你上医院就不难受了！"说着他欲拨手机。

她立刻丢下已喝下半瓶的矿泉水，猛然夺过他的手机，顺势抱住他娇滴滴地说："于书记，不用叫人了，只要你能好好抱抱我就没事了！"……

灯熄了！屋外更静了！唯有夜风轻轻把窗纸抚摩得扑扑微响。

她没再说话。

他没再说话。

他感觉她的身子越来越烫人，鼻腔里呼出的酒气越来越浓！

她头一回感觉身子里有种似醉非醉、难以言说的舒爽！

两个月后的一个月明风清的深夜，于书荣和王秋叶相约在村前的古银杏树下，他们明天就要到镇上去扯结婚证了。按当地习俗，每对夫妻结婚前，都会在一个美好寂静的夜里，相约在这对夫妻树下手拉手拥抱树干，然后相拥着发誓，以示他和她像这对夫妻树一样，永远相依相偎，万古长青。

现在于书荣和王秋叶手拉手合抱夫妻树之后，相拥着站在树下。

于书荣说："秋叶啊，把寨子弄到今天这一步，全是你的功劳！"

王秋叶把头歪在于书荣怀里，温柔地说："应该是你的功劳，要不是你引资把公路通到寨子里，把项目引进来，寨里哪有今天的热闹。要不是你把寨子里的拼布绣传到外面去，哪有今天的成果！"

于书荣说："我俩明天就是合法夫妻了，我将成为永不走的工作队员了！"

王秋叶用热辣辣的目光瞟一眼于书荣说："是啊，从明天开始，你就正式成为雷公寨一员了！"

于书荣说："记得刚来时我就说过这话！"

王秋叶说："说明你兑现了你当初的承诺！"

于书荣风趣地说："那不等于我是'倒插门'的那种，嫁到雷公寨，嫁给了你！嫁给了拼布绣！"

王秋叶"嗤嗤"一笑，甜甜地说："是啊，你嫁给了我，也等于嫁给了拼布绣！"

于书荣说："那我们什么时候举行婚礼呢？"

王秋叶说："等那几对正热恋的成功了，一起搞个集体婚礼吧！"

于书荣说："好啊，你正说出了我的心里话！"

随即，他和她热烈地拥吻着……

两天后，村民大会依然在村前的古银杏树下召开。谁也没料到卸职后很少参会的罗满福，会领着罗番贵和罗广金早早地来到会场。

罗满福上回提交村两委而村两委暂没收下的那一大袋红包礼金，现在又背来了。正在会场一边忙碌会议准备工作，一边等待参会村民的于书荣及几位村里领头的，见罗满福三人破例提前到会感到惊讶。

罗满福一见到于书荣就弯腰赔笑低声说："于书记，我听番贵说他犯了村规，今天当会罚款检讨。我也犯了村规，想凑个热闹！"说着就把那一大袋红包礼金递给于书荣。

"还是那个办酒退礼的事啊！"于书荣接过礼金放在讲台上说："好吧，礼金你自己退，但要扣除办酒席的成本！"

"我晓得，按村规民约第三条，不但要退出礼金，而且要罚款一千元，还得公开检讨！"

王秋叶说："我看罗叔这个罚款和检讨就算了吧，因为他办的酒席是在村规民约公布实施以前。"

王远高说："我也同意秋叶的看法，老支书能退礼金就算不错了！"

罗满福说："谢谢村里对我的关照！其实，我的所作所为不配被村里关照，不配作为老干部，连普通党员都不配！"罗满福感动得流出了浑浊的老泪说："因为我背着你们干了不少不利于扶贫工作，不利于团结的蠢事坏事！该千刀万剐才是！"

于书荣说："老支书啊，俗话说吃了橘子丢了皮，旧事别再提！过去的事也就算了，怪我们和你联系太少，放松了抓党员干部的学习与交流。"

尽管于书记如此客气地安慰罗满福，罗满福依然十分愧疚地说："请于书记原谅我，好多事都是我支持或逼着罗赖奎、罗番贵、罗广金他们干的！给村里造成了损失，这笔损失账应该算到我身上！"

于书荣说："好了好了！只要你往后能支持村里的工作就行！"

"于书记啊，我晓得你们一直在关心我，尊重我。可你们越是这样越叫我难过。往常我以为自己拼死拼活在村里干了一辈子，没功劳有苦劳。而且仗着自家也有在外当官的，就瞧不起村里、乡里以及上头的一般干部，在村里我行我素、为所欲为。现在我才明白，都是我的错，是我亲手毁了两个儿子的前程，害了自己，害了百姓。现在我向于书记保证，往后我不仅要积极支持村里的工作，而且要教育我的亲戚和晚辈，只有规规矩矩好好做人，才是人生的正道。"罗满福说着说着就止不住老泪横流，索性"呜呜呜"地哭起来。

村民大会开始了……

二十九

转眼又到端午，这是雷公寨脱贫后第一个端午，村两委打算把赛龙舟搞得特色鲜明，空前隆重一点。而让村两委出乎意料的是，此刻村民骨干肖小铜和王小勇兴冲冲地找到于书荣和王秋叶，说他们想借此机会名正言顺地把他们的女朋友娶回家。寨子里好容易终于摘了贫困帽，也该把他们的婚礼搞得像节日一样特色鲜明，热闹隆重。

原来，肖小铜和王小勇都早已谈上了女朋友，他们的女朋友都是外地慕名来雷公寨学习拼布绣而结识的。肖小铜的女朋友原是山东济南的，开始是在网上认识，后来得知这儿山清水秀又有拼布绣就来找肖小铜了。而王小勇的女朋友正是通过肖小铜的女朋友牵线搭桥的。这种外地的又介绍外地的来雷公寨安家落户的情况如今越来越多。甚至还有雷公寨已出嫁的女子，在外生活不顺畅，又连同丈夫拖儿带女回到雷公寨创业的。现在肖小铜和王小勇合计这样一请求，无意中倒提醒了整天忙于扶贫工作的于书荣和王秋叶。

于书荣心想：是啊，再过二十天就是端午了，为把脱贫后的第一个端午过得更有特色、更有意义，如果加上这两对新人婚礼的内容就实在是锦上添花。不过像肖小铜和王小勇这样的新人多有几对就更好、更热闹了，扶贫的成果也就更大了。唉，对了！前几天那个散步时和肖小铜打架的罗番贵，他不是和田寡妇已暗恋多年了吗？还有工程队的那对走到哪儿都是公不离婆的罗赖贵和王小桃，还有那对相守了好几年的罗守业和罗小月，不是都在盼着有这么一天吗？是不是可以来个既移风易俗又别开生面的集体婚礼呢？这倒是扶贫工作中不可忽视的大好事。得先由村两委分头找相关人员做好相关工作，再开会专题研究，统一思想。

于书荣虽然生在城里、长在城里，从没在农村生活和工作过，没见过真正的农村是什么样子，不了解现实生活中的农民会怎样想、怎样说、怎样做、怎样过日子。但因职业关系他阅读过不少农村题材小说，读来读去，他"读出了"农村，"熟悉了"农民，"阅遍了"山川田野，"看到了"农民过日子的艰辛与希望。现在，他梦想成真地由小说中的农村转移到了现实的农村，由虚幻的农民成为真实的农民。在这两种农村生活的个人体验中，于书荣觉得有时现实中的农村比书中的农村更完美、更离奇，有时书中的农村比现实中的农村更具体、更真实。有时现实中的农民不像农民，有时书中的农民比现实中的农民还农民。这书中和现实比来比去，倒把于书荣比得糊糊涂涂，好在经历了两年多的摸爬滚打，让他不由自主地慢慢学会了从书中跳到现实，又从现实回到书中。比如，书中的爱情有嫌贫爱富的，也有弃富喜贫的；书中有寻求荣华富贵的，也有信守情真意纯的；书中有门当户对的，也有高下难分的；又比如现实中他和王秋叶的事儿，连他自己都觉得莫名其妙，要是从前想都不敢想，而现在根本没去想就顺其自然地把事情弄到了这一步。要是他的家人和亲戚知道了，反对票当然是百分之百。而于书荣之所以对家人隐瞒至今，其原因也在此。

几天后，肖小铜等六对新人内心甜蜜蜜地参加了婚礼策划专题会。会上，于书荣兴奋而惬意地说："今天这个专题会别有新意，是我在雷公寨两年多来头一回主持召开这样的会议，我感到由衷的高兴。我认为把婚礼放在传统端午节办具有民族风味和地方特色，特别是几对新人联办就更有新意。今天召集大家来是要统一思想做好相关工作，让这次婚礼既移风易俗新事新办，又热热闹闹特色鲜明；既保留优秀的地方民俗，又摒弃陈规陋习；既勤俭节约，又体面隆重；既让永久的传统节日成为你们的结婚纪念日，又给本就热闹的节日增添光彩；既是雷公寨有史以来最大规模的集体婚礼，又是雷公寨村民从此脱贫致富，走上幸福生活的有力证明……"

"于书记，您和秋叶姐也一块来增添节日光彩、见证一下幸福生活吧！"

"是啊，你俩早就该办喜酒啦，这回也该一起来热闹热闹吧！"

没等于书荣把话说完，肖小铜和王小勇就抢先恳请于书荣和王秋叶这对新人和他们一起举行婚礼。

王秋叶羞涩地红着脸低声说："这——不合适吧！"

"有什么不合适啊，您也是雷公寨人呀！"

"可按规矩我是该到男方家去办婚礼的呀！"

"于书记不是说了新事新办吗，我看这回您俩得带个好头！"

"对啊，为了寨里人脱贫致富，您俩风风雨雨什么事都冲在前头。有功劳也有苦劳，我们觉得也该享受享受了！在这方面依然要冲在前头！"

"是啊，依然要冲在前头！"大伙儿嘻嘻哈哈，摇头摆腰一齐鼓掌。

"好啦，既然如此，就谢谢大伙儿的诚意，我表个态，这个事儿，我和秋叶一定冲在前头！"于书荣摇头晃脑，满怀激情地说着，顺势亲了一下坐在他身旁的王秋叶，王秋叶光洁的脸蛋上再次泛起了红晕，朝于书荣温情地使了使眼色，轻轻拍打着于书荣的腰柔声说："不要脸啦！"

"是啊，就应该这样！"嬉笑中掌声又起……

雷公寨好些打工仔、打工妹，听说家乡刚摘贫困帽，又要举办大型婚礼，还有城里的妹子嫁进来就果断辞了工，甚至丢下押金和老板不辞而别，提前回了村。端午这天，满村满寨沸腾了。清早，村里领头的就挨家挨户叫醒了父老乡亲，然后领头的又召集村民在村前的银杏树下开了个短会，村民就分头各就各位，整个村庄忙开了。抓鸡、打狗、干鱼塘、杀猪、宰羊、放鞭炮（这里习惯每杀一头猪或宰一头羊时放一挂鞭炮），随着一阵阵猪啼羊叫和噼里啪啦的鞭炮声，沉睡不足的万物提前惊醒。家家户户喜气洋洋，像在操办一件光宗耀祖的大事。男人们嘴上叼着烟，抬桌扛椅越干越有力，仿佛嘴里灌了蜜，脸上漾开了骄傲的笑纹。女人们刷碗抬锅，衣裤鲜亮，头发梳理得溜光，仿佛个个像新娘。那氛围像过年，甚至比过年还热闹。

端午日一大早，六个男人和六个女人在村服务中心综合大楼前各自栽种了一棵"同心树"，随后在各自栽的"同心树"旁合影，以示夫妻像树木一样根深蒂固，永结同心。早餐后新人们把妆化得比剧中的演员还漂亮，成双成对手牵手，在雷公寨崭新的村部多功能大礼堂举行集体婚礼。

上午八点四十八分，广播里响起了优美动情的《梦中的婚礼》乐曲，乐曲中伴有动人的婚礼贺言——

"一种最初相识的感动，一种情感相知的震颤，所有前行中的色彩斑斓，最终化作人生路上永远的相伴！你是我千年之约的守候，每一朵玫瑰都是我对你想说的话语，每一次绽放都是风雨阳光的历练。"

"缕缕阳光中散发着爱情的甜蜜，细密的花瓣，仰头追寻斑斓的光彩，徐徐的暖风轻拂着绿树，隐隐传来阵阵的风铃声，包裹着浓浓的暖意和幸福滋味。在虫鸣鸟叫的绿色森林里，与可爱的动物们一起举行婚礼吧！初夏的新娘们，来一场充满童话梦想的婚宴吧！给低调的生活注入一点色彩，让温婉的阳光悄悄弥漫，让你们的爱情永远绿意盎然，充满活力。"

"今天，我为你准备了九百九十九朵玫瑰，这是我们千年之约的守候，这里是我们梦想成真的殿堂！美丽的新娘，你就是我的第一千朵玫瑰！让我们共同许下心愿，从此相依相伴，牵手连心……"

上午九点九分，主持人王远高宣布集体婚礼仪式正式开始！

鞭炮和锣鼓喇叭声震耳欲聋。这次依然是本村王家组民间乐队担起了本次婚礼的声乐重任。《婚礼进行曲》也随即奏起。

伴随着鞭炮声、锣鼓喇叭声、掌声、欢笑声和美妙轻柔的奏乐声，六对新人开始缓缓步入通往主席台的红地毯。大家都迫不及待地把目光投向一对对新人，见他们的婚礼服饰，全是由拼布绣公司设计制作的，既有传统的秀逸典雅，又有浓郁的现代气息。男的统一身着黑色西装，显得优雅端庄，女的一律穿白色婚纱，更显亭亭玉立。她们的裙摆由一对童男童女拉着随在身后。新郎昂首挺胸，新娘则略显羞涩，羞涩的脸蛋带着红晕，漂亮极了。现在他们站成六排，列成纵队，像一幅整体完美的风景画缓缓前移，每对经过之处，掌声热烈，呐喊不断，高潮迭起。

主持人王远高激情澎湃的开场白拉开了婚礼的序幕：

尊敬的各位领导，各位高亲贵友，各位父老乡亲：

今天是我们雷公寨的大喜日子，也是我们寨里人有史以来最热闹最开心的日子。六对新人将要在这里隆重举行集体婚礼。这是一场移风易俗、别开生面，具有开创性意义的婚礼，这是一场脱贫致富之后迈上幸福安康目标的婚礼。参加今天婚礼的有省市县扶贫办、文化部门和有关单位的领导，有镇党委、镇政府领导以及兄弟村领导。今天的主要活动安排是：上午婚礼后让领导和来宾参观拼布绣学校及拼布绣展厅，还有村农业合作社和综合服务中心。中午由村委会统一安排，隆重举行集体婚宴。下午观看赛龙舟。首先请正在雷公寨旅游和签订拼布绣营销合同的德国朋友格林尔先生讲话，请大家鼓掌欢迎。

紧接着上来一位典型而标准的德国人，他蓝眼睛，尖鼻子，深眼窝，胡须浓密，颧宽，头小，肤白腿长。他一上台就不时地挥动着手臂，用标准的德语说："大家好，谢谢！"然后从衣兜里掏出早已准备好的稿子，把嘴凑近话筒说：

各位新人、各位来宾，女士们、先生们：

在普天同庆"端午"这个中国传统佳节的美好日子里，我非常荣幸地参加了雷公寨六对新人的集体婚礼。在此，我代表外国来的游客和商客向六对新人的天作之合表示由衷的祝贺！同时也向你们的亲朋好友表示亲切的问候。

我代表大家送上心中的祝愿：一愿你们夫妻恩爱，白头偕老。情有自由爱有属，愿你们一朝结下千种爱，百岁不移半寸心。在漫漫人生路上相依相伴，相濡以沫，休戚与共，风雨同舟。二愿你们比翼齐飞，事业有成。愿你们做一对事业伴侣，互相学习，互相支持，互相勉励，在各自的岗位上都做出优异的成绩，像荷花并蒂相映美，如海燕双飞试比高。谢谢！

下面请乱石镇党委书记张真斗作重要讲话，请大家鼓掌欢迎！
张真斗书记今天的心情比参加大型剪彩活动还激动，他入乡随俗，穿着拼布绣公司特制的婚礼服饰，清了清嗓子，说道：

各位领导、各位高亲贵友，女士们、先生们：

你们好！

今天是个好日子，我们欢聚一堂，为六对新人隆重举行婚礼。在此，我代表乱石镇党委、镇政府对各位的到来表示热烈的欢迎和衷心的感谢！向今天喜结良缘的六对新人以及六对新人的亲属表示衷心的祝福和热烈的祝贺！

如今的农村青年，不仅是新农村经济建设主战场的生力军，更是新农村精神文明建设的建设者与实践者。他们"弘扬社会新风、倡导婚事新办"，率先转变婚俗观念，改革陈旧婚俗理念，以婚事新办为荣，以大操大办为耻，积极参与文明婚礼，大力弘扬社会新风，雷公寨为全镇青年移风易俗开了先河，用自己的行动实践社会主义荣辱观，为自己的人生写下了精彩的一笔。

终身大事而今已毕，百年事业刚刚起步，望新郎新娘莫一味沉浸在温柔蜜香中，成家当思创业苦，举步莫恋蜜月甜，结婚只是人生一个驿站，学无终止业无穷，来日方长，任重道远，仍须努力莫松劲。爱情只有附在事业之上，才能常新；小家只有融入大家之中，才能永固。

同志们，今天雷公寨六对新人同时走进婚姻的殿堂，充分说明了我们雷公寨脱贫之后，年轻人都将面临久日梦寐的婚姻大事。今天我们在这里为六对新人举行集体婚礼，充分体现了雷公寨村两委对年轻人的关心，同时也体现了全寨人团结和谐，共创幸福家庭的美好愿望。通过举办集体婚礼，将会给我们雷公寨这个大家庭增添祥和的气氛，从而进一步增强村两委的凝聚力和向心力。在这里，让我们再一次向新郎、新娘致以深深的祝福！

我们有理由相信，我们有如此众多充满活力的年轻人，我们的家园将会一代又一代永远朝气蓬勃，我们村庄的各项事业一定能不断发展，雷公寨的明天一定会更加辉煌！

新郎、新娘们，结婚是人生的一个转折，也是生活的一个新的起点。今天你们正式组建了自己的家庭，这也意味着从此你们肩上多了一份责任。刚才，每对新婚夫妇都在村服务中心综合大楼前栽种了一棵"同心树"，表示你们扎根新农村，奉献新农村的坚强决心，同时也表达你们战胜生活风雨的信念。树苗的成长离不开雨露的滋润，爱情的恒久也离不开真情的雨珠。我深深地祝愿你们，永结同心，百年好合，同心协力，共同创建一个和睦、美好的家庭！谢谢大家。

张真斗的讲话迎来了经久不息的掌声。紧接着，王远高满怀激情地说："感谢张书记热情洋溢的讲话，他精彩的讲话中既有祝贺，也有鼓励，还有真诚的希望。下面请新郎代表讲话！"

上台发言的新郎代表是一位中年人，他中等个儿，长得蛮结实。他长长的头发梳理得溜光，似乎遮住了他那双闪耀着强烈感情的眼睛。他就是从前干了许多蠢事坏事，令大伙儿又恨又爱的罗番贵。此刻，他醉酒似的满脸通红，一直红到了脖颈发根。鼻翼张得大大的呼吸加快，额上冒出了豆大的汗珠。由于内心高度紧张和激动而显现出一副乖顺和善的样子，从前那种让人恐惧的凶恶嘴脸荡然无存。他微微抬起头，面对来宾抖动着腮帮：

各位亲朋好友、各位领导，各位女士、各位先生：

我晓得大伙儿在怨我、恨我、骂我，这都应该！因为是我罗番贵不好好做人，自己也认为自己命该如此，就破罐子破摔了。做梦都没想到，我罗番贵还会有这一天。于书记来搞扶贫，还帮我把老婆搞上了（众笑，罗番贵更紧张）。我现在满脸热辣辣的全身打战,因为我从没在这种场面上台讲过话,从没有过像今天这样内心激情涌动。今天我才明白什么是人生最难忘的时刻,什么是人生最幸福的时刻;今天我才真正从心里感到无比激动,无比幸福,更无比难忘;今天我才感受到是我对不起父老乡亲,而不是父老乡亲冷落了我。是大伙儿让我知道,我也有做人的尊严,也有结婚生子的权利!并不是这个社会抛弃了我,而是我背离了这个社会,对不起这个社会,对不起于书记。

其实,我想——想田银花想了好多年了,可又生怕得不到她。总以为她在我面前老老实实,是迫于黑老大罗赖奎的压力(因为赖奎哥不准田银花外嫁,迫使她必须嫁给我,我内心不踏实)。不知田银花心中什么时候有了我,什么时候理解我、宽恕我了。今天我和田银花,虽然是六对新人中最特殊(年龄最大又是二婚)的一对,但有我们的父母、长辈、亲戚、朋友和领导在百忙当中远道而来参加我们婚礼庆典,给今天的婚礼带来了欢乐,带来了喜悦,带来了真诚的祝福。我的内心怎能不激动呢!借此机会,让我俩再一次真诚地感谢父母把我们养育成人,感谢领导的关心,感谢父老乡亲的祝福。

请大伙儿相信我,我会洗心革面,再也不懒惰不干坏事了。我会永远深爱我的妻子,担起家庭责任,做一个合格的丈夫。通过我们勤劳的双手,创造美满的幸福家庭。

罗番贵的发言让大伙儿很是感动,但更多的是希望。希望他能言行一致,痛改前非,好好做人。因为他能找上田银花,算是八辈子走大运。

紧接着,是按照寨里习俗六对新人统一举行相关礼仪,也就是说到了逗玩新娘、新郎的时候了，这种"逗玩和搞笑"寨里男女老少都喜欢，好像没有成文的规定，也没谁组织领导，只是各显神通玩到哪算哪，只要让大伙儿玩得尽兴开心就行。因此，老人爱玩传统的老办法，后生爱玩现代的新办法，结果呢，玩成了老不老新不新，洋不洋土不土，城不城乡不乡的。

老辈们嫌后生们把老办法丢光了，就在酒席上边嗑着葵花籽边把寨里婚俗聊得津津有味，从前寨里"逗玩"和"搞笑"一般是在夜里。夜饭过后，就开始闹洞房。按寨里习俗，是"洞房闹杂，越闹越发"。其意新婚之夜越是闹得轰烈，越是子孙发达。再说那时农村文化层次低，娱乐条件差，比不得城里常有丰富的文化娱乐形式。大伙儿就将闹洞房作为一种难得的娱乐方式，不过兴趣来时就顾不得什么文明不文明了。

而现在的情况不同，是白天，是集体婚礼，是雷公寨村两委在主办。没办法，大伙儿也就改变了主意，只要求每对新人来个小节目，哪怕三五分钟都可以，哪怕一个动作、两句歌都可以。

应大伙儿邀请，于书荣和王秋叶带头登台对唱了山歌，紧接着肖小铜和王小勇夫妇也分别唱了歌、跳了舞，罗赖贵说他和妻子都不会唱、不会跳，宁愿给大伙儿每人发包"软白沙"，说着就叫妻子到王秋叶小卖部买烟去了。只剩罗番贵和罗守业夫妇了。罗番贵说自己百无一用只会喝酒，宁愿认罚他几杯酒，让他妻子田银花跳个舞。而罗守业妻子腿残不能登台，自己又是个公鸭嗓子，发烟又没钱，喝酒又不会，唯有从医，总不能说往后给大伙儿多开药打针吧！于是只有亲自登台唱了。

罗守业唱田银花跳。他迫不得已抓起话筒扯起了公鸭嗓子，还边唱边把腰弯得像个大虾似的连连鞠躬，摇头晃脑地不时来几个飞吻，弄得大伙儿哈哈大笑。田银花不知几时上了舞台，她倒跳得有声有色，她时而探身屈膝，时而满场乱跑，时而把头一抬，长发向后一甩，眼珠溜溜一转，时而轻舒双臂，活像一只肥肥的大天鹅，令人嘴巴时张时合，伸出了大拇指……

礼仪结束后，是一曲由村民自编自演参加过县上汇演得过奖的大型花鼓戏——《拼布绣》。寨里的事儿演给寨人看，让男女老少倍感亲切，喜乐得前仰后合，掌声一浪高过一浪。然而，临到剧终的一个情节，是全村老弱病残，穿着统一发放的拼布绣工作服，在家人的搀扶下，满脸灿烂地列队去拼布绣公司上班，让人激动又心酸，边笑边流泪……

中午饭是由拼布绣总公司赞助的丰盛而隆重的集体婚宴。席上的菜肴冒着热气，热气里透出浓烈芳香，让人鼻孔噏动、垂涎欲滴。这里的风俗是每隔十分钟左右才出来一碗菜，每碗比平常多油多配料饱满鲜艳。鱼是一整条，鸡是一整只，猪肉是一砣斤多重的壮实五花肉，肉皮上涂擦了烧酒，蒸得黄溜溜的，不用菜刀只用筷子就能划开食用，还有大虾、丸子，满桌的四干五鲜，各种美味佳肴应有尽有。大伙儿个个吃得津津有味，人人撑得肚子溜圆，嘴巴放光！

不过酒席菜多油足，谁也吃不下太多，特别是油腻的肉类，尽管男人们伴着浓烈的土酒放开肚子也吃不完，可男人们只图个酒醉饭饱就成，鸡鸭鱼肉剩了也就剩了。而在女人们桌上是一点汤水儿也不剩。每碗菜热气腾腾刚上桌，她们立刻分成八份（农村常用四方桌，每桌八人），她们宁愿自己吃些汤汤水水加小菜，也要好好把分得的菜用一个塑料小袋提回家让家人分享。

下午的赛龙舟在人们的翘首以待中开始了……